GOLDMANN

Buch

Sommer 1914. Ferienstimmung in der kleinen baskischen Stadt Salies-les-Bains; doch die drohenden Wolken des Krieges werfen schon ihre Schatten voraus. Auch der junge Assistenzarzt Jean-Marc Montjean möchte den Sommer genießen. Doch gleich der erste Fall, den er übernimmt, wird für ihn zum Schicksal: Eines Nachmittags bittet ihn ein bezaubernd schönes Mädchen, dem Zwillingsbruder zu helfen. Der Fall ist schnell behandelt – doch Jean-Marc möchte seine Beziehung zur Familie Treville nicht sofort wieder abbrechen, denn er hat sich in Katya verliebt. Und er läßt sich selbst durch das abweisende Verhalten des Zwillingsbruders Paul nicht davon abbringen, ihr den Hof zu machen. Immer wieder besucht er Katya in dem abgelegenen und verwunschenen Haus und wird auf diese Weise immer tiefer in das Leben der Trevilles verwickelt. Ein Fluch scheint auf der Familie zu liegen: Vater, Sohn und Tochter schützen sich offensichtlich gegenseitig – doch wovor?

Jean-Marc, jung und verliebt, übersieht alle drohenden Zeichen: Aber als er erfährt, daß die Trevilles die Stadt verlassen wollen, besteht er auf einem letzten Treffen mit Katya. Die Ereignisse, die er dadurch auslöst, lassen den traumhaften Sommer der Liebe für Jean-Marc zum Alptraum werden. Denn Katyas Geheimnis ist tödlich...

Autor

Der Name Trevanian ist das Pseudonym eines weltbekannten Bestsellerautors, der u. a. die berühmten Romane »Der Experte«, »Im Auftrag des Drachen«, »Ein Herzschlag bis zur Ewigkeit« und »Shibumi oder der leise Tod« schrieb.

TREVANIAN

Katya

ROMAN

GOLDMANN VERLAG

Aus dem Amerikanischen übertragen von
Christel Rost und Gabriele Conrad

Titel der Originalausgabe: The Summer of Katya
Originalverlag: Crown Publishers, Inc., New York

Made in Germany · 8/87 · 5. Auflage
Genehmigte Taschenbuchausgabe

Umschlagentwurf: Design Team München
Umschlagillustration: Eva Mollenkopf
Druck: Presse-Druck Augsburg
Verlagsnummer: 8364
UK · Herstellung: Peter Papenbrok/Voi
ISBN 3-442-08364-8

Für Diane

Salies-les-Bains
August 1938

Jeder Schriftsteller, der sich mit dem Sommer vor Ausbruch des Ersten Weltkriegs beschäftigt hat, fühlte sich genötigt, die ungewöhnliche Vollkommenheit des Wetters zu erwähnen: endlose Tage unter strahlend blauem Himmel, durch den sich träge Schönwetterwolken schleppten; lange Abende, erfüllt von Lavendelduft und sanften, erfrischenden Brisen; frühe Morgenstunden voller Vogelgesang und schräg einfallendem gelbem Sonnenlicht. Ganz Europa, von Italien bis Schottland, von Berlin bis in die Täler meiner Heimat in den Basses Pyrénées, erlebte eine außergewöhnliche Periode ungetrübten, wunderschönen Wetters. Es war das letzte, was Europa für vier schreckliche Jahre verbinden sollte – sieht man ab von Schlamm, Agonie, Haß und Tod in jenem Krieg, der den Übergang markierte vom neunzehnten zum zwanzigsten Jahrhundert, die Grenze zwischen dem Zeitalter der Eleganz und der Ära der Effizienz.

Viele, die jenen Sommer beschrieben, behaupten, eine gewisse Schicksalsschwere und Endgültigkeit in eben dieser großartigen Jahreszeit empfunden zu haben, ein letztes Aufflackern einer heruntergebrannten Kerze, einen hellenistischen Ausbruch verzweifelt überschäumender Lebensfreude vor dem Untergang der Zivilisation, eine letzte, beinahe hysterische Zeit des Frohsinns für junge Männer, die in den Schützengräben sterben sollten. Ich muß gestehen, daß meine eigene Erinnerung an jenen Vorkriegsjuli, gestützt durch spärliche Notizen und Zeichnungen in meinem Tagebuch, keinen Hinweis darauf enthält, daß ich das vollkommene Wetter als üblen Scherz des Schicksals aufgefaßt hätte. Vielleicht war ich – jung, voller Lebenskraft und eifrig mit meiner beginnenden Medizinerkarriere beschäftigt – für böse Omen unempfänglich.

Das Wort »Medizinerkarriere« entlockt mir ein gequältes Lächeln, denn lediglich die Konventionen der Sprache erlauben mir, das Vierteljahrhundert, das ich als lediger Doktor in einem kleinen Baskendorf verbrachte, als solche zu bezeichnen. Gewiß, der gescheite, fleißige junge Mann, der ich damals war, hatte allen Grund zu hoffen, er befände sich auf der ersten Stufe zum beruflichen Aufstieg, wenngleich er die Andeutung einer beschränkteren Zukunft an den demütigend lächerlichen Aufgaben hätte ablesen können, die ihm von seinem Förderer und Chef, Dr. Hippolyte Gros, zugewiesen wurden, der stets Mittel und Wege fand, mal subtil, mal geradeheraus die untergeordnete Stellung seines Assistenten hervorzuheben. Eines der wirkungsvollsten bestand darin, den Patientinnen in Erinnerung zu rufen, daß ich trotz meiner offensichtlichen Jugend und trotz meines beklagenswerten Mangels an Erfahrung ein ausgewachsener Arzt sei.

»*Doktor* Montjean wird Ihre Medizin persönlich herstellen«, pflegte er mit gönnerhaftem Lächeln zu den Patientinnen zu sagen. »Sie können ihm Ihr volles Vertrauen schenken. Sicher, die Tinte auf seinem Diplom mag noch nicht getrocknet sein, aber er ist mit den modernsten Heilverfahren für Körper *und* Seele vertraut.« Diese Stichelei galt meiner Faszination für die damals neue und weithin mit Mißtrauen betrachtete Arbeit Dr. Freuds und seiner Anhänger. Dr. Gros tätschelte daraufhin die Hand seiner Patientin – ausnahmslos Frauen eines gewissen Alters, hatte er sich doch auf die in der Menopause auftretenden Unpäßlichkeiten spezialisiert – und versicherte ihr, es sei ihm eine große Ehre, einen in Paris ausgebildeten Assistenten zur Seite zu haben. Seine großen Augen und der ehrfurchtsvolle Ton, in dem er das Wort *Paris* aussprach, dienten der Absicht, ziemlich theatralisch zu verdeutlichen, daß ein einfacher Landarzt wie er sich zur Demut gegenüber einem brillanten jungen Mann aus der Hauptstadt, der die besten Voraussetzungen mitbrachte, verpflichtet fühlte – abgesehen allenfalls von Erfahrung, Einfühlungsvermögen, Klugheit, Verständnis und Erfolg.

Bevor ich jedoch ein allzu wenig schmeichelhaftes Bild von Dr. Gros zeichne, will ich zugeben, daß es sehr freundlich von ihm war, mich in jenem Sommer als Assistenten aufzunehmen, da ich frisch von der Hochschule kam, ohne einen Pfennig in der Tasche, ohne die geringste Aussicht, selbst eine Praxis erwerben zu können und belastet mit einem höchst unvorteilhaften Bericht über mein Assistenzjahr an der Heilanstalt in Passy. Weit davon entfernt, Dr. Gros die Dankbarkeit zu zeigen, die er mit Fug und Recht erwarten durfte, warb ich geradezu um sein Mißfallen, indem ich ihm gestand, daß ich sein Spezialgebiet zur Kategorie der Altweibergeschichten rechnete und seine gewinnträchtige Sommerklinik als wenig mehr denn einen Luxuskurort für Frauen mit mehr Zeit als Verstand betrachtete. Ich bin sicher, daß ich mich, indem ich ihm meine Beobachtungen mitteilte, für bewundernswert offen und ehrlich hielt, verwechselte ich doch in meiner jugendlichen Überheblichkeit häufig Gefühllosigkeit mit Offenheit. Kein Wunder, daß er sich gelegentlich mit Bemerkungen über meine Unerfahrenheit und meine absonderliche Versenkung in die düstereren Umtriebe des Geistes an meinem dünnhäutigen Selbstvertrauen rächte.

Eines Tages, als ich in der Klinik gerade über die moralische Parallele zwischen der Nichtbehandlung von Kranken und der Behandlung von Gesunden dozierte, sagte er sogar zu mir: »Sie haben sich zweifellos gefragt, Montjean, warum ich ausgerechnet Sie erwählt habe, mir diesen Sommer über zu assistieren. Möglicherweise kamen Sie zu dem Schluß, Ihre akademischen Leistungen hätten mich erschlagen und Ihr Altruismus, der aus Ihrem unbezahlten Dienstjahr in Passy spricht, beeindruckt. Nun ja, sicher, dergleichen mag wohl mitgespielt haben. Außerdem aber hat die Tatsache eine Rolle gespielt, daß Sie in diesem Teil Frankreichs geboren sind und Ihr attraktives, baskisches Äußeres ein Pluspunkt für eine Klinik ist, die Frauen eines gewissen Alters und ungewisser Gelüste umhätschelt. Schließlich verleiht ein baskischer Knabe, der an ihnen herumdoktert, dem Ganzen noch mehr Lokalkolorit. Aber an erster Stelle Ihrer Qualifikationen stand Ihre Bereitschaft, billig zu arbeiten, was ich bewunderte, denn Bescheidenheit ist eine anziehende und seltene Eigenschaft bei jungen Ärzten. *Peu à peu* komme ich jetzt jedoch zu der Ansicht, daß das, was ich für Bescheidenheit hielt, in Wirklichkeit die korrekte Einschätzung Ihres Wertes war.«

Und, um die Wahrheit zu sagen, war ich tatsächlich nicht von großem Wert für ihn, zumal es für zwei Ärzte in der Klinik nicht genügend Arbeit gab. Mein Hauptvorzug für ihn bestand darin, daß ich ihn im Falle einer Krankheit ein oder zwei Tage vertreten konnte und ihm die Möglichkeit bot, sich gelegentlich einen Tag freizunehmen – einen Tag, der, wie er durchblicken ließ, hauptsächlich galanten Beschäftigungen galt.

Denn bei seinen Patientinnen genoß Dr. Gros einen gewissen Ruf als Roué und Teufelskerl. Seiner Eroberungen brüstete er sich jedoch niemals offen vor den Honoratioren von Salies, mit denen er jeden Abend in einem der Arkadencafés am Hauptplatz bei ein paar Gläschen zusammensaß. Statt dessen verließ er sich darauf, daß ein vielsagendes Lächeln, ein Achselzukken, eine schwache Geste des Protests seinen Ruf als befähigter Galan und als Mann von großer Verschwiegenheit und feinem Ehrgefühl festigte.

Außerdem entfachte Dr. Gros' besonders vorteilhafte Lage, was den Überfluß des sexuellen Angebots angeht, nicht die Eifersucht, die man bei seinen Mithonoratioren hätte erwarten können, war er doch durch seinen völlig gerechtfertigten Ruf als häßlichster Mann der Gascogne, ja, vielleicht sogar ganz Frankreichs, vor ihrem Neid geschützt. Diese seine Häßlichkeit war von einzigartiger Kompromißlosigkeit, sowohl im großen und ganzen als auch im kleinsten Detail, eine Häßlichkeit, die in ihrer Gesamtheit umfassender war als die bloße Summe der Einzelteile, eine Häßlichkeit, zu der jeder Zug sein Scherflein beitrug, von der rotgeäderten Knollennase über den pusteligen, narbigen, warzigen und gefleckten Teint, die schlaffen, fleischigen Lippen, die Hängebacken und die ungleichmäßigen Blumenkohlohren bis zu dem vorspringenden Kinn und den alles dominierenden, buschigen Augenbrauen. Nur seine Augen, funkelnd und intelligent in ihren eingesunkenen, feuchten Höhlen, entgingen der allgemeinen ästhetischen Katastrophe. Bei alledem besaß sein Gesicht eine merkwürdige Anziehungskraft, es war die Faszination über die Hemmungslosigkeit, mit der die Natur Verfall umgibt, die immer wieder den Blick auf sein Antlitz zog, nur um ihn sofort wieder verlegen abzuwenden.

Dr. Gros war bei weitem der geistreichste und gebildetste Mann in Salies, doch die Zuhörerschaft seiner pompösen, ziemlich bombastischen Monologisiererei bestand aus den geistig schwerfälligen Männern, die in diesem Kurort das Sagen hatten: den Besitzern der Hotelrestaurants, dem Spielbankdirektor, dem Dorfadvokaten, dem Bankier, und sie alle fühlten sich ein wenig widerwillig in des Doktors Schuld, denn seine Klinik war die Hauptattraktion für die Sommertouristen-Patientinnen, die ökonomische Grundlage der Stadt. Dennoch – obwohl der Profit eine derart hervorragende Stellung im Moralkodex der französischen Bourgeoisie einnimmt, daß auch geringste Anwandlungen von Fairness und Anstand ohne Schwierigkeit gezügelt werden können – ist es nicht auszuschließen, daß die prüderen Saliesschen Krämerseelen, wären diese verwöhnten, wohlhabenden Frauen ernsthaft krank gewesen, des Dr. Gros' chevalreske Behandlung seiner vornehmen Patientinnen als anstößig empfunden hätten. In Wirklichkeit aber handelte es sich um robuste Musterexemplare der Mittelklasse, deren einziges Gebrechen darin bestand, ein Alter erreicht zu haben, in dem die elegante Gesellschaft ihnen zugestand, das große Gejammer und Gegacker über »Frauensachen« zu veranstalten, deren pathologische Details sie einander mit jener leicht entsetzten Genüßlichkeit zuflüsterten, die sich spätere Generationen für den Geschlechtsverkehr vorbehielten. So kam es, daß ich als einziger Dr. Gros' sexuelle Anspielungen und Doppeldeutigkeiten als eines Mediziners unwürdig und als gesellschaftliche Geschmacklosigkeit empfand, eine Ansicht, die auszudrücken meine jugendliche Abhängigkeit von moralischen Vereinfachungen verlangte. Rückblickend wundere ich mich, daß Dr. Gros meine überhebliche Mißbilligung überhaupt duldete, aber seltsamerweise schien er mich auf seine mürrische Art sogar zu mögen. Er hatte ein diebisches Vergnügen daran, meine ordentlichen und schlichten Moralvorstellungen mit Füßen zu treten. Außerdem war ich dank meiner Bildung imstande, seine Wortspiele und Witzeleien, die über den Horizont seiner Kaufmannkumpane gingen, zu verstehen. Im Grunde genommen aber glaube ich, daß er mich vor allem aus egoistischer Nostalgie mochte: In mir sah er, sowohl in meinen Ambitionen als auch in meinen Grenzen, den jungen Mann, der er selbst gewesen war, bevor die Zeit und das Schicksal seine außerordentlichen Fähigkeiten auf bloße gesellige Eloquenz reduziert und sein ganzes Streben auf die Dimension einer gewinnträchtigen Kleinstadtklinik zurechtgestutzt hatten.

Das mag der Grund dafür sein, daß sich seine Reaktion auf meine moralischen Anmaßungen darauf beschränkte, mir lediglich die trivialsten Aufgaben zu überlassen. Nicht, daß ich sonderlich niedergeschlagen darüber gewesen wäre, mich auf den Posten eines besseren Apothekers verwiesen zu sehen, hatte ich doch gerade erst aufreibende, Geist und Körper erschöpfende Jahre der Arbeit und des Studierens hinter mir und brauchte einen faulen Sommer mit genügend Zeit für mich selbst, mit der Freiheit, durch den malerischen, ein wenig wie Talmi wirkenden Kurort zu wandern, oder die Zeit an den Ufern der glitzernden Gave mit ihren überhängenden, uralten Bäumen und bezaubernden Steinbrücken zu vertrödeln. Ich wollte mich erholen, träumen, schreiben.

Ach ja, schreiben. In jenem Lebensabschnitt fühlte ich mich zu allem befähigt. Da ich noch nichts in Angriff genommen hatte, besaß ich auch kein Gespür für meine Grenzen; da ich noch nichts gewagt hatte, kannte mein Mut so etwas nicht. In den Jahren der ermüdenden Tretmühle an der medizinischen Fakultät hatte ich von einer Zukunft geträumt, die aus zwei verschiedenen Laufbahnen bestand: der des genialen und wohltätigen Arztes und der des inspirierten und inspirierenden Dichters. Und warum auch nicht? Ich war ein eifriger und einfühlsamer Leser, und ich beging den weitverbreiteten Irrtum zu glauben, daß ein empfänglicher Leser eine latente Begabung zum Schreiben in sich trüge, gerade so, als sei es nur ein kleiner Schritt vom Feinschmecker zum Meisterkoch. In Wirklichkeit entsprang auch mein ursprüngliches Interesse an der bahnbrechenden Arbeit Dr. Freuds nicht etwa meiner Anteilnahme an Menschen, die beim Zusammenstoß mit der Realität Schaden genommen hatten, sondern meiner ureigensten Neugier auf das Wesen der Kreativität und die Quellen der Motivation.

So kam es, daß ich in jenem müßigen, strahlenden Sommer mehrere Stunden am Tag mit meinem Notizbuch durch die Umgebung streifte oder allein in einem der abgelegenen Cafés saß, an einem Aperitif nippte und Phantasiegespräche mit wichtigen und ungeheuer beeindruckten Berühmtheiten der literarischen Welt führte; oder ich räkelte mich am Ufer der Gave und notierte romantische Impressionen in mein Büchlein, wobei meine edlen dichterischen Absichten beim Formulieren zu einer Art atemloser, zerstückelter Prosa dahinwelkten – eine Verirrung, die ich gewiß zu vermeiden lernen würde, hatte ich erst einmal die »Tricks« des Schreibens gemeistert.

Und dann gab es noch die Sache mit der Liebe. Der Leser wird schon vermuten, daß der überschwengliche junge Mann, der ich war, keinen Zweifel daran hegte, einer großen Liebe fähig zu sein ... einer wahnsinnigen Liebe. Ich war schließlich fünfundzwanzig Jahre alt, strotzte vor Gesundheit, verschlang haufenweise Romane und hatte eine fruchtbare Phantasie. So kann es nicht überraschen, daß ich reif für eine Romanze war.

Reif für eine Romanze? Ist das nicht lediglich die

Umschreibung eines unsicheren und empfindsamen jungen Mannes, der eigentlich sagen will, er birst vor Leidenschaft? Ist nicht vielleicht sogar eine Romanze nur eine Fiktion, mit der die Zartbesaiteten ihre Wollust verbrämen?

Nein, nicht ganz. Ich bin mir schmerzlich bewußt, daß der junge Mann, als der ich dort lebte, unreif, gefühllos, überheblich und egozentrisch war. Es besteht kein Zweifel daran, daß er schier vor Leidenschaft barst. Aber, um dem armen Teufel Gerechtigkeit widerfahren zu lassen, er war außerdem reif für eine Romanze.

Ich glitt in einen bequemen, ziemlich müßigen Lebensrhythmus, tat genau das, was Dr. Gros von mir verlangte, und keinen Streich mehr. Ein ehrgeizigerer Mensch – oder einer ohne diese blinde Zuversicht – hätte seine Zeit auf Lernen und Weiterbildung verwendet, denn jede leidenschaftslose Analyse meiner Zukunftsaussichten hätte diese in höchst ungewissem Licht erscheinen lassen. Ich war schließlich allein und mittellos; ich war durch meine Ausbildung verschuldet; und ich hatte keinerlei Neigung, meine Talente an eine verarmte, ländliche Gemeinde zu verschwenden. Trotzdem begnügte ich mich damit, meine Tage zu vertrödeln, mich auszuruhen im Hinblick auf ungewisse Aussichten oder ein Abenteuer, von dem ich, ohne den geringsten Anhaltspunkt dafür zu haben, mit Sicherheit annahm, daß es mir an der nächsten Ecke begegnen würde. Wie sich herausstellen sollte, wäre jede Minute Arbeit oder Studium ohnehin verschwendet gewesen; in jenem Herbst kam der Krieg und ich wurde sofort einberufen. Aus Romantik – und vor allem aus Dummheit – schloß ich mich der Armee als einfacher Soldat an.

Vier Jahre Schlamm und Schützengräben, Gestank, Angst, brutalisierende Langeweile. Zweimal verwundet, einmal so schwer, daß meine Bewegungsfreiheit für den Rest meines Lebens eingeschränkt war. Vier Jahre, die sich meinem Gedächtnis als endloser Nebel aus Furcht und Abscheu eingeprägt haben. Selbst heute noch würgt es mich vor Übelkeit und Wut, wenn ich mit meinen alten Kriegskameraden auf dem Friedhof meines Dorfes stehe und die Namen der *morts pour la France* herunterbete.

Warum setzte ich mich dem Gemetzel in den Schützengräben aus, wo ich doch beim Stab als Arzt im Offiziersrang hätte dienen können? Selbst die rudimentärste Kenntnis über Dr. Freud ließe vermuten, daß ich einem Todestrieb nachgab – was tatsächlich der Fall war. Das wußte ich damals schon, aber weder befreite noch stärkte mich dieses Wissen, obwohl ich dies in meiner pennälerhaften Auffassung des Unbewußten von der Selbsterkenntnis erwartet hatte.

Ich greife meiner Geschichte voraus – ja, sogar über sie hinaus. Aber schließlich verläuft das Leben weder in geraden Bahnen noch besonders ordentlich. Und außerdem gibt es eine direkte Verbindung zwischen meiner glühenden Leidenschaft in jenem langen, herrlichen Sommer und meinem Todestrieb im darauffolgenden Herbst. Das Verbindungsglied ist Katya.

Katya ...

Vor drei Tagen kehrte ich zum erstenmal nach vierundzwanzig Jahren nach Salies zurück, zum erstenmal, seit ich aus der Armee ausgeschieden war und die verlotterte Praxis des betagten Arztes in meinem Heimatdorf übernommen hatte. Vier Jahre in den Schützengräben hatten meine hochfliegenden Pläne in Staub und Asche gelegt; ich sehnte mich nicht mehr nach Ruhm, noch träumte ich von Abenteuern; dankbar klammerte ich mich an den Frieden und das innere Schweigen, die ich im konturenlosen Alltag einer Landarztpraxis fand. Die Jahre verstrichen unbemerkt und ohne Erinnerung, und eines Herbstmorgens wachte ich plötzlich auf und war fünfundvierzig Jahre alt. Es war an der Zeit, die Hoffnungen der Jugend gegen die Leistungen des Erwachsenen abzuwägen, denn es stand ziemlich sicher fest, daß ich alles erreicht hatte, was ich jemals würde erreichen können. Allein an meinem Schreibtisch an jenem Abend meines fünfundvierzigsten Geburtstages, stellte ich mich der unoriginellsten aller Selbstbefragungen: Wo waren all die Jahre geblieben? Und ich vergaß auch nicht die kaum weniger banale Frage: Was hatten sie schließlich gebracht?

Das Herz voller Wehmut, mit schmerzlichen, der Reue verwandten Gefühlen, beschloß ich, nach Salies zurückzukehren und dort, wo das Gewebe zerrissen war, die Fäden meines Lebens wiederaufzunehmen. Ich verspürte den Drang, alles stehen- und liegenzulassen und mich noch am selben Abend auf den Weg zu machen. Doch das Alltagsleben weigert sich auf höchst ironische Weise, den theatralischen Schwankungen der Einbildungskraft Folge zu leisten, und es dauerte noch einmal drei Jahre, bevor ich Urlaub nehmen und für vierzehn Tage nach Salies reisen konnte.

Jetzt bin ich seit drei Tagen hier, wandere umher, gehe spazieren, allein. Ich erstand sogar ein Schulheft, um die Erinnerungen an jenen Sommer festzuhalten. In diesem Augenblick sitze ich am Ufer der dahinströmenden Gave unter einem uralten, überhängenden Baum, an den ich mich noch aus dem Sommer damals erinnere, und schreibe in das Heft. Äußerlich hat sich Salies im Laufe dieses Vierteljahrhunderts kaum verändert; die Fassaden des Spielcasinos und der öffentlichen Badehäuser zeigen nach wie vor die gleichen Verzierungen aus dem Zweiten Kaiserreich, die Restaurants das gleiche seltsame, unausgegorene Dekor. Aber eine gewisse milde Melancholie läßt sich aus dem lange überfälligen Neuanstrich und den aufgeschobenen Reparaturen herausspüren. Salies kam nämlich aus der Mode, als nicht mehr akzeptiert wurde, daß Frauen ihre mittleren Lebensjahre sanft eingebettet in einen Alltag voller gesellschaftlicher Trivialitäten und gewohnheitsmäßiger Selbstverhätschelung genießen konnten. Heutzutage werden sie vielmehr sowohl durch ihre Erwartungen an sich selbst als auch durch von außen an sie herangetragene Wünsche dazu getrieben, unverdrossen die heitere Jugend zu spielen, ihre Kosmetika mit der Maurerkelle aufzutragen und fieberhaft den Phantomen Vergnügen, Lebenssinn und Erfüllung nachzujagen.

Der hydropathische Zweig der französischen Medizin hat indessen noch immer eine Antwort auf das Auf und Ab von Ökonomie und Mode, und so dauerte es, nachdem die Frauen eines gewissen Alters aufgehört hatten, nach Salies zu kommen, nicht lange, bis man entdeckte, daß das dortige Wasser genau die richtige Mischung aus Temperatur, Salzen und Spurenelementen enthielt, um es zum Nonplusultra für die Behandlung schwerbehinderter Kinder zu machen. Das Casino und die zauberhaften kleinen Hotels sind zu Einrichtungen für die ganzjährige Pflege solch unglückseliger kleiner Geschöpfe geworden, die zu ihrem eigenen Besten weit entfernt vom Alltag ihrer fassungslosen Eltern hier aufbewahrt werden. Auf den Straßen, auf denen einst elegante Damen paarweise in ihren malvenfarbenen oder altrosa Gewändern promenierten, taumeln und torkeln heutzutage reihenweise dumm glotzende Kinder mit leeren Gesichtern unter der Obhut kräftiger, desinteressierter Matronen dahin, die sie Tag für Tag in die Bäder führen. Dort planschen sie dann im lauwarmen Wasser herum oder würgen unter Grimassen ihre tägliche Dosis Heilwasser herunter.

Aber es liegt nicht an der Veränderung in Ton und Kundschaft, daß es mir schwerfällt, die Eindrücke von jenem Sommer vor dem Krieg und die Erinnerungen daran aufzuzeichnen. Wahrhaftig, die architektonischen Schandflecke der zwanziger und dreißiger Jahre, die die meisten Kurorte verunstaltet haben, sind Salies dadurch, daß es aus der Mode kam und infolgedessen weder wuchs noch modernisiert wurde, erspart geblieben, und die unveränderte äußere Umgebung reizt und spornt mein Gedächtnis an, indem jedes erinnerte Ereignis durch ein anderes Erlebnis, einen anderen Klang, ein anderes Bild in dem verschütteten See meiner Erinnerungen abgelöst wird. Und es gibt eine weitere, ziemlich erschreckende Gemeinsamkeit der heutigen Zeit mit jenem Sommer vor beinahe einem Vierteljahrhundert. Heute wie damals liegen Gerüchte und Vermutungen über einen drohenden Krieg in der Luft, eine Art düsterer Erregung, eine zaghafte Hysterie, ein leicht angeheizter Patriotismus. Pläne und Vorhaben werden aufgeschoben; und in dem tapferen Gerede und der unbeholfenen Prahlerei der jungen Männer, die halbwegs damit rechnen, eingezogen zu werden, schwingt, trotz jedermanns Vertrauen in General Maginots unüberwindliche Linie, ein Unterton von Hoffnungslosigkeit mit.

Doch trotz der äußeren und inneren Parallelen zwischen heute und jenem weit zurückliegenden Sommer finde ich es schwierig, meine Erinnerungen klar zu formulieren. Nicht das Erinnerungsvermögen ist das Problem, es ist die Aufzeichnung; denn wenn ich mir auch jede einzelne Note klar ins Gedächtnis rufe, so ertönt doch eine falsche Melodie, sobald ich sie anschlage. Und es liegt auch nicht nur an den verflossenen Jahren, die die Klänge und Bilder verzerren; es liegt daran, daß sich die Ereignisse vor dem Ersten Weltkrieg zutrugen, auf der anderen Seite des Abgrunds von Erfahrungen und Leid, der zwei Jahrhunderte, zwei Kulturen auseinanderreißt. Diejenigen von uns, deren Leben die

Spanne jenes Krieges überdauerte, ließen ihre Jugend an der Küste eines entschwindenden, beinahe fremdartigen Kontinents zurück, wo das Leben in anderem Tempo und, noch wichtiger, mit anderem Timbre gelebt wurde. Die Dinge, die wir einst taten und sagten, unsere Motive und Methoden, hatten eine andere Bedeutung als heute; daher kann eine Beschreibung jener Dinge zwar durchaus exakt sein, jedoch nicht im mindesten der Wahrheit entsprechen.

Aber ich habe mir das Versprechen gegeben, alle Stätten der Erinnerung an jenen Sommer und an Katya aufzusuchen, zu berühren und zu verarbeiten, und das muß ich tun, auch wenn ich nicht im geringsten davon überzeugt bin, daß ich jenen Erinnerungen Sinn verleihen kann.

Das erste Mal sah ich Katya aus der Ferne. Damals wie heute saß ich genau an dieser Stelle unter dem uralten Baum im Park am Fluß, mein Notizbuch im Schoß. Ich träumte gerade in den Tag hinein, indem ich so tat, als meditiere ich, als ich aufblickte und sie durch das hohe Gras auf mich zukommen sah. Mein erster, flüchtiger Blick, ein Blinzeln nur unter meiner Kreissäge hervor, war Zufall, und ich wandte mich wieder meinen Gedanken zu, um gleich darauf aufs neue zu ihr hinzusehen. Später redete ich mir ein, in ihrem Näherkommen etwas Bedeutungsvolles gespürt zu haben, doch das ist Unsinn. Wahrscheinlich war es ihr entschlossener Gang, der meine Aufmerksamkeit fesselte. Die Damen, die sich in Salies an Luft und Wasser labten, promenierten mit einstudierter Ziellosigkeit durch den Park, schwatzten, während sie sich ihrer leichten und graziösen Körperertüchtigung hingaben, miteinander, und waren stets zu zweit, schlenderte doch in jenen Tagen eine Dame nicht allein durch den Park. Katyas zielbewußter Schritt hatte nichts von Schlendern an sich.

Nachdem ich erst einmal festgestellt hatte, daß ich, da der ansonsten menschenleere Park keine Alternative bot, ihr Ziel sein mußte, war ich ein wenig verlegen und unsicher bei ihrem Näherkommen. Sollte ich mich erheben, um sie zu begrüßen? Würde das, da sie eine Fremde für mich war, nicht zu dreist wirken? Auf der anderen Seite aber: Wie konnte ich sie so, den Rücken an einen Baum gelehnt, ein Notizbuch im Schoß, die Krempe meines Strohhuts über die Augen gezogen, begrüßen? Man muß jung sein und eine bestimmte Veranlagung haben, um sich durch derartig triviale Fragen der Etikette in Verwirrung und Verlegenheit stürzen zu lassen, und ich besaß genau das richtige Alter und die richtige Veranlagung. Ich setzte mich auf und blickte ziemlich gekünstelt in die Runde, versuchte, ihr dadurch zu verstehen zu geben, daß ich nicht so kühn war zu glauben, sie sei meinetwegen gekommen, und daß ich mich daher nach einem anderen Ziel umsah. Dann stand ich auf, nahm meinen Strohhut ab und erwartete ihr Nähertreten mit einem aus Mangel an Entschlußkraft leicht nervösen Lächeln.

»Mademoiselle?« wagte ich zu sagen, als sie vor mir stand.

»Sie sind Dr. Montjean?«

»Zu meinem Bedauern muß ich sagen ja.« Es war eine meiner Gepflogenheiten, in Gedanken gesellschaftliche Situationen durchzuspielen und auf simple Fragen Antworten zu erfinden, die ich für kultiviert und interessant hielt. Das Ergebnis wirkte ziemlich gestelzt und künstlich, und fast jedesmal bereute ich das Gesagte, sobald es meinem Mund entschlüpft war.

»Mein Bruder hat einen Unfall gehabt, Doktor.« Die Sachlichkeit, mit der sie sprach, legte nahe, daß es sich nicht um einen Notfall handelte.

»Oh?« Ich ließ meinen Blick durch den Park schweifen, halb in der Erwartung, jemanden näherkommen zu sehen – einen Freund oder ihren Bruder selbst –, denn wer schickte, wenn andere zur Verfügung standen, eine junge Dame, um den Arzt zu holen?

»Äh . . . wo ist Ihr Bruder jetzt, Mademoiselle . . .?« In milder Neugier, ihren Namen zu erfahren, zog ich die Augenbrauen hoch.

»Er ist zu Hause.«

»Zu Hause?«

»Ja. Unser Haus heißt Etcheverria. Kennen Sie es?«

Ich mußte gestehen, es nicht zu kennen.

»Es liegt zwei Komma sechs Kilometer von Salies entfernt, an der Straße nach Mauleon.«

Ich mußte lächeln über diese Exaktheit. »*Genau* zwei Komma sechs Kilometer?«

Sie nickte. »Gehen wir?«

»Äh . . . selbstverständlich. Ich werde meine Tasche holen müssen.« Bevor ich ihr meinen Arm anbieten konnte, hatte sie sich schon umgedreht und auf den Weg gemacht durchs Gras zum Stadtplatz, so daß mir nichts anderes übrig blieb, als ihr, um sie einzuholen, linkisch nachzueilen.

»Äh . . . Wie sind Sie denn in den Ort gekommen? Haben Sie einen Einspänner?«

»Ich bin mit dem Fahrrad gefahren. Ich habe es auf dem Platz abgestellt.«

In jener Zeit karriolten junge Frauen manchmal auf Fahrrädern umher, um sich zu vergnügen oder zur Schau zu stellen, doch als Transportmittel waren Fahrräder nicht verbreitet, verboten dies doch die Regeln der Schicklichkeit nicht minder streng als die Kleidervorschriften. Ihre Einstellung diesen Einschränkungen gegenüber faszinierte mich. »Können Sie mir Näheres über den Unfall Ihres Bruders sagen, Mademoiselle . . .?«

»Treville. Oh, ich glaube nicht, daß es sehr gravierend ist, Doktor. Er fiel von seiner Maschine.«

»Seinem Fahrrad?«

»Ja. Wir fuhren gerade um die Wette, und er stürzte.«

»Ein Wettrennen? Ach so.« Ich warf einen Seitenblick auf ihr Profil und war überrascht von ihren goldenen, sonnengebräunten Wangen und ihrer gesunden Gesichtsfarbe, ungewöhnlich für Frauen der Mittelklasse, in der Blässe nicht nur als Zeichen von Schönheit galt, sondern auch als höchst geschätzter Beweis für Müßiggang. Sie ging ohne Hut, ein Verstoß gegen den modischen Anstand zu einer Zeit, da Frauen selbst beim Autofahren und Reiten aufregende, weit ausladende Hüte trugen. Ihr volles, dunkles Haar war zu einem weichen Knoten zurückgesteckt, aber ein paar Strähnen hatten sich gelöst und wehten um ihre Schläfen – zweifellos in Unordnung geraten durch ihre Fahrradfahrt von genau zwei sechs Zehntel Kilometern. Sie als Schönheit zu bezeichnen, wäre nicht korrekt, lag doch in ihren Zügen zuviel Kraft, zuviel Energie in ihrem Körper, um dem gängigen Schönheitsideal molliger Passivität gerecht zu werden. Zutreffender konnte man sie eine hübsche Frau nennen . . . ich hielt sie für eine wirklich sehr hübsche Frau. Ich betrachtete gerade die anmutige Linie ihres Halses, dessen Nacken von weichen Löckchen umschmeichelt wurde, als sie sich mir zuwandte, in ihren Augen die Frage, warum ich sie so anstarrte.

»Äh . . . und welcher Art sind die Verletzungen Ihres Bruders?« fragte ich rasch.

»Nun, er ist ein bißchen angeschrammt natürlich. Und es könnte sein, daß er sich die Clavicula gebrochen hat. Aber eine Gehirnerschütterung hat er nicht.«

Ich runzelte die Stirn. »Ich bin beeindruckt, Mademoiselle Treville. Sie scheinen einiges von Medizin zu verstehen.«

Sie zuckte die Achseln und schnaubte wie Bauern

oder Gassenjungen, die eine unbedeutende Sache abtun. »Nicht der Rede wert.«

»Aber die meisten Leute und fast alle Frauen hätten statt Clavicula Schlüsselbein gesagt.«

»Ich habe mich einmal einen Sommer lang mit Anatomie beschäftigt und mehrere Bücher darüber gelesen. Das ist alles. Daran ist nichts Geheimnisvolles.«

Wie soll ich erklären, welche Bedeutung es im Sommer 1914 hatte, wenn eine junge Dame zugab, sich für Anatomie zu interessieren? Das wäre ungefähr so, als gäbe heutzutage eins dieser schnippischen jungen Dinger zu, von Pornographie fasziniert zu sein. Die Konventionen höflicher Konversation sahen die Existenz des menschlichen Körpers nicht vor, von seinen Einzelteilen ganz zu schweigen.

Wir hatten den Park verlassen und gingen nun die von Bäumen gesäumte Hauptallee von Salies zur Klinik hinunter. Auf der anderen Straßenseite blieben zwei Frauen stehen und tuschelten über das schamlose junge Mädchen, das barhäuptig neben dem jungen Doktor einherging. Und tatsächlich lag etwas in der Kraft von Katyas langen, athletischen Schritten, das undamenhaft wirkte. Es wäre nicht ganz gerecht zu behaupten, die Damen jener Zeit *trippelten*, aber ganz gewiß schritten sie nicht energisch aus, denn es war ohne Frage *würdelos*, auch nur den Anschein zu erwecken, man müsse irgendein Ziel dringend erreichen.

»Woher wissen Sie, daß Ihr Bruder keine Gehirnerschütterung hat?« fragte ich.

»Seine Augen reagieren auf Licht, indem sich die Pupillen verengen«, erwiderte sie in einem Tonfall, in dem man ohnehin Bekanntes unnötigerweise erklärt. »Wie sonst sollte man eine Gehirnerschütterung feststellen?«

»Wahrhaftig, wie sonst«, sagte ich ein wenig gereizt. »Ich nehme an, es hat auch einen Sommer gegeben, den sie der Diagnostik gewidmet haben?«

Sie hielt im Gehen inne und wandte sich mir, verwirrt durch meinen Sarkasmus, zu. Mit bestürzender Direktheit blickte sie mir in die Augen, mit dem Ausdruck ernsthaften Interesses und einer Spur Belustigung, ein Ausdruck, der, wie ich später herausfand, typisch für sie war und den ich sehr mochte. »Ich habe mich des Eindringens in Ihr Fachgebiet schuldig gemacht, nicht wahr?« sagte sie. »Es tut mir leid.«

»Oh, nein. Das ist es überhaupt nicht«, protestierte ich.

»Wirklich nicht?«

»Gewiß nicht . . . nun, frei heraus gesagt, ja.« Ich grinste. »Schließlich steht mir die Rolle des weisen, alten Doktors und Ihnen die der beunruhigten und bewundernden Patientin zu.«

Sie lächelte. »Ich verspreche Ihnen, so beunruhigt und bewundernd wie nur möglich zu sein, wenn wir uns das nächste Mal treffen.«

»Ah, das klingt schon besser.«

»Und Sie müssen den weisen, alten Doktor spielen . . . nun ja, den weisen, jungen Doktor.«

»Jung . . . aber würdevoll.«

»O ja, unbedingt würdevoll. Sagen Sie, beeinträchtigt es Ihre Würde, wenn ich Ihnen erzähle, daß wir schon an der Klinik vorbeigegangen sind?«

»Was? Ach! Ja, tatsächlich. So zu tun als vergäße ich mein Ziel, ist eine kleine List, mit der ich prüfe, ob meine Begleitung aufpaßt.«

»Sehr klug.«

»Danke. Möchten Sie nicht eintreten und Platz nehmen, solange ich meine Sachen hole?«

»Nein, danke. Ich werde hier auf Sie warten.«

Ich borgte mir Dr. Gros' Sulky und wir fuhren gen Süden aus der Stadt hinaus aufs Land, wo Apfelbäume zu beiden Seiten des Weges die Mittagsluft mit dem Duft ihrer reifenden Früchte würzten. Trotz meiner

Angewohnheit, perfekte Gespräche mit mir selbst einzustudieren und meine Redewendungen aufzupolieren, bis sie vor Witz und Scharfsinn nur so troffen, fiel mir jetzt nichts Amüsantes ein. Sie, für ihren Teil, saß, das Gesicht der Sonne zugewandt, mit offensichtlicher Freude da und schien nicht an belanglosem Geplauder interessiert zu sein. Zweimal drehte sie sich zu mir um und lächelte mich großzügig und unpersönlich an. Sie ergötzte sich an der Sonnenwärme und der Brise, die durch die Fortbewegung des Einspänners entstand, und sie lächelte dem Augenblick zu, der ihr Freude bereitete. In dieses Lächeln schloß sie mich ein, als sei ich ein netter, namenloser Gegenstand.

Da mir absolut keine interessante oder witzige Bemerkung einfiel, griff ich auf Banales zurück. »Ich nehme an, Sie stammen nicht aus dieser Gegend, Mademoiselle?« Ihrer Aussprache fehlte das singende Näseln und das am Ende der Wörter mitgesprochene »e« des Südens.

»Nein.« Sie schwieg einen Moment lang, dann schien ihr einzufallen, daß eine einsilbige Antwort ein wenig brüsk wirkte. »Nein, wir sind zur Kur hier.«

»Das muß unbequem sein.«

Sie war bereits wieder in ihre angenehmen Träumereien versunken, und so dauerte es eine Weile, bevor sie sagte: »Entschuldigen Sie. Sie sagten gerade . . .?«

»Nichts von Bedeutung.«

»Ach? Ich verstehe.«

Eine halbe Minute verstrich in Schweigen. »Ich habe lediglich angedeutet, daß es unbequem sein muß.«

»Was muß unbequem sein?«

Ich seufzte. »Wenn man so weit vom Ort entfernt lebt . . . hier zu kuren und so weit weg vom Ort zu sein.« Ich wünschte aufrichtig, ich hätte dieses Gesprächsthema, das sie weder interessierte noch mich in günstigem Licht zeigte, nicht angeschnitten.

»Uns ist es so lieber, wirklich.«

»Dann brauchen Sie wohl nicht jeden Tag für Ihre Kuranwendungen in die Stadt zu kommen, nehme ich an.« Das sagte ich, obwohl ich sehr wohl wußte, daß sie keineswegs jeden Tag kam. Salies ist ein ziemlich kleiner Ort, und ich war ein romantischer junger Mann mit viel Freizeit. Wäre sie häufig nach Salies gekommen, so hätte ich sie gesehen; und hätte ich sie gesehen, so hätte ich mich gewiß an sie erinnert.

»Nein, nicht jeden Tag. In Wirklichkeit . . .« Sie lächelte einem alten Bauern, an dem wir auf dem Weg vorbeifuhren, einen Gruß zu, und er hob auf typisch baskische Weise kurz das Kinn, was ebensosehr Verabschiedung wie auch Begrüßung bedeuten kann. Dann wandte sie sich mir wieder zu. »In Wirklichkeit gehen wir überhaupt nicht in die Stadt.«

»Aber . . .«

»Als ich Ihnen erzählte, wir seien zur Kur hier, habe ich gelogen.«

»Gelogen?« Ich lächelte. »Haben Sie sich das Lügen zur Angewohnheit gemacht?«

Sie nickte nachdenklich. »Eine Lüge ist häufig das Leichteste und manchmal auch das Netteste. Es stimmt, daß wir aus gesundheitlichen Gründen hier sind, und um unnötigen Fragen aus dem Weg zu gehen, sage ich eben, wir kuren.«

»Ich verstehe. Aber was –« Ich hielt plötzlich inne und lachte. »Ich stand gerade im Begriff, in einer solch unnötigen Frage zu schwelgen.«

Sie stimmte in mein Lachen ein. »Das glaube ich gerne. Ah! Wir sind da. Dort nach rechts.«

Der Zustand des von Bäumen gesäumten Seitenwegs, von Gras überwuchert und von Räderspuren durchfurcht, war ein Indiz dafür, daß er lange Zeit hindurch, bevor die Trevilles in das Haus zogen, nicht benutzt worden war. Auf dem Weg zu dem uralten Steinhaufen, Etcheverria genannt, kamen wir an der zerbröckelnden Mauer eines aufgegebenen, von Unkraut überwucherten Gartens vorbei, in dem ein paar tapfere Blumen mit kümmerlichen Blüten ums Überleben kämpften und an die Vergänglichkeit menschlicher Arbeit erinnerten. Zweimal scheute das Pferd nervös.

»Dort spukt es«, sagte sie lächelnd.

»Und es macht Ihnen nichts aus, in einem Spukhaus zu wohnen?«

»Nein, nicht im Haus. Im Garten. Nach hiesiger Überlieferung spukt es im Garten.« Nachdenklich legte sie den Kopf schief und fügte hinzu: »Nun ja, vielleicht spukt es auch im Haus. Das gilt für die meisten Häuser ... auf die eine oder andere Weise.«

»Das ist eine interessante Beobachtung. Aber Dr. Freud würde die Meinung vertreten, daß es eher die Menschen als die Häuser sind, in denen es spukt ... auf die eine oder andere Weise.«

Sie nickte. »Ja, ich weiß.«

Ich war ehrlich überrascht. Und fasziniert. »Sie haben Dr. Freud gelesen?«

»Ja. Nachdem ich alles gelernt hatte, was ich über Anatomie wissen wollte.« Sie lachte. »Eins führt zwangsläufig zum anderen, nehme ich an. Erst lernt man, wie die verschiedenen Teile funktionieren, dann fragt man sich, warum sie sich die Mühe machen.«

Wir bogen durch ein windschiefes Tor. Es war nicht nötig, das Pferd anzubinden, da es eine erfahrene Arztstute und daran gewöhnt war, ruhig im Geschirr stehenzubleiben. Bis ich auf die andere Seite gegangen war, um ihr behilflich zu sein, war Katya bereits halb ausgestiegen. Mein tölpelhafter Versuch, überflüssige Hilfestellung zu leisten, und ihr Bemühen, noch in letzter Minute den Schein zu wahren und meine lenkende Hand zu akzeptieren, schufen einen Moment ungeschickten Gerangels, das uns beide zum Lachen brachte.

»Das ist der Stoff, aus dem Schmierenkomödien gemacht sind«, sagte sie.

»Oder edle Romanzen«, fügte ich hinzu.

Sie lächelte zu mir auf. »Nein, nur Schmierenkomödien, glaube ich.«

»Nun, vielleicht haben Sie recht. Dies ist das erste Mal in meinem Leben, daß ich mit einer Frau tanze, die kein –« Gewiß muß ich bei der Erkenntnis, daß meine Hand noch immer um ihre Taille lag, bis an die Ohren errötet sein. Ich zog sie schnell zurück.

Sie ging mir zum Haus voran. »Eine Frau, die kein . . . was?« fragte sie über die Schulter.

Wie konnte ich sagen: die kein Korsett trägt? In meiner Handfläche spürte ich noch immer, unbeschreiblich aufregend, weiches Fleisch unter festem Gewebe. »Die kein . . .« Ich räusperte mich. » . . . Mitglied meiner Familie war.«

Sie sah mich schräg von der Seite an. »Das glaube ich nicht.«

»Gut. Ich lüge häufig, wie Sie sehen. Es ist das Leichteste und manchmal auch das Netteste, was man tun kann.«

Sie lachte glucksend. »Schon gut.«

Von außen war das Haus in armseligem Zustand; aufsteigende Feuchtigkeit hatte den Putz an manchen Stellen abbröckeln lassen und legte den roh behauenen Stein darunter bloß.

Als wir die Eingangshalle betraten, nahm ich eine dumpfe Kühle wahr, die das Haus im Winter höchst ungemütlich machen mußte.

»Katya?« rief eine Männerstimme aus einem Zimmer neben der Eingangshalle.

»Ja, Paul«, antwortete sie. »Ich habe den Arzt mitgebracht. Wenn du es einrichten kannst, noch einen Moment lang am Leben zu bleiben, wird dir gleich Hilfe zuteil.«

Während sie mir bedeutete, ihr in den Salon zu folgen, lachte der Mann laut heraus.

»Paul, das ist Dr. Montjean. Dr. Montjean – mein armer, zerschlagener Bruder.«

Als er sich, den rechten Arm in einer Schlinge aus Leinenstreifen vor der Brust, von einem Sofa erhob, konnte ich mein Erstaunen nicht verbergen.

Sie waren Zwillinge. Glichen sich bis aufs Haar: die vollen Lippen, die hohen Stirnen, die ausgeprägten Wangenknochen, die energischen Kinnpartien, das dichte, kastanienfarbene Haar. Die Züge waren die gleichen, aber der Gesamteindruck war erstaunlich unterschiedlich, fanden doch die gleichen Wesenselemente ihren unterschiedlichen Ausdruck in den verschiedenen Geschlechtern. Was sie zu einer ansehnlichen Schönheit machte, wirkte bei ihm zart und beinahe weibisch. Was ihren Bewegungen Anmut verlieh, wirkte bei ihm affektiert. Ein ungnädiger Kritiker hätte sie als zu ausdrucksvoll beschrieben, ihn dagegen als zu ausdrucksschwach. Diese Verschiedenheit bei aller Gleichheit trat nirgendwo so stark zutage wie in ihren Augen. Der gleiche mandelförmige und leicht schräge Schnitt, das gleiche klare Blaßgrau, akzentuiert durch dunkle, dichte Wimpern, vermittelten einen völlig unterschiedlichen Eindruck. Ihr sanfter Blick schien wie eine Einladung, ihr ins tiefste Innere zu sehen. Sein Blick dagegen war hart und undurchdringlich. In seinen Augen glitzerte das Licht auf der Oberfläche, während die ihren von innen heraus leuchteten. Ihre Augen waren wie eine Brücke, seine wie eine Barriere.

Gemeinsam lachten sie über meine unverhohlene Überraschung. »Das ist schon ein alter Hut, Doktor, die Leute nicht darauf vorzubereiten, daß wir Zwillinge sind«, sagte ihr Bruder, wobei er meine Hand linkisch verdreht schüttelte, wie man eben mit der Linken einen Händedruck tauscht. »Aber die Wirkung auf Leute, die uns zum erstenmal zusammen sehen, wird uns niemals langweilig. Vergeben Sie uns unsere Heiterkeit auf Ihre Kosten, aber es gibt so wenig Zerstreuung in dieser hinterwäldlerischen Einöde.«

Ich versuchte, meine Sicherheit wiederzuerlangen, indem ich einen berufsmäßigen Ton anschlug. »Ihre Schwester sagte mir, Sie seien vom Fahrrad gefallen.«

Er warf ihr einen raschen Blick zu und grinste. »Nun ja, ich denke, wenn man will, kann man es auch so ausdrücken. In Wirklichkeit –«

»Ich werde mich um eine Erfrischung kümmern«, warf sie rasch ein. »Eine Tasse Kräutertee, Doktor?«

»Ja, bitte.«

Als sie den Raum verließ, hob ihr Bruder die Stimme und verfolgte sie mit seinen Worten. »So kann man es auch sagen, Doktor. In Wirklichkeit hat mich meine liebe Schwester von meiner Maschine gestoßen!«

»Quatsch!« rief sie aus der Halle.

Während ich mich daranmachte, den recht fachmännisch angelegten Verband zu lösen, lachte er verhalten und schüttelte den Kopf. Bei der ersten Berührung zuckte er zusammen, sprach jedoch, während ich ihn untersuchte, weiter. »Es stimmt, müssen Sie wissen. Bei Wettkämpfen ist sie geradezu bösartig. Wir machten gerade ein kleines Wettrennen bis ans Ende des Weges und wieder zurück – Autsch! Mein Gott, Doktor! Wenn Sie wissen wollen, ob das wehgetan hat, kann ich nur *Ja* sagen!«

»Tut mir leid.«

»Ich frage mich, ob ich mich damit zufriedengeben soll. Jedenfalls, ich hatte einen Vorsprung bei dem Rennen, weil ich ein bißchen gemogelt hatte und vor ihr gestartet war, hatte das Ende des Weges erreicht und war schon auf dem Rückweg, und was tut sie? Sie – Aah! Mann, verflucht! Waren Sie zuletzt bei der Inquisition beschäftigt? Ich nehme an, er ist gebrochen?«

»Auf jeden Fall angebrochen.«

»Verdammtes Pech. Jedenfalls, als ich auf meinem Weg zurück an ihr vorbeifuhr, schlug sie nach mir und stieß mich gegen die Gartenmauer. Einfach so. Der Jockey Club hätte sie bestimmt disqualifiziert.«

»Der Jockey Club? Dann sind Sie also aus Paris?«

Erstaunt hob er eine Augenbraue. »Wieso, natürlich. Ich kann es kaum fassen, daß Sie von ihm gehört haben. Ihrer Aussprache nach schloß ich, Sie stammten von hier.«

»Ich war mir nicht bewußt, Dialekt zu sprechen.« Ich hatte sogar während meines Studiums in Paris große Anstrengungen unternommen, meinen baskischen Singsang loszuwerden, da seine bäuerische Wirkung für meine Kommilitonen eine beständige Quelle des Spotts gebildet hatte.

»Ach, ich glaube, es ist weniger ein Dialekt. Es ist eher eine Frage der Sprachmelodie als der Aussprache. Ich bin so etwas wie ein Dialektforscher, denn nichts ist so bezeichnend für Bildung und Klassenzugehörigkeit wie Sprachgewohnheiten.«

Paul Treville selbst hatte einen Tonfall, eine gewisse nasale Lässigkeit, die ich als die der Pariser Oberklasse erkannte, ein Akzent, der mich stets gestört hatte, sprach er doch für Reichtum und Wohlleben, während ich mich für mein Studium hatte abplagen müssen. Dies war eine Sprache, die ich nie für einen Dialekt, sondern stets für Affektiertheit gehalten hatte.

»Wenn man mich bäte, Ihren Akzent zu beschreiben, Doktor, so würde ich sagen, es ist die Sprache eines Mannes, der hart daran gearbeitet hat, seinen südlichen Tonfall loszuwerden, und dem es um ein Haar gelungen wäre.«

Die Genauigkeit seiner Beobachtung brachte mich selbstverständlich aus der Fassung. Wir alle wünschen uns, verstanden zu werden, aber niemand freut sich, wenn er durchschaut wird. Ich fürchte, ich konnte meinen Ärger nur schlecht verhehlen, denn sein Lächeln sagte mir deutlich, welches Vergnügen er daran hatte, mir auf die Schliche gekommen zu sein.

»Sie sind ziemlich jung für einen Arzt, nicht wahr?«

»Ich habe gerade erst meine Ausbildung beendet.«

»Ach ja. Hoffentlich bin ich nicht Ihr erster Patient.«

»Sie täten besser daran zu hoffen, nicht mein letzter zu sein. Halten Sie still. Ich muß Ihren Arm vor die Brust binden, um ihn ruhigzustellen. Das wird vielleicht ein wenig weh tun.«

»Das wird es ganz bestimmt. So, dann haben Sie also vom Jockey Club gehört, wenn ich recht verstanden habe. Ich wage zu behaupten, daß Sie kein Mitglied waren.«

»Ihre Behauptung ist korrekt. Meine Erinnerungen an Paris sind die eines mittellosen Studenten – an jene Art Bohème-Leben, über das zu reden angenehmer ist, als es zu führen. Von dem Mitgliedsbeitrag in Ihrem Club hätte ich – selbst wenn man voraussetzt, ich hätte einen Bürgen gefunden, was höchst unwahrscheinlich ist – mein gesamtes Studium finanzieren können.«

»Ja, allerdings. Aber auf lange Sicht wäre es wohl eine bessere Investition gewesen. Sie hätten dort die besseren Leute getroffen.«

»Die *wichtigen* Leute?«

Er lächelte über meinen scharfen Ton, aber mit einem unnötig festen Ruck am Verband brachte ich sein Lächeln zum Verschwinden.

»Aah! Ich nehme an, Sie wissen, daß das weh tut?«

»M-hm.«

»Sie scheinen unter dem Wahn zu leiden, die einzig wichtigen Leute seien diejenigen, die in den Weinbergen schuften, Doktor. Die Kesselflicker, die Steinmetze, die Ackerknechte, die ... Parasiten. Sie übersehen dabei den bedeutenden gesellschaftlichen Wert der Aristokratie.«

»Und worin, glauben Sie, besteht der?« fragte ich tonlos, wobei ich geschäftig den Gazeverband um seine glatte, unbehaarte Brust wickelte.

»Seit dem kulturellen Selbstmord durch die Revolution hat meine Klasse der Bourgeoisie stets als Anschauungsobjekt für die Verwerflichkeit des Müßiggangs gedient. Ich bin, wenn ich so sagen darf, meinen Pflichten mit bewundernswerter Emsigkeit nachgekommen, indem ich mich dem Glücksspiel, dem Tontaubenschießen, lustloser Promiskuität, nichtssagendem Getändel widmete – all den traditionellen Beschäftigungen eines jungen Mannes von Welt.«

»Wie langweilig das für Sie sein muß.«

»Das ist es, das ist es.«

»Und für Ihre Gesprächspartner.«

»Aha, der Bursche zeigt die Zähne!«

»Halten Sie doch still.«

»Also, meinem Vater ist es gelungen, sich auf verstohlenere Weise unnütz zu machen. Er ist so eine Art Privatgelehrter. Aber ich fürchte, seine Nutzlosigkeit geht unbemerkt und ungewürdigt durch, da Nutzlosigkeit in der akademischen Welt die Norm ist.«

»Und Ihre Schwester?«

»Katya? Ah, da berühren Sie einen wunden Punkt – haben Sie etwas für Wortspiele übrig?«

»Nicht übermäßig viel.«

»Schade. Ja, Katya ist eine Art Schandfleck für ihre Klasse. Gäbe man ihr auch nur die geringste Gelegenheit, so, fürchte ich, würde sie sich auf erhebende Aktivitäten aller Art einlassen. Glücklicherweise gibt es in diesem verlassenen Nest keine Möglichkeit für sie, sich derart gehenzulassen, so daß die traditionelle Nutzlosigkeit unserer Familie unbefleckt bleibt. Nun, Doktor? Wie lautet Ihre Diagnose? Werde ich mich für den Rest meines Lebens als hoffnungsloser Krüppel herumplagen müssen?«

»Physisch nicht. Solange Sie Arm und Schulter ruhig halten, wird die Natur für Heilung sorgen. Aber es kann ungefähr einen Monat dauern, bevor Sie Ihren Arm wieder voll belasten können.«

»Einen ganzen Monat!«

»Knochen nehmen sich Zeit zum Heilen, Monsieur Treville.«

Er sah mich fragend an. »Treville? Hat Katya Ihnen gesagt, unser Name sei Treville?«

»Ja, wieso? Stimmt es nicht?«

Er schob die Unterlippe vor und tat es mit einer Bewegung seiner unverletzten Hand ab. »Oh, doch. Treville. Hm-m-m. Ich finde, er klingt ganz gut, Sie nicht auch?«

Ich hatte das Gefühl, zur Spottfigur gemacht zu werden, und es gibt kaum etwas Unerträglicheres für einen jungen Mann, dessen verletzliche Würde nicht durch Leistungen untermauert wird. Meine Abneigung fand ihren Ausdruck in dem unhöflichen Schweigen, unter dem ich ihn weiter verband, und in dem kalten Tonfall, in dem ich sagte: »Bitte sehr, Monsieur Treville. Das hätten wir. Haben Sie noch weitere Verletzungen? Ich stehe ein wenig unter Zeitdruck.«

»Ach, tatsächlich?« Paul Treville lächelte und hob eine Augenbraue. »Wissen Sie, Doktor, es hat mich schon immer belustigt, wie sich Leute Ihrer Profession erdreisten können, eine derart überlegene Haltung einzunehmen, die lediglich auf der Tatsache beruht, ein paar Jahre lang, statt in den Handel zu gehen, mit Chemikalien und Eiter und Schweineföten in Salzwasserlösung herumgepfuscht zu haben. Sie scheinen zu vergessen, daß Sie Ihr Geld verdienen, indem Sie Ihre Dienste jedem verkaufen, der Sie bezahlen kann.«

»Das könnte man von vielen anderen Berufen auch sagen.«

»Ja, tatsächlich. Von Huren, zum Beispiel.«

Ich starrte ihn eine ganze Weile lang schweigend an. Dann wiederholte ich nüchtern: »Haben Sie noch weitere Verletzungen? Benommenheit? Übelkeit? Kopfschmerzen?«

»Nur ein paar Schrammen und blaue Flecken. Aber ich bin sicher, sie werden *rechtzeitig* heilen. Der Lauf der Zeit, möchte man glauben, ist Ihr Universalheilmittel. Haben Sie je in Betracht gezogen, Ihr Honorar mit Väterchen Zeit zu teilen?«

Ich stand gerade im Begriff, ihm eine passende Antwort zu erteilen, als Katya mit Teekanne und Tassen auf einem Silbertablett zurückkam. »Wollen wir ihn auf der Terrasse trinken?«

Durch die Haltung ihres Bruders gekränkt, erwog ich zu sagen, ich sei zu beschäftigt, um meine Zeit mit Teetrinken zu vertrödeln, doch zwei Dinge hielten mich davon ab. Erstens dachte ich, es könne lächerlich klingen, hatte Katya mich doch beim trägen Herumsitzen im Park überrascht. Zweitens hatte ich mich in Katya verliebt.

Damals erkannte ich das natürlich nicht, aber die Rückschau läßt verwirrende Einzelheiten verschwimmen und das Wesentliche deutlicher hervortreten, und heute ist mir klar, daß ich mich bereits im ersten Stadium von Interesse, Zuneigung und Aufgeregtheit befand, aus denen bald Liebe werden sollte. Bisher war nichts Bedeutsames zwischen uns vorgefallen – der Anblick ihres sonnengebräunten Profils, als ich neben ihr durch den Park ging, die Haarsträhnen an ihren Schläfen, ihr Blick mit dieser Mischung aus Aufrichtigkeit und Belustigung, mit dem sie meinen gesucht hatte, die zufällige Berührung ihrer Hand und die Art, wie sich ihre Taille angefühlt hatte, als ich ungeschickt versuchte, ihr aus dem Sulky zu helfen – nichts von Bedeutung. Aber die Bausteinchen, aus denen sich Liebe zusammensetzt, sind zu klein, um sie noch einmal aufzuspalten und zu analysieren, ebenso wie die Liebe in ihrer Gesamtheit zu umfassend ist, um auf einmal und aus einem einzigen emotionellen Blickwinkel heraus wahrgenommen zu werden. Jenseits aller Vernunft, jenseits aller Logik und ohne es auch nur zu wissen, hatte ich mich in sie verliebt.

Ich gab meiner Liebe mit bewundernswerter Zurückhaltung Ausdruck: Ich teilte ihr mit, es wäre mir ein Vergnügen, den Tee auf der Terrasse zu trinken.

Ihr Bruder erhob sich mit der Bemerkung, er müsse sich meine Gesellschaft, so vergnüglich und erleuchtend sie sei, versagen, täte er doch besser daran, sich auf sein Zimmer zu begeben und in der Hoffnung zu ruhen, die Zeit dazu inspirieren zu können, sich zu seiner Fürsprecherin zu machen und ihn zu heilen. Er verbeugte sich vor mir mit leicht spöttischer Ehrerbietung und sagte: »Vermeiden Sie es vor allem, Doktor, meine Schwester auf irgendeinem Gebiet herauszufordern. Sobald sie befürchtet, einen Wettkampf zu verlieren, ist sie sich nicht zu gut, Ihnen den Teetopf an den Kopf zu werfen. Was dich betrifft, Katya, laß dir gesagt sein, daß der gute Doktor heute nachmittag ziemlich streitsüchtig zu sein scheint. Zweifellos, weil er auf den Hinweis auf seine beschränkten Fähigkeiten als Heiler zerschundener Körper ein wenig empfindlich reagiert. Nun, ich gehe jetzt. Angenehmes Geplauder wünsche ich.«

Die Terrasse, auf der wir saßen und über den feuchtdumpfen, vernachlässigten Garten blickten, war gesprenkelt vom durch die Bäume fallenden Sonnenlicht. Und immer wenn die leichte Brise Schatten auf Katyas hochgeschlossenes Kleid aus weißem Batist mit Spitze an Manschetten und Hals malte, brach sich das Licht auf ihrem Mieder an ihrem festen, runden Kinn und schien ihr Gesicht erglühen zu lassen. Hingerissen sah ich ihr zu, wie sie den hellen Kräutertee mit ebenso anmutigen wie sicheren und selbstverständlichen Bewegungen servierte. Diese Unverkrampftheit, so nahm ich an, war, ebenso wie ihres Bruders gleichgültige Überheblichkeit, eine Frage der Erziehung. Erneut fühlte ich mich von der Ähnlichkeit und den segensreichen Unterschieden zwischen ihnen betroffen.

»Sie leben allein hier . . ., Sie und Ihr Bruder?«

»Wir haben eine Frau aus dem Dorf, die regelmäßig kommt.«

»Aber vermutlich keinen Gärtner.« Ich wies auf den überbordenden Wildwuchs vor uns.

Sie lachte. »Das ist nicht fair. Stundenlang habe ich mich abgemüht, einen ungekünstelten, ja sogar natürlich verwilderten Effekt zu schaffen. Und das scheint Sie nicht einmal zu beeindrucken.«

»Oh, ich bin sehr beeindruckt. Sie haben eine Wirkung erzielt, die ich . . . einzigartig ungezwungen nennen möchte.«

»Vielen Dank«, sagte sie und neigte ihren Kopf in bescheidener Annahme dieses Lobs.

»Und Ihre Eltern? Wo sind Ihre Eltern?«

»Meine Mutter starb bei der Geburt . . . bei unserer Geburt.«

»Das tut mir leid.«

»Das tut es Ihnen natürlich nicht wirklich. Wie könnte es auch? Aber ich weiß Ihre konventionelle Beileidsbezeugung zu schätzen.«

»Und Ihr Vater?«

Sie blickte über den Garten und nippte an ihrem Kräutertee. Dann stellte sie ihre Tasse auf die Untertasse zurück und sagte leichthin: »Ach, Vater ist recht gesund.«

»Lebt er hier bei Ihnen?«

»Eigentlich leben wir bei ihm.«

Ich war ein wenig überrascht. Wenn es hier einen Vater gab, wie war es dann gekommen, daß Katya auf einem Fahrrad den ganzen Weg nach Salies geschickt worden war, um einen Arzt zu holen?

Sie lächelte. »Nun ja, um die Wahrheit zu sagen, Vater weiß noch nichts von Pauls kleinem Unfall. Die Probleme des täglichen Lebens sind etwas, dem mein Vater nicht so recht gewachsen ist. Nein, lassen Sie es mich genauer formulieren. In Frage steht nicht seine Fähigkeit, mit den Dingen fertig zu werden, sondern sein Interesse, es mit ihnen aufzunehmen. Er widmet den größten Teil des Tages seinen ›Studien‹.« Sie betonte das Wort so ulkig, daß ich annahm, sie imitiere die Stimme ihres Vaters.

»Studien welcher Art?«

»Das mag der Himmel wissen. Er brütet über dicken Wälzern und verarbeitet sie zu Kritzeleien in kleinen, dünnen Notizbüchern, und hin und wieder sagt er ›Hm-m-m‹ oder ›Ah!‹ oder ›Ich frage mich . . .?‹« Sie lachte kurz auf. »Eigentlich lasse ich ihm keine Gerechtigkeit widerfahren. Er ist ein lieber, alter Mann mit einer Leidenschaft für Dorfleben und Gebräuche des Mittelalters, die seine Zeit und seinen Geist in Anspruch nimmt und ihm nur vages Interesse fürs Hier und Heute läßt. Manchmal denke ich, Vater glaubt, daß wir in einer posthistorischen und ziemlich unbedeutenden Ära leben.«

»Kommt das daher? Ihr Interesse an Büchern und Gelehrsamkeit? Es gibt nicht viele Frauen, die sich mit solchen Dingen wie Anatomie und Dr. Freud beschäftigen.«

»Ich habe mich nie sonderlich darum gekümmert, was andere Frauen tun. Darf ich nachschenken?«

»Ja, bitte.«

Während sie sich vorbeugte, um einzuschenken,

sagte sie so gelassen, als wäre es ihr schon die ganze Zeit im Kopf herumgegangen: »Sie mögen meinen Bruder nicht, oder?«

»Was bringt Sie auf diesen Gedanken?«

»Ach, als ich mit dem Tee zurückkam, lag eine gewisse Spannung in der Luft.«

»Ja. Das mag schon stimmen.«

»Und? Wie denken Sie über ihn?«

»Soll ich offen antworten?«

»Das heißt, Sie wollen etwas Unfreundliches sagen, nicht wahr?«

»Ich kann nicht gleichzeitig freundlich und ehrlich sein.«

»Meine Güte!« sagte sie mit gespieltem Erstaunen. »Also, wenn *das* nicht offen ist!«

»Ich will niemanden beleidigen –«

»Aber?«

»Aber ... finden Sie ihn nicht auch ein wenig anmaßend und arrogant?«

»Er macht nur Spaß.«

»Vielleicht. Darf ich fragen, ob Ihr Name wirklich Treville ist?«

Überrascht sah sie auf. »Was für eine seltsame Frage!«

Ich fing an zu erklären, daß sie, zog man in Betracht, wie ihr Bruder auf die Anrede ›Monsieur Treville‹ reagiert hatte, keineswegs seltsam sei, doch sie unterbrach mich: »Oh, ich verstehe schon. Er hat Sie dazu verleitet zu glauben, wir hießen nicht Treville.«

»In der Tat.«

Sie lächelte und schüttelte den Kopf. »Das sieht ihm ähnlich.«

»Ich weiß nicht. Aber das mag schon sein.«

»Lediglich einer seiner Späße. Er genießt es, Leute an der Nase herumzuführen ..., sie aus dem Gleichgewicht zu bringen. Sie müssen ihm verzeihen.«

»Muß ich das?«

»Eigentlich hatte ich gehofft, sie beide würden glänzend miteinander auskommen. Er kennt niemanden hier.«

»Ich fürchte, die Wahrscheinlichkeit, daß wir glänzend miteinander auskommen, liegt in ziemlich weiter Ferne.«

»Zu schade. Der arme Kerl ist intelligent und von rascher Auffassungsgabe und in dieser weltabgeschiedenen Ecke gibt es kein Betätigungsfeld für ihn. Er ist zu Tode gelangweilt.«

»Und warum geht er nicht woandershin?«

»Das geht nicht.«

Der Tonfall, in dem sie das sagte, verbot mir, nach den Gründen dafür zu forschen, und so fragte ich stattdessen: »Warum beschäftigt er sich nicht wie Sie mit Lesen und Lernen?«

»Die Gedanken anderer Leute langweilen ihn. Wollen wir ein wenig durch den Garten gehen?«

Dieser Themawechsel war so unverhohlen, daß ich lächeln mußte. »Brauchen wir dazu nicht einen kleinen Eingeborenen, um uns den Pfad freizuschlagen?«

Lachend ging sie mir voran. »Nein, es gibt einen ausgetretenen Pfad durch den Dschungel. Ich verbringe einen großen Teil des Tages unten im Garten. Dort gibt es ein Gartenhaus – nun ja, was davon noch übrig ist –, wo ich mich gerne mit einem Buch verstecke. Allerdings stimmt es, daß wir, wenn Sie vom Wege abkommen, einen Suchtrupp aufstellen müssen, um Sie wiederzufinden, aber wenn Sie bei mir bleiben, sind Sie in völliger Sicherheit.«

»Ich kann mir nichts vorstellen, was weniger sicher wäre, als bei Ihnen zu bleiben, Mademoiselle Treville, und nichts, was wünschenswerter wäre.«

Sie runzelte die Stirn. »Das ist Ihrer unwürdig, Dr. Montjean. Männer scheinen sich nicht darüber im klaren zu sein, daß geistlose, kindische Galanterien schrecklich langweilig sein können. Eine Frau muß entweder vorgeben, sie nicht gehört zu haben, oder sie muß darauf reagieren. Und häufig möchte sie am liebsten beides nicht.«

Ich spürte, wie ich heiße Ohren bekam. »Es tut mir leid. Sie haben natürlich vollkommen recht. Darf ich Ihnen etwas gestehen?«

»Das kommt darauf an. Wird mich Ihr Geständnis belasten? Werde ich zur Wahrung Ihrer Geheimnisse verpflichtet? Oder zur Vortäuschung von Mitgefühl?«

»Nein, es handelt sich um ein ganz und gar triviales Geständnis.«

»Oh, dann gestehen Sie auf alle Fälle. Mit dem ganz und gar Trivialen komme ich gut zurecht.«

»Es ist eigentlich eher eine Erklärung als ein Geständnis. Diese ›geistlosen, kindischen Galanterien‹, gegen die Sie völlig zu Recht Einspruch erheben, sind das Resultat einer schrecklichen Angewohnheit, in die ich verfallen bin. Wenn ich allein bin und in den Tag hineinträume, übe ich mich darin, geistreiche Dialogzeilen maßzuschneidern. Aber wenn ich sie im wirklichen Leben anwende, löst sich der ganze Geistreichtum in meinem Munde auf und übrig bleibt nur noch künstliche Gestelztheit. Ich hatte nicht die Absicht, dreist zu sein. Ich gestehe jedoch, daß ich ungeschickt bin. Können Sie mir vergeben?«

Sie wandte sich zu mir um und ihr Blick suchte meinen. »Wie heißen Sie mit Vornamen, Dr. Montjean?«

»Jean-Marc.«

»Jean-Marc Montjean. Klingt wie eine Figur aus einem Roman des neunzehnten Jahrhunderts. Kein Wunder, daß Sie bis obenhin voller Romantik stekken.«

Ich zuckte mit der Schulter. »Habe ich recht verstanden, daß Ihr Bruder Sie Katya nannte?«

»Ja.«

»Katya? Die russische Verkleinerungsform von Katharina. Aber Sie sind doch keine Russin, oder?«

»Nein. Und ich heiße auch nicht Katharina. Ohne jede Rücksicht auf die feineren Gefühle einer jungen Frau und ohne jeden Sinn für Poesie ließ mich mein Vater auf den Namen Hortense taufen. Sobald ich herausfand, daß man so etwas tun kann, änderte ich ihn in Katya um.«

»Sie haben Ihren Namen geändert? Mit einem legalen Verfahren?«

»Nein. Mit simpler Willenskraft. Ich weigerte mich ganz einfach, auf den Namen Hortense zu hören, und leistete keiner Bitte Folge, wenn ich nicht Katya genannt wurde.«

»Und *mich* beschuldigen Sie, ein Romantiker zu sein?«

»Es war keine Beschuldigung. Es war nur eine Bezeichnung.«

»Was für ein energisches Kind Sie gewesen sein müssen, wenn Sie jedermann gezwungen haben, Sie bei einem anderen Namen zu nennen.«

»›Ungezogene Göre‹ käme der Sache wohl näher.« Sie drehte sich um und ging weiter den schmalen Pfad hinunter.

Die üppige Vegetation wurde zunehmend dichter, scharfer Geruch von modrigem Unkraut stieg von der kalten Erde auf, und ich spürte einen plötzlichen Schauer auf der Haut. »So, so. Das Gespenst kann nicht weit sein«, sagte ich, indem ich versuchte, mein Unbehagen mit einem Witz abzutun.

Sie blieb stehen und drehte sich mit ernstem Gesichtsausdruck zu mir um. »Gespenst? Ich habe es nie als *Gespenst* betrachtet.«

»Nun . . . was spukt dann hier, wenn es kein Gespenst ist?«

»Ein *Geist.* Ich bin sicher, sie würde lieber Geist als Gespenst genannt werden.«

»Dann ist es also eine Frau, dieses Ge- – der Geist?«

»Ja, eigentlich ein Mädchen. Wirklich, ein Gespenst! Was für eine finstere Vorstellung!«

»Mag schon sein. Aber Gespenster haben nun einmal unvermeidlich etwas Finsteres an sich. Finsternis ist ihr Metier.«

»Das mag auf Gespenster zutreffen, jedoch nicht auf Geister, die insgesamt einer höheren Gattung angehören. Und mehr möchte ich darüber nicht hören. Nun, wir sind da. Was halten Sie von meiner Privatbibliothek?«

Ich begutachtete die Ruine dessen, was einst ein zauberhafter kleiner Pavillon gewesen war. »Aha ... Oh, es ist ... prachtvoll. Prachtvoll! Vielleicht wäre ein Hauch Farbe nicht ganz unangebracht. Und ich glaube nicht, daß der Austausch einiger zerborstener Gitterleisten dem Gesamteindruck allzu sehr schaden würde. Und ich *mag* diesen Hauch von Verwesung um die Fundamente. Und wie lässig sich die Balken biegen! Sie ist schon ein architektonisches Wunder, Ihre Bibliothek, wie sie unter völliger Mißachtung der Schwerkraft dasteht.«

»Es ist ein unbeschwertes kleines Häuschen, daher braucht es den Gesetzen der Schwerkraft nicht zu gehorchen. Warum ziehen Sie so ein Gesicht?«

»Was für ein jämmerliches Wortspiel!«

»Sie machen sich nichts aus Wortspielen?«

»Nicht sonderlich, wie ich Ihnen bereits sagte.«

»Sie haben mir aber nicht gesagt, daß Sie ein eingeschworener Feind des edlen Wortspiels sind.«

»Doch, das habe ich – ach, nein. Es war Ihr Bruder, dem ich es erzählte. Ist dieser Hang zu Wortspielen ein Charakterzug der Familie – ein genetischer Lapsus?«

»Wir sind gewillt, den Worten eine respektlose Funktion zuzugestehen, wenn es das ist, was Sie meinen.«

»Das meinte ich nicht, aber ich gebe mich damit zufrieden.« Ich sah mich um. »Von hier aus kann man das Haus nicht sehen.«

»Was entscheidender ist, man kann *vom Haus aus* nicht gesehen werden«, sagte sie lächelnd zu mir.

Nach einer Sekunde des Zweifels, ob ich dies als eine Einladung zu einer gewissen Vertraulichkeit auffassen durfte, nahm ich ihre Hand und hielt sie in meinen beiden fest. Sie widersetzte sich nicht, aber ihre Hand war kraftlos, und mein liebevoller Händedruck fand keine Erwiderung. Nur ihr Blick suchte den meinen, begleitet von einem schwachen Stirnrunzeln, das – nein, Ärger war es nicht eigentlich, was es ausdrückte, eher fragenden Zweifel.

»Mademoiselle Treville . . .«, sagte ich, ohne dem etwas hinzufügen zu können.

»Ja?«

»Sie sind . . . sehr schön.«

Sie lachte mich aus. »Das stimmt gar nicht, wie Sie wissen. Ich glaube, ich bin eine hübsche Frau. Gesund. Nett anzusehen. Aber ich bin nicht schön, und es ist töricht von Ihnen, so etwas zu sagen.«

Ich litt schweigend und verwirrt. Ich wünschte, erklären zu können, daß meiner Geste der Zuneigung keine Respektlosigkeit innewohnte. Es war ganz einfach so, daß sie frei und frisch wirkte, so . . . modern, glaube ich . . ., daß ich das Gefühl hatte, sie würde verstehen, warum ich so offen – Ach! Ich fand nicht die richtigen Worte, um es zu erklären.

»Finden Sie es angenehm, meine Hand zu halten?« fragte sie mit gelindem Interesse.

»Oh, ja . . . ja. Natürlich.«

»Nun gut denn.« Sie stand geduldig da, ihre Hand

ohne Widerspruch, aber leblos in der meinen, bis mich das wachsende Gefühl von Peinlichkeit veranlaßte, sie mit einem letzten, abschiednehmenden Druck loszulassen.

Ich fürchtete, meine Kühnheit hätte unsere bis dahin so mühelose Freundschaftlichkeit zerstört, und suchte nach Worten, um nur irgend etwas zu sagen. »Äh ... Ihr Vater ist, nehme ich an, kränklich?«

Die Wirkung dieser zufälligen Bemerkung überraschte mich. Ihr Gesicht umwölkte sich, und sie trat einen Schritt zurück. »Warum in aller Welt sagen Sie so etwas?«

Ich stammelte. »Nun, ja ... Sie sagten, Ihre Familie sei aus Gesundheitsgründen hier. Sie sind ganz offensichtlich ... gesund.« Ich mühte mich, eine witzige Bemerkung zu machen. »Und Ihr Bruder scheint, sieht man einmal von seinem Drang, von fahrenden Fahrrädern zu fallen, ab, recht normal. Daher fand ich es natürlich anzunehmen, daß ihr Vater krank sei.« Ich zuckte mit der Schulter.

»Oh, ich verstehe.« Ihre Miene erhellte sich und sie lächelte. Dann, zu meiner Überraschung, ließ sie ihre Hand in meine Armbeuge gleiten und führte mich den Pfad hinauf zum Haus zurück. »Ich fürchte, mein Fahrrad wird mir noch ein kleines Problem bereiten«, sagte sie in jener Art, die ich bald als typische Gewohnheit, ohne Übergang und sozusagen im Glissando von Thema zu Thema zu schweifen, die für niemanden außer ihr selbst einen inneren Zusammenhang besaßen, erkennen sollte.

»Ein Problem welcher Art?«

»Minderer Art, denke ich. Ich habe eigentlich keine rechte Lust, jetzt gleich nach Salies zurückzukehren. Ich frage mich, ob es Ihnen wohl etwas ausmachen würde, meine Maschine vom Stadtplatz zu holen und bis morgen aufzubewahren?«

»Es wäre mir ein Vergnügen. Aber wie werden Sie morgen in die Stadt kommen?«

Sie zuckte die Achseln. »Ich werde natürlich zu Fuß gehen. Es ist nur ein kurzer Weg.«

»Ach, ja. Exakt zwei sechs Zehntel Kilometer, wie ich mich zu erinnern glaube.«

In ihre Augen trat ein Ausdruck entzückten Erstaunens. »Wäre es nicht wundervoll, wenn es tatsächlich stimmte? Wissen Sie, ich habe es niemals wirklich ausgemessen. Ich habe die Erfahrung gemacht, daß sich die meisten Menschen durch genaue Maßangaben beeindrucken lassen, also versorge ich sie aus meiner Einbildungskraft. Wäre es nicht einfach wundervoll, wenn eine meiner Angaben zufällig korrekt wäre?«

Ich wagte es, ihre Hand leicht zu drücken, indem ich meinen Arm an mich preßte. »Sie sind ein seltsamer und außerordentlicher Mensch. Wissen Sie das? Darf man, ohne sich geistloser, kindischer Galanterien schuldig zu machen und Sie damit zu langweilen, dergleichen sagen?«

»Man darf.«

Wir gingen um die Terrasse zum Sulky, wo die geduldige alte Stute in stoischer Ruhe stand und nur gelegentlich mit einem Schultermuskel zuckte, um die Fliegen zu verscheuchen.

»Dann bis morgen?« sagte sie.

Ich lächelte sie an und nickte. »Bis morgen.« Und sie kehrte zum Haus zurück.

Als ich mich dem Einspänner näherte, fiel mir neben dem Rad ein Kieselstein mit besonders interessanter Äderung ins Auge, und automatisch hob ich ihn auf, indem ich einer sinnlosen Gewohnheit aus meiner Kinderzeit folgte, eine Gewohnheit, die die Tante, bei der ich nach dem Tod meiner Eltern lebte, zu verdrießen pflegte. Sie warf, wann immer sie beim Saubermachen darauf stieß, unzählige Kieselsteine weg. Da ich nicht am Sammeln, sondern nur am Aufheben von Steinen interessiert war, ging mir ihr Verlust nie nahe. Und der Grund, warum ich sie auflas, schien mir außerordentlich einsichtig, obwohl ich klug genug war, nicht von anderen zu erwarten, ihn zu verstehen: Wenn *ich* sie nicht aufhob . . ., wer dann?

Der Sulky war noch keine dreißig Meter weit den holperigen Weg hinuntergefahren, da hörte ich Katya hinter mir herrufen. Ich zügelte das Pferd, wandte mich um und sah sie auf mich zurennen, mit einer Hand den Rock gerafft, in der anderen Hand meine Arzttasche. Als sie mich schließlich, erhitzt und ein wenig außer Atem, erreichte, war ich bereits abgestiegen, um ihr entgegenzugehen. »Was müssen Sie von einem Doktor halten, der sein Handwerkszeug vergißt?« fragte ich.

Sie lachte. »Unser Dr. Freud würde sagen, Sie hätten es absichtlich getan.«

»Und er hätte recht, Mademoiselle Treville. Und ich fürchte, ich habe mehr zurückgelassen als nur meine Tasche.«

Sie schüttelte traurig den Kopf und lächelte, so wie man einem hartnäckigen und mutwilligen Kind zulächelt, das nicht gänzlich eines gewissen, versöhnlichen Charmes entbehrt. Dann erhob sie sich impulsiv auf die Zehenspitzen und küßte mich leicht auf eine Wange.

Ich rang nach Worten, doch bevor ich sprechen konnte, berührte sie die Stelle auf meiner Wange mit ihren Fingerspitzen, als wolle sie sie versiegeln, und sagte: »Psst.« Mit ihren klaren grauen Augen blickte sie kurz in die meinen. »Darf ich Ihnen etwas verraten? Sie sind der erste Mann außerhalb meiner Familie, den ich jemals geküßt habe. Ist das nicht bemerkenswert?«

»Ja . . . bemerkenswert. Ich . . .« Aber ich fand keine Worte. »Hier«, sagte ich, indem ich ihr etwas in die Hand drückte.

»Was ist das?«

»Ein Geschenk. Ein Kiesel.«

»Ein Kiesel?« Sie betrachtete den kleinen Stein in ihrer Handfläche; dann lächelte sie zu mir auf. »Ich glaube, dies ist das erste Mal, daß mir jemand einen Kiesel schenkt. Tatsächlich bin ich dessen sogar fast sicher.« Mit der ihr eigenen spöttischen Neugier sah sie mir in die Augen. »Ich danke Ihnen, Jean-Marc Montjean.« Sie drehte sich um und ging den Weg hinauf zurück.

*

Die Rückfahrt nach Salies verging mit Jungmännertagträumen der üblichen und köstlichsten Art. Noch nie hatte ich eine Frau getroffen, die Katya (in Gedanken nannte ich sie bereits beim Vornamen) auch nur entfernt ähnlich war. Ich war fasziniert von der verwirrenden Mischung aus Donquichotterie und zwangloser Offenheit, von ihrer Intelligenz und ihren erfrischenden Einfällen, vom Fehlen jeglicher Konvention, was nicht, wie bei so vielen modernen jungen Frauen, dem verzweifelten Versuch entsprang, um jeden Preis originell zu sein.

Eine Stunde später schob ich, immer noch in sanftem Entzücken badend, Katyas Fahrrad über den Stadtplatz zu meiner Pension.

»Sieh da! Was ist denn das?« rief Dr. Gros aus seinem schattigen Lieblingscafé unter den Arkaden, die den Platz umschlossen. »Kommen Sie unverzüglich herüber, junger Mann!«

Ich lehnte das Fahrrad an einen Pfeiler der Arkade und gesellte mich, durch meine Gedanken an Katya noch so voller Wohlbefinden, daß ich selbst Dr. Gros und seinen vulgär-derben Scherzen gegenüber Großmut empfand, zu ihm.

»Setzen Sie sich, Montjean, und machen Sie sich darauf gefaßt, die Suppe auszulöffeln, die Sie sich eingebrockt haben. Lassen Sie uns die makabren Ereignisse der Reihe nach unter die Lupe nehmen und sehen, ob wir nicht ein Schema dafür finden. Primo, eine attraktive junge Frau kommt auf einem Fahrrad an. Beta, sie verläßt die Stadt in Begleitung eines jungen Arztes von einzigartig beschränkten Fähigkeiten, dessen Angewohnheit, hochmoralische Reden zu schwingen, ihn automatisch verdächtig macht. Drittens wird der Doktor dabei gesehen, wie er sich in den Ort zurückschleicht, mit dem Fahrrad, aber *ohne* die junge Dame. Offensichtlich haben wir es mit einem schmutzigen Geschäft zu tun. Kommen Sie, nehmen Sie einen kleinen *apéro* mit mir, Montjean, und wir entringen diesem Rätsel die häßliche Wahrheit.«

Er war in jovialer Stimmung, und ich war es zufrieden, eine Zeitlang mit ihm zusammen zu sitzen und langsam ein Glas zu leeren, während das Licht am östlichen Himmel allmählich schwand und der westliche Horizont sich violett färbte.

»Wie haben Sie von der jungen Dame erfahren?« fragte ich.

Er legte einen Finger an seine aderige Knollennase und zwinkerte mit gespielter Lasterhaftigkeit. »Ich war unwissentlich an ihrem tragischen Schicksal beteiligt, junger Mann. Die Journalisten der Regenbogenpresse, die sich auf solch häßliche Fälle nur so stürzen, werden berichten, daß ich es war, Hippolyte Gros, Mediziner von Rang und Zeitgenosse mit vielen ungeschätzten Qualitäten, der ihr, keine vierundzwanzig Stunden, bevor sie ihr schreckliches Ende ereilte, vorschlug, Sie zu konsultieren. Mein lieber Junge, wenn ich auch nur die geringste Ahnung gehabt hätte, daß es Sie so sehr nach einem Fahrrad gelüstete, hätte ich Ihnen alles nur Erdenkliche gegeben – von Geld einmal abgesehen. Dieses Mal sind Sie zu weit gegangen, Montjean! Die Richter mit ihren quadratischen Mützchen werden mir zustimmen, daß Sie dieses Mal wirklich zu weit gegangen sind.«

Während der Kellner mir einen Pastis brachte, lachte ich leise in mich hinein. »Dann waren Sie es also, der ihr vorschlug, mich zu konsultieren?«

»Ganz recht. Sie kam in die Klinik und beschrieb den Unfall ihres Bruders als eine triviale Angelegenheit, die sonstwer behandeln könne. Der Ausdruck ›sonstwer‹ ließ mich natürlich sofort an Sie denken. Ich selbst war mit einer Patientin beschäftigt, deren Vertrauen in mich ich nun schon seit geraumer Zeit hege und pflege, und das Mädchen war ohnehin zu jung für meinen Geschmack. Verheiratete Frauen eines gewissen Alters – jederzeit. Sie sind so diskret . . . und dankbar. Nun? Erzählen Sie mir alles! Hat sie Sie angefleht, ihr Fahrrad behalten zu dürfen? Waren Sie taub für ihre erbarmenswerten Schreie? Blind vor Leidenschaft, als sie rittlings auf ihrer Maschine saßen?«

»Nein.« Ich lachte.

»Dann vielleicht blind vor Wollust?«

»Nein.«

»Vor irgend etwas *müssen* Sie blind gewesen sein. Blindheit ist ein charakteristischer Zug Ihrer Generation. Ah! Blind vor Trunkenheit, will ich wetten. Ihrer Abhängigkeit von starken Wässerchen habe ich schon immer mißtraut, Montjean. Vor allem, da sie Hand in Hand geht mit einer ebenso starken Abneigung, eine Runde auszugeben. Nun ja, ich sehe schon, daß Sie beabsichtigen, aus Ihrer Eroberung eine Geheimniskrämerei zu machen; kümmern wir uns also für unseren Teil um die geringfügigeren Probleme unseres Planeten. Die Zeitungen sind voll von Kriegsgeschrei. Deutschland grollt, Frankreich knurrt, Britannien zaudert und Bosnien – wo zur Hölle liegt dieses Bosnien überhaupt? Es sollte mich nicht wundern, wenn es eine dieser halbmythischen Nationen rechts unten auf der Landkarte wäre. Diesem Haufen habe ich noch nie getraut. Hätten sie ehrenhafte Absichten, so würden sie sich nicht verstecken und dort unten verkriechen. Die ganze Angelegenheit ist so ärgerlich und verzwickt wie die Testamentseröffnung eines verschiedenen Bauern. Bringen Sie mir Licht in die Sache, Montjean. Konzentrieren Sie Ihren klugen, in Paris geschliffenen Geist darauf und sagen Sie mir ein für allemal: Werden wir Krieg haben oder nicht? Habe ich noch Zeit, das Abendessen zu bestellen, bevor die Bombardierungen einsetzen?«

»Das weiß ich ganz gewiß nicht.«

»Da haben wir es schon wieder, diese tödliche Sicherheit in allem und jedem. Diese Vermessenheit ist ein häßlicher Charakterzug Ihrer Generation – diese Vermessenheit und die Blindheit. Und die Weigerung, eine Runde auszugeben. Nun, wenn Sie es nicht wissen, *ich* weiß es. Es wird keinen Krieg geben! Mein Wort darauf.« Er seufzte tief und verzog sein Gesicht zu einer komischen Grimasse. »Aber dann wiederum muß ich Ihnen gestehen, daß ich derjenige war, der anno siebzig aller Welt versicherte, daß die Preußen nur blufften.«

»Dr. Gros, darf ich Ihnen eine ernsthafte Frage stellen?«

»Sie haben wirklich die Gabe, einer Unterhaltung jegliches Brio zu nehmen. Aber sei's drum, schießen Sie los.«

»Was wissen Sie über die Trevilles?«

»A-ha! Hab ich es mir doch gedacht. Neugier. Die achte Todsünde und schlimmer als Wollust. Gott allein mag wissen, wie viele schmutzige Affären aus sexueller Neugier entstehen. Es liegt ein starkes Aphrodisiakum in der Frage: Wie sie wohl im Bett sein mag? Da kann die ätzende Wirklichkeit natürlich nicht mithalten. Sie fragen, was ich über die Trevilles weiß? Ich weiß nur, was das Städtchen weiß. Alles und nichts. Die Trevilles verhalten sich höchst unempfänglich gegenüber der indirekten Befragung durch die Dienstmädchen, Kaufleute und Händler, mit denen sie es in dem Jahr, das sie unter uns weilen, zu tun hatten. Daher fühlt sich die bäuerliche Logik frei – nein, besser: *verpflichtet* –, eine passende Biographie zu fabrizieren, in die sie die spärlichen bekannten Fakten einwebt. Unter den alten Weibern von Salies herrscht generell das Gefühl, es sei geradezu ihre Pflicht, die Trevilles vor den überschäumenden Phantasieprodukten des Klatsches zu schützen und daher Erfindungen und Gerüchte zu schöpfen und in die Welt zu setzen, die nur so triefen von unheimlichen Details. Was wollen Sie wissen?«

»Alles.«

»Fein. Ich werde Sie also an der subtilen *mélange* aus Phantasie und Wirklichkeit teilhaben lassen, die hierzulande als Wahrheit durchgeht. In Anlehnung an die Schöpfungsgeschichte beginne ich mit ›am Anfang‹ – gefährlich nahe verwandt mit ›es war einmal‹, wie jeder gewissenhafte Theologe weiß. Also, die Trevilles kamen vor einem Jahr aus Paris hierher. Zu dritt. Ein Vater und zwei Kinder, die – ich nehme an, das ist sogar Ihnen aufgefallen – Zwillinge sind, was an sich schon einigermaßen suspekt ist. Sie mieteten sich zu Bedingungen in der altersschwachen Villa namens Etcheverria ein, die ihren Besitzer dergestalt in Entzücken versetzten, daß er in die Stadt eilte und alle freihielt – ein Exzeß von Großzügigkeit, den er bis heute bereut und zweifellos als sündige Verschwendung am nächsten Samstag gebeichtet hat. Seit ihrer Ankunft leben die Trevilles praktisch als Einsiedler – eine Tatsache, die ihnen der Dorfklatsch nicht verzeihen kann. Darf ich Ihnen noch ein Gläschen bestellen? Nein? Wissen Sie, es ist unbarmherzig, auf solche Weise mit Ihrer Mäßigkeit zu prunken. Eine jener gedankenlosen Grausamkeiten der Jugend. Vom Vater geht das Gerücht, so etwas wie ein Gelehrter zu sein, mit dem ganzen Stigma, das jenem ruchlosen Handwerk zu Recht anhaftet. Der Sohn gilt als Tunichtgut, als Snob, und – da er noch nicht dabei erwischt wurde, wie er aus dem Fenster eines Bauernmädchens kletterte – munkelt man, er könne so etwas wie ein *pédé* sein. Schließlich kommt er aus Paris, und alle Welt weiß, was *das* heißt. Aber es ist die Tochter – soll ich es wagen, sie *Ihre* junge Dame zu nennen? –, die seitens der alten Waschweiber die meiste Aufmerksamkeit auf sich zieht. Sie wird von Zeit zu Zeit dabei gesehen, wie sie allein über die Felder spaziert. *Ganz allein.*« Doktor Gros schob seine dichten Augenbrauen zur Unterstreichung der schlüpfrigen Implikationen dieser Tatsache mehrmals hoch. »Darüber hinaus wird erzählt, daß sie ein Zweirad fährt. Man stelle sich vor, ein *Zweirad*! Betrachten Sie diesen Tatbestand nur scharf genug, und Sie werden eine Zweideutigkeit – nein, eine Dreideutigkeit! – entdekken. Außerdem trägt sie beständig weiße Kleider, und wir alle wissen, was *das* zu bedeuten hat. Da sie niemals dabei beobachtet wurde, wie sie sich auch nur im geringsten kompromittierte, kommt der Klatsch zu dem Schluß, daß sie es wohl heimlich tun muß. Alles in allem muß ich Ihnen leider sagen, daß die Trevilles der Skandal der Gemeinde sind. Wir fühlen uns in unserem Lokalstolz dadurch verletzt, daß sie sich ausgerechnet diesen Winkel Frankreichs ausgesucht haben, um vor ihren Sünden und Skandalen, was immer die im einzelnen sein mögen, zu flüchten. Ebensogut könnte man sagen, wir seien eine gottverlassene, weltabgelegene Einöde. Und die Tatsache, daß dies eine treffende Beschreibung unserer Gemeinde ist, macht sie nicht weniger verletzend! So sieht es also aus, Montjean. Kurzum, das ist alles, was über die Trevilles bekannt ist und geredet wird. Und zusätzlich ist da noch die Sache mit der Mutter – die nie jemand gesehen hat und von der daher gemunkelt wird, sie sei Zwergin, Protestantin und Linkshänderin. Aber ich habe so das Gefühl, daß diese Charakterisierung auf nur unzureichenden Beweisen beruht.«

»Die Mutter ist tot«, sagte ich.

»Zwergin, Protestantin, Linkshänderin *und* tot? Meine Güte. Wenn das keine Nahrung für weiteren Klatsch ist! Sie ist hübsch, Ihre junge Dame. Ich gratuliere Ihnen. Für meinen Geschmack ein wenig zu gesund. Männer unserer Profession müssen stets der Möglichkeit gewärtig sein, daß manche Menschen in der Absicht gesund sind, uns zu ruinieren.«

»Dann weiß man also eigentlich gar nichts über sie.«

»Gar nichts, wie ich soeben umständlich darlegte.« Der Kellner des Cafés hatte gerade einen weiteren Pastis serviert und Gros goß genau die richtige Menge Wasser hinzu, um dem Getränk eine milchig-weiße Farbe zu verleihen, ohne es zu verwässern, bevor er mich einen Moment lang anstarrte und fragte: »Nun?«

»Nun was?«

»Nun *was*? Worüber zum Teufel reden wir denn? Haben Sie und Ihre junge Dame . . .?« Mit der Handfläche nach oben machte er eine Geste quer vor der Brust.

»Ich kenne sie kaum!«

»Schämen Sie sich! Intimitäten mit einem Mädchen auszutauschen, das Sie kaum kennen. Das ist eben die heutige Jugend! Keinerlei Sinn für Schicklichkeit. Ich hoffe, Sie sind sich darüber im klaren, daß Sie sich mit der Krankheit angesteckt haben.«

»Mit welcher Krankheit?«

»Liebe, Mann! Die Symptome sprangen mir geradezu ins Auge, als Sie mit diesem dämlichen Fahrrad über den Platz schoben. Dieses vage, unsinnige Lächeln, die Augen trübe von inneren Visionen, das –«

»Also, wirklich!«

»Hingerissen, bei Gott! Ach ja, es trifft sogar die Besten von uns. Zum Beweis dafür gestehe ich, daß selbst ich in meiner Jugend einst von der Liebe angesteckt wurde. Doch *hélas*«, er sog zitternd die Luft ein, »es stellte sich heraus, daß sie ein oberflächliches Ding war, das sich lediglich von meiner physischen Schönheit angezogen fühlte und die Tiefen meiner Empfindsamkeit unter der äußeren Schale ignorierte.«

»Ich würde eigentlich lieber nicht –«

»Sie waren freundlich genug, mich an Ihrer Überzeugung teilhaben zu lassen, daß es sich bei meinem medizinischen Spezialgebiet um Quacksalberei handele. Wenn ich mich recht erinnere, entsetzten Sie sich darüber, daß die Nation, die einen Pasteur hervorbringen konnte, gleichzeitig eine Nation voller Kurorte und Heilwasser sein kann. Nun, was mich betrifft, so bin ich entsetzt darüber, daß eine Kultur, die imstande ist, einen de Sade zu produzieren, gleichzeitig Liebesbriefe und zärtliche Stelldicheins produzieren kann. Die Liebe, mein Junge, residiert in den Lenden, nicht im Herzen.«

»Ich halte es für angebracht, Sie zu warnen, daß ich an dieser Wendung des Gesprächs Anstoß nehme.«

»Ach du liebe Güte! Vergeben Sie mir! Misericordia!«

»Da ist noch etwas, was ich gerne wissen würde.«

»Ach, tatsächlich? Aus Ihrer Haltung hätte ich geschlossen, Sie wüßten bereits alles – das heißt, alles Wissenswerte.«

»Können Sie mir irgend etwas über das Haus erzählen, über Etcheverria?«

»Nur, daß es ein schrecklich feuchter alter Kasten ist, der von einem unserer Kollegen, der sich auf Lungenkrankheiten spezialisiert hat, entworfen worden sein muß.«

»Sie haben nie davon gehört, daß es dort spukt?«

»Spukt? Nein. Aber wenn Sie es wünschen, würde ich mit Vergnügen dieses neue Detail der Masse an Gerüchten, die die Trevilles umgibt, hinzufügen.«

»Das ist wirklich nicht nötig.«

»Aha! Hier kommen die Diebe der Munizipalität, gierig auf ihren abendlichen Anteil.« Und in der Tat kamen Maître Lanne, der Advokat, und der Bankier des Städtchens quer über den Platz auf uns zu. Allabendlich gesellten sie sich zu Dr. Gros und spielten mit ihm Bézigue, wobei er unweigerlich gewann, nicht ohne mit gemurmelten Betrugsbeschuldigungen bedacht zu werden. »Ich leiste diesen würdigen Herren einen nützlichen Dienst, wie Sie wissen. Ich enthebe sie der Last weltlichen Wohlstands, womit ich es ihnen sozusagen ermögliche, durch ein Nadelöhr zu gehen.«

»Ich mache mich auf den Weg.«

»Wie Sie wünschen. Darf ich morgen in der Klinik auf das Vergnügen Ihrer Gesellschaft hoffen? Oder haben Sie sich entschlossen, die Medizin zugunsten von Fahrraddiebstahl und der Belästigung von jungen Mädchen aufzugeben?«

»Ich komme morgen früh. Aber . . . am Nachmittag werde ich mir vielleicht kurze Zeit freinehmen.«

»A-ha-a, ich verstehe.« Seine Stimme triefte von Verschwörertum.

»Mademoiselle Treville kommt morgen in die Stadt«, erklärte ich überflüssigerweise.

»A-ha-a, ich verstehe.«

»Nein, Sie verstehen nicht!« Einerseits ärgerte ich mich über seine Unterstellungen, andererseits freute ich mich beinahe kindisch darüber, Katyas wegen gehänselt zu werden . . . ganz, als ob sie mein wäre. »Sie muß ihr Fahrrad abholen«, stellte ich klar.

»A-ha-a, ich verstehe. Ja, natürlich. Ihr Fahrrad. Gewiß doch.«

»Ich bot an, es ihr hinauszubringen, aber sie ... Ich weiß gar nicht, warum ich mir die Mühe mache, Ihnen das alles zu erklären.«

»Beichten sind gut für den Geist, Montjean. Sie reinigen die Seele und machen Platz für neue Sünden.«

Als die Honoratioren des Städtchens näher traten, erhob ich mich und bat, mich zu entschuldigen, da ich gehen müsse und somit nicht in den Genuß ihrer Konversation kommen könne.

Nachdem ich Skizzen und Impressionen in mein Tagebuch gekritzelt und mich mehrmals mitten im Satz dabei ertappt hatte, wie ich blind aufs Papier starrte und vor mich hin lächelte, blies ich meine Lampe aus und lehnte mich in die Kissen zurück. Während sich meine Augen an das Mondlicht gewöhnten, das sanft durch den Vorhang schimmerte, nahmen langsam die Gegenstände im Raum Gestalt an. Mehrmals in dieser Nacht wachte ich auf und verfiel wieder in einen leichten Schlaf, durchsetzt mit Bildern und Vorstellungen, die nicht wirklich Träume waren.

*

Am nächsten Morgen erwachte ich, so unglaublich es später schien, ohne die Spur eines Gedankens an Katya, ohne die geringste Erwartung, nur mit einem umfassenden Gefühl von Bereitwilligkeit und Lebensfreude. Erst als ich Toilette gemacht hatte und über den Platz zu dem Café ging, wo ich jeden Morgen ein Frühstück aus *brioches* und Kaffee zu mir nahm, schlich sich der Gedanke, daß sie heute ihres Fahrrads wegen in die Stadt kommen würde, eher beiläufig ein, tat sozusagen in Sekundenschnelle den Sprung vom Kleingeschriebenen zur klotzigen Kursivschrift, und ein Lächeln erhellte mein Gesicht. Es kam mir nicht in den Sinn, das Wort *Liebe* für meine Gefühle zu verwenden. Ganz gewiß hatte Katya, seit ich sie am Tag zuvor verlassen hatte, entweder in oder am Rande meiner Gedanken gelebt, und ich vermeinte noch immer, die Berührung ihrer weichen, warmen Lippen auf meiner Wange zu spüren. Aber Liebe? Nein, an Liebe dachte ich nicht. Immerhin schämte ich mich, an diesem Morgen beinahe eine halbe Stunde lang ihr Kommen vergessen zu haben. Dieses Intervall gab mir das Gefühl, unbeständig zu sein ... ja, beinahe untreu.

Der Tag schleppte sich dahin, wobei das Verstreichen der Zeit lediglich durch meine lächerlichen Aufgaben und Pflichten markiert wurde, und ich begann schon zu fürchten, daß sie überhaupt nicht kommen würde. Die Verschlechterung des Wetters verstärkte meine Befürchtung noch, ich sah, wie einzelne, seltsam wie Meringuen geformte Wolken träge über den Himmel segelten und sich am Horizont zusammenballten, zu bleiernem Grau verdichtet. Würde sie zu dem Entschluß kommen, den Gang nach Salies doch nicht zu wagen? Was, wenn sie ankäme, dann ein schwerer Sturm ausbräche und sie unmöglich nach Hause zurückkehren könnte? Wir würden irgendwo Unterschlupf suchen müssen. Unter den Arkaden des Stadtplatzes? Nein. Unter einem schönen alten Baum? Nein. Am Ende des Parks, im Aussichtstürmchen am Fluß?

... vielleicht ... in meinem Zimmer?

Nein. Nein! Welch ein Unsinn! Was für ein Tier du bist!

Im Aussichtstürmchen also. Ja. Die schweren Regentropfen würden auf das Blechdach trommeln und jede Unterhaltung unmöglich machen. Allein und durch einen silbernen Regenvorhang von der Welt abgeschirmt, würden wir schweigend sitzen ... gemeinsam schweigen ... uns bei den Händen halten ... keines

Gesprächs bedürfen ... nein, besser noch, unsere Beziehung über jedes Gespräch hinaus ...

»Ist es vermessen zu fragen, wann Sie diese Rezeptur fertigzustellen gedenken, Montjean?« schreckte mich Dr. Gros' Frage auf. »Oder gibt es jenseits dieses Fensters etwas, daß einen vorrangigen Anspruch auf Ihre Aufmerksamkeit hat?«

Ich murmelte irgendeine Entschuldigung und betätigte meinen Mörserstößel mit unnötigem Kraftaufwand.

Um die Mitte des Nachmittags drehte sich der Wind, trieb die Wolken gen Westen, und das Sonnenlicht kehrte zurück – überaus rücksichtslos, wie mir schien.

Der Tag verrann und die schräg einfallenden Sonnenstrahlen hatten die Arkaden auf der Westseite des Platzes in tiefe Schatten getaucht, als sich meine Aufmerksamkeit zum tausendsten Mal von meiner pharmazeutischen Schinderei wegstahl und ich in ängstlicher Erwartung aus dem Fenster sah. Sie trat gerade aus dem undurchdringlichen Schatten, und ihr weißes Kleid schien aufzuleuchten, als sie mit ihren weit ausholenden Schritten auf die Klinik zuging, ohne Hut, doch mit einem geschlossenen Sonnenschirm in der Hand.

Mein Herz schmerzte vor Freude.

*

Als ich ihr, noch an meinem Leinenjackett zupfend, auf dem Platz entgegenging, nahm ein dümmliches Lächeln mein Gesicht in Besitz und wollte es nicht wieder freigeben, wenngleich ich sicher war, daß mir jedes Auge im Ort folgte. Auch sie lächelte, aber ihr Lächeln war charmant, während meines nur albern war.

Es gab ein Café, das vorwiegend von den Damen Patientinnen frequentiert wurde, weil dort eine dünne, farblose Flüssigkeit, die englischer Tee (damals sehr en vogue) sein sollte, zusammen mit kleinen Kuchen serviert wurde, die, trocken und bar jeglichen Geschmacks, als britisch schlechthin galten. Ich schlug vor, daß wir nach ihrem langen Spaziergang dort eine Erfrischung zu uns nehmen sollten.

»Genau viertausendzweihundertdreiunddreißig Schritte von meiner Tür bis hierher«, erklärte sie.

»Genau?« fragte ich im Tonfall neckender Zurechtweisung.

Sie zuckte die Achseln.

»Soviel ich weiß, könnte es durchaus stimmen. Offengestanden, würde ich nicht besonders gerne bei diesen *Damen* sitzen und Bisquits knabbern. Kann ich irgendwo, wo wir in der Sonne sitzen können, ein Glas *citron pressé* trinken?«

»Selbstverständlich. Ich bin heute in so großzügiger Stimmung, daß ich Ihnen sogar zwei *citrons pressés* spendieren würde.«

Ganz gewiß bildete ich mir nicht nur ein, daß die Damen, die paarweise über den Platz schlenderten und im »englischen« Café saßen, recht häufig verstohlen zu unserem Tisch herübersahen, dann den Blick mit geflissentlicher Gleichgültigkeit sofort wieder abwendeten und sich in Bemerkungen über uns ergingen. Und ich hatte das Gefühl, daß in der übertriebenen Freundlichkeit, mit der uns der Kellner bediente, eine unterschwellige Anspielung, wenn nicht sogar regelrechte Komplizenschaft mitschwang. Doch mein Ärger über diese Störenfriede verpuffte in dem Vergnügen, das ich an unserem Gespräch hatte. Einem fremden Lauscher wäre es wahrscheinlich banal und alltäglich vorgekommen, mir jedoch schien es erfüllt von bedeutungsvollen Dingen, die ungesagt blieben, bedeutsamen Gesten, die unterdrückt wurden, vertraulichen Berührungen, die unterblieben. Ich erkundigte mich nach ihrem Bruder, ihrem Vater und ihrem Gespenst, die sich, wie es schien, allesamt blühender Gesundheit erfreuten, wenngleich das für ein Gespenst wohl nicht das *mot juste* sein mag. Nach der ersten Viertelstunde befürchtete ich ständig, sie könne sagen, es sei nun an der Zeit, nach Hause zurückzukehren. Sie schien jedoch vollkommen zufrieden damit, hier zu sitzen und an ihrer *citron pressé* zu nippen, während sie mich mit Fragen über die Entbehrungen meiner Jugend, mein Ringen um höhere Bildung und meine medizinischen und literarischen Hoffnungen zum Reden brachte. Fast eine Stunde lang sprach ich nahezu ohne Pause, wobei ich in meinem jugendlichen Egoismus zu dem Schluß kam, sie sei eine entzückende und unterhaltsame Gesprächspartnerin.

»Es ist faszinierend«, sagte sie. »Ich habe noch nie jemanden kennengelernt, der sich so viele Gedanken über die Zukunft macht wie Sie. Mein Vater lebt in der fernen Vergangenheit, mein Bruder und ich haben immer von Augenblick zu Augenblick oder höchstens von Tag zu Tag gelebt. Wir sprechen nie über die Zukunft. Ich glaube, ich habe die Zukunft immer als einen unübersehbaren Haufen kommender Tage betrachtet, von denen jeder einzelne darauf wartet, heute zu werden.«

»Wie machen Sie dann Pläne?«

»Pläne? Wir machen keine. Das heißt . . . wir planen nicht in dem Sinne, daß wir etwas erreichen oder werden wollen. Natürlich versuchen wir, unser Bestes zu tun, um Komplikationen zu vermeiden . . . Schwierigkeiten.«

»Schwierigkeiten welcher Art?«

Sie sah mich über den Rand ihres Glases hinweg an. »Ach, alle möglichen.«

»Vielleicht ist es das, was mit Ihrem Bruder nicht stimmt.«

»Ich war mir nicht bewußt, daß mit Paul etwas nicht stimmt.«

»Wäre er in seinem Leben auf ein paar Schwierigkeiten gestoßen, wäre er vielleicht nicht so gelangweilt und von solch hochnäsigem Gebaren.«

»Sind Sie jetzt nicht ein bißchen snobistisch?«

»Ich? Snobistisch?«

»Nicht jeder kann ein Leben voller Kämpfe führen, an denen er sich erproben und abhärten kann. Nicht jeder hat die Freiheit, eine Karriere zu machen und auf die Zukunft zu hoffen.« Ihr Lächeln enthielt eine Spur Traurigkeit, was ihr meine zärtlichsten Gefühle zufliegen ließ. Dann, durch eine kaum merkliche Veränderung in den Augenwinkeln, wurde ihr Lächeln zu einem ernsthaft prüfenden Blick, mit dem sie die einzelnen Züge meines Gesichts studierte, auf eine Weise, die mich ziemlich aus der Fassung brachte. »Sind Sie sich eigentlich im klaren darüber, Dr. Montjean, daß Sie hübsch sind?«

»Wie bitte?«

»Die meisten hübschen Männer wissen das nur zu gut und sind mit ihrem anmaßenden Gehabe eine wahre Pest. Sie jedoch scheinen sich Ihrer Schönheit nicht bewußt zu sein. Diese Unwissenheit ist sehr anziehend.«

Verdutzt schüttelte ich den Kopf. »Junge Frauen sollten junge Männer nicht als schön bezeichnen.«

»Warum nicht?«

»Warum nicht? Nun . . ., das tut man nicht.«

»Mir ist es egal, was man tut und was man nicht tut.«

»Nichtsdestoweniger . . . und außerdem ist es peinlich.«

»Tatsächlich? Ja, ich glaube schon. Nun, ich fürchte, es könnte eine Peinlichkeit weit größeren Ausmaßes auf uns zukommen.« Sie hob ihr Kinn und deutete auf den Himmel, und als ich aufsah, entdeckte ich, daß eine Drehung des Windes die bauchigen, grauen Wolken wieder über das Dorf getrieben hatte, während ich in unser Geplauder vertieft gewesen war. Kühle Windstöße begannen, kleine Staubwolken über dem kopfsteingepflasterten Platz aufzuwirbeln.

»Es sieht so aus, als müßten wir abwarten, bis der Regen vorüber ist«, sagte ich, das Bild des Aussichtstürmchens vor Augen.

»Ach nein, das geht nicht. Vater weiß nicht, daß ich in den Ort gegangen bin. Wenn er zum Tee aus seiner Arbeit auftaucht, wäre er höchst besorgt, mich nicht zu Hause vorzufinden.«

»Aber ... Sie können doch nicht im Regen mit dem Fahrrad zurückfahren!«

»Ich glaube, ich habe keine andere Wahl. Ich werde ein Wettrennen daraus machen, und wer weiß, vielleicht kann ich den Regen schlagen.«

»Das kann ich nicht erlauben.«

Sie betrachtete mich mit komischem Erstaunen. »Das können Sie nicht *erlauben*?«

»So habe ich es nicht gemeint.«

»Das freut mich zu hören.«

»Hören Sie. Ich habe eine Idee. Ich hole den Sulky der Klinik und binde das Fahrrad hinten dran. Und dann können wir gemeinsam ein Wettrennen mit dem Regen veranstalten.«

»Aber ... selbst wenn wir siegen, werden Sie ganz sicher auf dem Rückweg völlig durchnäßt.«

»Das macht mir nichts aus. Ich würde es sogar genießen.«

Sie sah mich spöttisch an. »Wissen Sie, ich glaube, das würden Sie wirklich. Ausgezeichnet. Fahren wir also mit dem Regen um die Wette.«

*

Als ich Dr. Gros bat, den Sulky nehmen zu dürfen, verdrehte er die Augen und blickte zur Decke. »Hilfe- und Vorschubleistung, so werden es die Richter nennen! Nachweisliche Komplizenschaft! Meine Karriere wird ruiniert sein. Mein Ruf wird . . . nun ja, meine *Karriere* wird auf jeden Fall zerstört sein. Ich fürchte, es ist sinnlos, an Ihr Ehrgefühl zu appellieren, aber zumindest könnten Sie – Montjean!« rief er mir nach. »Sie könnten wenigstens den Anstand haben, mich zu Ende anzuhören, wissen Sie!«

*

Katya und ich verfehlten den Sieg über das Wetter nur um drei Minuten, aber gemessen an unserem Aufzug, in dem wir im Hof von Etcheverria ankamen, hätten wir ihn ebensogut um eine halbe Stunde verfehlen können. Da ihr weißseidener Sonnenschirm lächerlich wirkungslos war, wurden wir bis auf die Haut durchnäßt.

Im gleichen Augenblick, da wir in den von Pappeln gesäumten Weg einbogen, brach der Himmel auf und ein Schwall warmen, schweren Regens ergoß sich über uns. Bis ich das Pferd im Hof zügelte, glänzte das Lederzeug bereits vor Nässe, die Stute dampfte, und Katya und ich sahen aus, als hätte man uns gerade aus dem Fluß gezogen.

Laut lachend über den Anblick, den wir boten, betraten wir die große Halle und wischten uns den Regen aus den Gesichtern. Mein Leinenjackett hing mir grau und formlos um die Schultern und meine Hosen hingen regenschwer von der Taille bis zum Knie herab. Katya ihrerseits schien das Abenteuer großes Vergnügen zu bereiten, obwohl ihr Kleid durchnäßt war und Haarsträhnen an ihren Schläfen und an der Stirn klebten. Ich nehme an, wir machten in unserer Aufregung ziemlich viel Lärm, denn Paul Treville riß die Salontür auf und funkelte uns voller Wut an.

»Katya! Um Gotteshimmelswillen! Vater arbeitet!«

Unsere Freude fiel augenblicklich in sich zusammen und ich trat einen Schritt vor. »Es ist meine Schuld, Monsieur Tre-«

»Darauf bin ich schon von selbst gekommen, Doktor. Katya, was hast du dir eigentlich dabei gedacht?«

»Also, wirklich, Paul . . .« Ihre Stimme erstarb und ihre ganze Haltung schien sich in höchst uncharakteristischer Demut aufzulösen.

»Wir sprechen später darüber«, sagte ihr Bruder. Dann drehte er sich um und betrachtete mich mit steinerner Miene. »Sobald sich der gute Doktor in der Lage sieht, uns von seiner Gesellschaft zu befreien.«

»Bevor ich gehe, Monsieur Treville, muß ich Ihnen sagen, daß ich gegen Ihren Ton protestiere, nicht nur um meinetwillen, sondern auch um Katyas willen.«

»Welches Recht haben Sie, gegen irgend etwas, das ich tue oder sage, zu protestieren? Und mit welchem Recht sprechen Sie meine Schwester mit ihrem Vornamen an?«

Ich wandte mich Katya zu, um Abschied zu nehmen, und war schockiert von ihrer unsicheren, in sich zusammengesunkenen Haltung. Was mich jedoch am stärksten traf und vollkommen sprachlos machte, war, daß sie sich, als ich zu sprechen begann, mit einer leichten Bewegung von mir abwandte. Ich drehte mich wieder zu ihrem Bruder um. »Sie haben natürlich vollkommen recht damit, daß ich Mademoiselle Treville nicht bei ihrem Vornamen nennen sollte. Es war nur eine momentane Entgleisung. Aber ich versichere Ihnen, Monsieur, daß –«

»Sie brauchen mir nichts zu versichern, Doktor, gar nichts . . . außer Ihrer Absicht, sofort aufzubrechen.«

Mein ganzes Wesen sehnte sich danach, ihm ins Gesicht zu schlagen. Aber ich widerstand, um Katyas willen. Ich bewahrte so viel Würde, wie mir mein durchnäßter Zustand und mein rasender Puls erlaubten, verbeugte mich schroff und ging zur Tür.

»Einen Moment noch, Doktor!« Es ist unmöglich zu beschreiben, wie unvermittelt sich Paul Trevilles Stimme vom Tonfall des hochmütigen, aufgebrachten Aristokraten zu dem müder Besorgnis wandelte. »Einen Moment noch, bitte.« Er schloß die Augen und holte tief Luft. »Ich bitte um Verzeihung. Ich war sehr unfreundlich. Katya, könntest du dich um das neue Mädchen in der Küche kümmern? Vater wird sein Abendessen bald haben wollen, und sie macht ganz den Eindruck, als pflege sie ein Ei mit dem Rammbock aufzuschlagen.«

Ohne ein Wort zu mir zu sagen und ohne mich auch nur anzusehen, verließ Katya die Halle, den Kopf gesenkt, die Schultern gebeugt.

»Und, Katya?« Paul hielt sie am Eingang zum Küchentrakt auf, wo sie, ohne sich umzudrehen, stehenblieb. Er lächelte traurig. »Wärm dich doch am Feuer auf und trockne dein Haar. Du siehst furchterregend aus.« Sie nickte und verschwand. Er sah ihr einen Moment lang nach und seufzte; dann wandte er sich mir zu. »Würden Sie bitte mit in den Salon kommen, Dr. Montjean? Dort brennt ein Feuer, und Sie sehen ganz so aus, als müßten Sie sich ebenfalls ein wenig aufwärmen. – Cognac?« fragte er, während er mir in den Salon folgte.

»Nein, danke«, sagte ich steif. Ich fühlte mich unbehaglich und verwirrt durch die abrupte Kehrtwendung in seiner Haltung und geradezu verstört durch Katyas demütige, beinahe servile Reaktion auf seinen Wutausbruch. Das Feuer war einladend, aber ich, immer noch zu wütend über ihn, um auch nur die geringste Gastfreundschaft von ihm anzunehmen, näherte mich dem marmornen Kamin nicht.

»Bitte setzen Sie sich«, sagte er und schenkte, als habe er meine Ablehnung nicht gehört oder zöge es vor, sie zu überhören, zwei große Cognacs ein. Mit seiner freien linken Hand - den leeren rechten Ärmel hatte er an seine verbundene Schulter geheftet - trug er die Cognacschwenker recht unsicher zwischen seinen Fingern. Da ich nicht kleinlich erscheinen wollte, nahm ich das Glas an, und als er sich in einen Sessel vor das Feuer setzte, blieb mir nichts anderes übrig, als es ihm nachzutun, und meinem durchfrorenen Körper, ob ich es nun wollte oder nicht, war die Wärme willkommen.

»Ich vermute, Ihre Schwester hat versäumt, Ihnen mitzuteilen, daß sie nach Salies ging, um ihr Fahrrad abzuholen«, sagte ich mit würdevoller Zurückhaltung.

»Sie vermuten richtig. Aber schließlich hat sie nicht die Angewohnheit, mir über ihre Handlungen Rechenschaft abzulegen. Und ich habe mehr als eine Stunde damit verbracht, überall nach ihr zu suchen. Rücksichtnahme gehört nicht eben zu Katyas Stärken.«

»Wir haben in einem Café auf dem Hauptplatz eine Erfrischung zu uns genommen. Das Wetter änderte sich bedrohlich, und so bot ich ihr an, sie und ihr Fahrrad nach Hause zu bringen. Es war nichts weiter als –«

»Mein lieber Freund, ich verlange keine Erklärung für Katyas Benehmen. Und wenn, dann müßte ich sie selbst fragen. Charakter und Erziehung meiner Schwester sind nicht so beschaffen, daß ihre Handlungsweise von der moralischen Rechtschaffenheit ihrer Begleitung abhängt. Gütiger Himmel! Haben Sie auch nur einen Moment lang geglaubt, ich dächte –« Er brach in ein Lachen aus, das ich als ziemlich beleidigend empfand. »Nein, nein, Montjean. Ich bin mir sicher, daß nur eine harmlose Freundschaft zwischen Ihnen beiden besteht. Schließlich . . .« Er schwenkte sein Glas in meine Richtung, war jedoch höflich genug, den Gedanken nicht zu Ende zu führen. »Nein, die Umstände haben es mit sich gebracht, daß Katya zu viel auf sich selbst angewiesen war, und sie ist viel zu offen und weitherzig, um Freude am Alleinsein zu haben. Wie dem auch sei, wir leben – woran ich Sie kaum zu erinnern brauche – in einer engstirnigen und beschränkten Gemeinde, in der das Ansehen eines Menschen bei geringstem Anlaß dem Klatsch zum Opfer fallen kann.«

»In der Tat, es war mein Fehler, den üblen Dorfklatsch nicht in Erwägung zu ziehen. Das war gedankenlos von mir. Aber was ist schon passiert? Ein Glas *citron pressé* und eine halbe Stunde Geplauder auf dem Hauptplatz. Was kann man daraus schon machen?«

»*Alles.* Wie meine Familie zu ihrem Leidwesen nur allzu gut weiß, da sie häufig genug das Opfer wüster Gerüchte wurde. Daher . . .« Er trank seinen Cognac aus und nahm mein leeres Glas zusammen mit seinem zum Beistelltisch hinüber. ». . . fühle ich mich berechtigt, von Ihnen zu verlangen, daß Sie zur Wiederherstellung von Katyas Ruf etwas unternehmen.«

»Ja, natürlich. Alles, was Sie wollen. Aber . . . was?«

»Das, was sich geziemt, natürlich.«

»Und das wäre?« fragte ich mit unverhohlenem Staunen.

Um Zeit zu gewinnen, widmete er dem Einschenken des Cognacs mehr Sorgfalt, als nötig gewesen wäre, bevor er sich mir wieder zuwandte und sagte: »Ich wünsche, daß Sie sie zu Hause besuchen, wie es sich für einen jungen Mann gehört. Daß Sie in Begleitung ihrer Familie mit ihr gesehen werden. Ich hoffe, das ist nicht zuviel verlangt?«

Er lächelte, und ich sah betroffen, wie sehr er, besonders im Profil, das genaue Ebenbild Katyas war. Darin lag eine gewisse Beruhigung. Und gleichzeitig etwas Verwirrendes.

»Ich bin selbstverständlich entzückt, Mademoiselle Treville besuchen zu dürfen.«

Er zuckte mit der Schulter. »Das bedarf keiner besonderen Erwähnung. Ich muß jedoch darauf bestehen, daß Sie sich an einer harmlosen kleinen Verschwörung beteiligen.«

Ich erhob mich, um mein Glas entgegenzunehmen, und nutzte die Gelegenheit, zur anderen Seite des Kamins hinüberzugehen und mich vollständig zu trocknen.

»Was für eine kleine Verschwörung?«

»Sie betrifft meinen Vater. Es ist ein Muß – ein absolutes Muß –, daß mein Vater niemals den Eindruck gewinnt, sie besuchten Katya, so wie ein junger Mann eben eine junge Frau besucht. Habe ich mich verständlich ausgedrückt?«

»Aber warum nicht?«

Er überhörte meine Frage und gab mir damit zu verstehen, daß dieses Muß Grund genug sei. »Gestern abend beim Essen fiel meinem Vater auf, daß ich einarmig bin – für ihn, der versunken ist in die Welt des mittelalterlichen Dorflebens, geradezu eine Meisterleistung an Beobachtung. Wir werden Sie beim Abendessen als meinen Arzt vorstellen, und Ihre Besuche hier dienen dem angeblichen Zweck, sich meiner Verwundung anzunehmen – als Beistand von Väterchen Zeit, sozusagen.«

»Dann ist also vorgesehen, daß ich mit Ihnen das Abendessen einnehme?«

Er grinste. »Mein lieber Freund, wir könnten Sie wohl schwerlich in den Regen hinausschicken, oder?«

»Und trotzdem schien es noch vor kaum zehn Minuten, als seien Sie dessen ohne weiteres fähig.«

»Ich war stets ein Bewunderer einer gewissen Flexibilität im gesellschaftlichen Umgang und strebe danach, mir diesen Vorzug ebenfalls anzueignen.«

»Flexibilität? Wohl eher Launenhaftigkeit. Darf ich Ihnen ganz offen etwas sagen?«

»Ach, du meine Güte. Nun ja, wenn es unbedingt sein muß.«

»Ich halte Sie für halsstarrig und für rücksichtslos gegenüber den Gefühlen anderer. Vor nicht einmal zehn Minuten tobten Sie, das Musterbeispiel des erzürnten Bruders, herum, wiewohl Sie genau wußten, daß Sie keinerlei Grund hatten, erzürnt zu sein. Sie sprachen Beleidigungen gegen mich aus und, noch schlimmer, Sie haben Ihre Schwester geradezu niedergeschmettert. Dann, urplötzlich, wurden Sie die personifizierte Vernunft und Freundschaftlichkeit – bis hin zu der Lächerlichkeit, den Kuppler spielen zu wollen. Und das, obwohl keiner von uns den geringsten Grund hat anzunehmen, Mademoiselle Treville sei auch nur im entferntesten an mir interessiert. Ich glaube, jeder würde ein derartiges Benehmen als kindisch und verantwortungslos bezeichnen.«

Paul blickte ins Feuer und ich verfiel mit klopfendem Herzen, überrascht von meiner Offenheit und meinem Wagemut, in Schweigen. Dann sah er gleichgültig zu mir herüber.

»Verzeihung, Sie sagten gerade?«

»Ich bin sicher, Sie haben es genau gehört.«

»In der Tat, das habe ich. Aber ich erwies Ihnen den Dienst, so zu tun, als wäre dem nicht so. Was Ihr Abendessen bei uns angeht, so lassen Sie mich Ihnen sagen, daß wir bescheiden, wenn nicht gar kärglich leben. Unsere bäuerischen Diener kochen nach ihrem bäuerischen Geschmack, so daß unsere Abendmahlzeit aus einer eher ihrer Konsistenz als ihrer Würze wegen erwähnenswerten Suppe besteht, aus Brocken hiesigen Brots, die leicht als Pflastersteine Verwendung finden könnten, und aus einem Sortiment grünlicher Merkwürdigkeiten, die dem Busen der Natur entrissen wurden. Das freundlichste Wort für die Beschreibung unserer Mähler wäre wohl ... spartanisch. Sie gehören zu der reichhaltigen Kategorie unerfreulicher Ereignisse, die wir gemeinsam über uns ergehen lassen, weil sie den Charakter festigen.« Er erhob sich. »Nun, wenn die Tatsache, daß ich Sie für kurze Zeit sich selbst überlasse, mich nicht dem Vorwurf aussetzt, Sie langweiliger Gesellschaft auszuliefern, dann gehe ich jetzt, um Katya zu sagen, daß sie noch ein weiteres Gedeck auflegen läßt. Wer weiß?« Er grinste. »Vielleicht freut sie sich sogar. Sie besitzt die Fähigkeit, an den unbedeutendsten Dingen Vergnügen zu finden.« Er verließ den Salon.

Ich ging ziellos im Zimmer umher und nahm die Einrichtung in Augenschein, eine merkwürdige Zusammenstellung aus schwerfälligen, häßlichen Gegenständen in reparaturbedürftigem Zustand und geschmackvollen, teuren alten Stücken. Ich vermutete, es sei ein Sammelsurium von Möbeln, das der Vermieter hinterlassen hatte, und einigen hochgeschätzten Stücken, die die Trevilles selbst mitgebracht hatten. Als ich an der Flügeltür zur Halle vorbeiging, konnte ich es nicht vermeiden, Teile einer geflüsterten Unterhaltung zwischen Katya und Paul zu belauschen, die auf der anderen Seite standen. Nur wenige Worte waren verständlich, doch der Tenor des Gesprächs war eindringlich und gespannt.

». . . natürlich. Aber war das klug, Paul?«

»Was . . . für eine Wahl?«

(Etwas Unverständliches von Katya.)

»Ich vermute . . . magst . . .?«

(Pause)

»Ja . . . sehr nett.«

». . . mir leid, Katya. Wenn nur . . . anders wäre.«

»Es ist sinnlos . . . das Unmögliche. Vielleicht . . . Dr. Montjean erklären?«

». . . töricht. Wirklich, überaus töricht!«

»Ja, du hast natürlich recht. Nun . . . zum Abendessen. Papa hat soeben geläutet.«

*

Papas Läuten, mit dem er ankündigte, daß er seine Studien für diesen Tag beendet hatte und auf das Abendessen wartete, war eines der Gesprächsthemen, als wir zu viert um den Eichentisch im Speisezimmer saßen.

»Zu sagen, er *läutet*, ist nicht ganz korrekt«, erläuterte Katya und lächelte mir hinter dem wachsverklebten, antiken Armleuchter hervor zu. »Dieser armselige Steinhaufen von Haus fällt allmählich auseinander und fast nichts funktioniert mehr. Die Glocken in der Küche sind längst verschwunden. Aber das Scharren des Drahts in der Leitung kann man recht deutlich hören, und so funktioniert es schließlich auf seine Art doch.«

Ich war entzückt davon, wie Katya mit dem Charme einer erfahrenen Gastgeberin ein leichtes Tischgespräch in Gang hielt. So viele außergewöhnliche Begabungen schrieb ich ihr zu, daß ich nun überrascht war festzustellen, daß sie auch jene Gaben besaß, die allen wohlerzogenen Frauen eigen sind.

»Vielleicht«, sagte Paul Treville, »könnte man sagen, Vater scharrt nach seinem Essen . . . oder hat dies einen allzu unglückselig hündischen Beigeschmack?«

Monsieur Treville sah von der deftigen Suppe auf, die seine Aufmerksamkeit, seit er am Tisch saß, in Anspruch genommen hatte, und blinzelte. »Wie bitte? Hast du mit mir gesprochen?«

»Eher *von* als *mit* dir, Papa«, sagte Paul.

Monsieur Treville nickte. »Aha! Das habe ich mir gedacht. Ja, das habe ich mir gedacht.« Er wandte sich an mich. »Sie sind also Arzt, nicht wahr?«

»Mein Vorgesetzter im Ort, Dr. Gros, wäre da vielleicht anderer Meinung, Monsieur. Aber in der Tat habe ich sämtliche Hürden des Zweifels genommen und all die Routinebagatellen auswendig gelernt, die erforderlich sind, um das Wörtchen *Doktor* meinem Namen voranstellen zu dürfen.« Selbst heute erröte ich noch in Erinnerung an die einstudierten Phrasen, die ich, sobald sich eine Gelegenheit ergab, aufzutischen pflegte.

»Ja, aber Sie *sind* Arzt, oder nicht?« fragte der alte Herr und nahm mir und meiner pompösen Phrasendrescherei, die er nicht verstand, unbeabsichtigt den Wind aus den Segeln.

»Ja, Monsieur, ich bin Arzt.« Vom ersten Moment an mochte ich Monsieur Treville und seine unbestimmte, geistesabwesende Art, wenngleich wir schon fast zehn Minuten bei Tisch gesessen hatten, bevor er mich überhaupt bemerkte. Seine breiten, offenen Gesichtszüge, sein dichtes graues Haar, stets zerzaust, weil er es bei der Arbeit mit nervösen Fingern durchwühlte, seine hellen Augen, die vor Intelligenz und beinahe jungenhafter Energie blitzten, wenn er über etwas sprach, das ihn interessierte – all dies paßte zu meiner Idealvorstellung von einem gütigen alten Gelehrten.

Und außerdem war er Katyas Vater.

»Doktor, äh?« sagte Monsieur Treville. »O ja, natürlich!« Er wandte sich an Paul. »Du hattest irgendeinen Unfall, oder? Bist über etwas gefallen, nicht wahr?«

»Ich bin vom Dach gefallen, Papa, als ich versuchte, Wolken in einem Netz zu fangen. Glücklicherweise landete ich kurz darauf kopfüber in einem Teich voller Krokodile, und das hielt meinen Sturz auf.«

»Ja, ja, ich erinnere mich. Sie sind also Arzt, junger Mann. Das ist sehr interessant. Ihre Studien haben Sie nicht zufällig dazu verleitet, sich für mittelalterliches Dorfleben zu interessieren, oder?«

Verwirrt sah ich Katya an, die schelmisch lächelte. »Äh . . . nun ja, eigentlich nicht direkt, Monsieur. Aber die Thematik hat mich schon immer fasziniert.«

Monsieur Trevilles Gesicht erhellte sich. »Oh? Wirklich? Für welche Aspekte interessieren Sie sich besonders?«

»Bitte, Doktor«, sagte Paul und beugte sich mit gespielter Neugier vor. »Das müssen Sie uns unbedingt erzählen.«

Katya wies ihn mit einem Stirnrunzeln zurecht, doch er hob lediglich die Augenbrauen und bot ein Bild reinster Unschuld, während ich stotterte: »Nun . . . das Thema insgesamt ist faszinierend. Besonders . . . äh . . . besonders der medizinische . . . äh . . .«

»Die Pest!« warf Monsieur Treville ein. »Ja, ich bin sicher, daß das Auftreten des Schwarzen Todes 48/49 für einen Mediziner von besonderem Interesse sein muß.«

»Das wäre dann *1348/49*«, stellte der junge Treville hilfreich klar.

Monsieur Treville runzelte die Stirn über seinen Sohn und blinzelte mehrmals. »Hat nicht jemand von Krokodilen gesprochen? Was war mit den Krokodilen?«

»Das habe ich selbst nicht ganz verstanden, Vater«, gestand Paul. »Muß vielleicht irgend etwas mit der Großen Pest zu tun haben. Können Sie uns Licht in das Dunkel bringen, Doktor?«

»Nein, nein, junger Mann«, sagte Monsieur Treville, indem er seine Hand auf meinen Arm legte und leise lachte. »Ratten! Ratten und Läuse. Hat absolut nichts mit Krokodilen zu tun. Möglicherweise kam dieses Märchen von den Krokodilen durch die Tatsache auf, daß die Pest Europa über die mediterranen Häfen erreichte – wenngleich ich zugeben muß, daß ich auf diese Legende niemals selbst gestoßen bin. Sie können sich nicht zufällig daran erinnern, wo Sie sie gelesen haben, oder?«

Katya kam mir zu Hilfe, indem sie die Konversation in leichtere Bahnen lenkte, bis wir bei Obst und dem hiesigen kräftigen, gesalzenen Käse angelangt waren, in dem Paul angewidert mit der Spitze seines Messers herumstocherte. Ich spürte, daß Katya mit mir zufrieden war, zufrieden mit meiner offensichtlichen Zuneigung zu ihrem Vater und mit seiner Freude an einem neuen Gesprächspartner. Meine romantische Phantasie malte sich häusliche Tagträume von einem häuslichen Diner aus, bei dem Schwager und Schwiegervater unser bescheidenes (aber zauberhaftes) Heim besuchten, und in völliger Mißachtung meiner gesellschaftlichen Verpflichtungen erlaubte ich mir, mich dermaßen in meinen erfreulichen Träumereien zu verlieren, daß ich völlig überrascht war, als Monsieur Trevilles Stimme meine eigensüchtigen Gedankengänge durchkreuzte.

». . . oder meinen Sie nicht auch, Doktor?«

»Oh . . . ja. Ja! Gewiß meine ich das. Ja, gewiß.«

Monsieur Trevilles Augen funkelten vor Freude. »Das ist faszinierend, Doktor. Ich brauche Ihnen wohl kaum zu sagen, daß nur sehr wenige moderne Mediävisten unsere Ansicht darüber teilen. Wären Sie so freundlich, mir zu sagen, welche Anhaltspunkte Sie zu dieser Meinung brachten?«

»Welche Anhaltspunkte? Äh . . . nun ja, nicht so sehr irgendein bestimmter Anhaltspunkt als . . . äh . . . als vielmehr der allgemeine Eindruck, den ich . . . äh . . .«

Katya verdiente sich meine unsterbliche Dankbarkeit, als sie ihre Hand auf meinen Arm legte und mich mit der Bemerkung unterbrach: »Also, Ihr beide dürft nicht den ganzen Abend lang über Dinge reden, von denen Paul und ich nichts verstehen.«

»Mich stört es nicht«, sagte Paul. »Tatsächlich bin ich sogar außerordentlich an Montjeans Antwort interessiert!«

Er lächelte mir breit zu. Dann machte er eine plötzliche Bewegung, und mir wurde klar, daß Katya ihm unter dem Tisch einen Tritt versetzt hatte.

»Nein«, sagte sie, »das erlaube ich nicht. Wir werden unseren Kaffee wie wohlerzogene Leute im Salon trinken, und wir werden nur von belanglosen und amüsanten Dingen reden, so wie man es uns beigebracht hat, als wir noch Kinder waren.« Sie stand auf und bot mir ihren Arm. »Dr. Montjean?«

Eine halbe Stunde lang, in der wir vor dem hell brennenden Feuer im Kamin saßen, hielt Katya Wort und lenkte die Unterhaltung mit solch feinem Geschick von Thema zu Thema, daß jeder von uns – selbst Paul – eine Gelegenheit erhielt, zu glänzen, schlagfertig und belesen zu erscheinen. Zum Kaffee wurde Cognac gereicht, und ich bemerkte, daß Paul sein Glas öfter nachfüllte, als gut für ihn war, und daß er am Ende so bleiern und verdrießlich in seinem Sessel lehnte, daß es schon fast ungastlich wirkte, aber mein Entzücken an Katya, meine Bewunderung für sie überwogen meine Gefühle für ihren Bruder und hinterließen bei mir den Eindruck, niemals einen vergnüglicheren und unterhaltsameren Abend verbracht zu haben, obwohl ich mich an kein bestimmtes Ereignis von Belang erinnern konnte.

Paul brach den Bann, indem er sich plötzlich erhob und sagte: »Ich denke, Katya sollte sich bald zu Bett begeben.«

»Also, wirklich, Paul –« protestierte sie.

»Nein, nein, Kiki.« Paul ging zu ihr hinüber und legte seinen Arm um ihre Taille. »Du hast dich der Gefahr ausgesetzt, dir im Regen eine Erkältung zu holen. Jetzt solltest du ins Bett gehen, die Decke bis an die Nasenspitze ziehen und Krokodile zählen. Du wirst in Nullkommanichts einschlafen. Vater und ich werden Dr. Montjean weiter unterhalten.«

»Du bist in den Regen gekommen?« fragte Monsieur Treville Katya besorgt.

»Nicht wirklich, Vater«, antwortete Paul. »Das ist nur eine Metapher.«

Monsieur Treville blinzelte. »Eine Metapher?«

»Ja, und außerdem eine dumme und unpassende. Ich verspreche, sie nie wieder anzuwenden. Also, auf mit dir, Kiki.«

»Gute Nacht, Papa«, sagte Katya und gab ihm einen Kuß auf die Wange. »Und Gute Nacht auch Ihnen, Jean-Marc Montjean.« Sie hielt mir die Hand hin, damit ich sie drücken konnte. Die kluge Methode, die sie ersonnen hatte, um schon so kurz nach unserem Kennenlernen meinen Vornamen benutzen zu können, freute mich. »Werde ich das Vergnügen haben, Sie bald einmal wiederzusehen?«

»Keine Angst«, sagte Paul. »Der Doktor hat versprochen – oder vielleicht auch gedroht –, morgen hereinzuschauen und meine Wunden zu verbinden. Zweifellos werden wir imstande sein, ihn zu überreden, eine Tasse Tee mit uns zu trinken.«

»Ich freue mich schon darauf, Mademoiselle Treville«, sagte ich und nahm ihr Bild in mich auf.

»Ich auch.«

Nachdem sie gegangen war, lehnte sich Monsieur Treville wie zu einem gemütlichen, langen Plausch in seinen Sessel zurück und fragte mich, seit wann ich mich dem Studium des Schwarzen Todes verschrieben hätte . . .

. . . Eine Stunde später, als Paul mich schließlich zur Tür begleitete, war der Regen zu einem leichten Nieseln auf dem Kies geworden. Paul war nicht eben sparsam mit dem Cognac umgegangen, und in der Art und Weise, in der er sich an den Türbogen in der Halle lehnte, lag etwas mehr als Nonchalance.

»Sie haben sich wacker geschlagen, Montjean. Ich bin sicher, Vater hat nicht die leiseste Ahnung, daß Ihr Interesse an uns nicht rein medizinischer Natur ist. Das spricht von einer bewundernswerten Neigung zu Doppelzüngigkeit in Ihrem Charakter. Diese Gabe sollten Sie hegen und pflegen, nicht nur als Mittel, um in einer Welt von Gaunern und Krämern zu überleben, sondern auch als Treibmittel für einen Charakter, der insgesamt allzu ernst und ehrlich ist, um Interesse zu erwecken.«

»Sind Sie immer so unhöflich, Treville?«

»Nicht immer. Sie fördern das Beste in mir zutage.«

»Ich stehe mit Vergnügen zu Diensten. Darf ich Ihnen eine gute Nacht wünschen?«

»Ich bitte darum.«

*

Noch bevor der Einspänner das Ende des Pappelweges erreichte, hörte der Regen auf, und während die Stute gemächlich durch die vom Staub gereinigte Nachtluft nach Salies trabte, ließ ich mir die Ereignisse des Abends durch den Kopf gehen. Da war einmal diese merkwürdige, gespannte Unterhaltung zwischen Katya und Paul, die ich belauscht hatte. Und da war zum anderen Pauls Aufforderung, seinen Vater nichts von meinem Interesse an Katya wissen zu lassen, obwohl der alte Mann, soweit ich das beurteilen konnte, ein gutmütiger und völlig harmloser Schulmeister war. Am meisten jedoch beunruhigte mich vielleicht die Tatsache, daß ich Paul Treville, obwohl ich keinen Grund dazu hatte, mochte. War es seine physische Ähnlichkeit mit Katya, die mich dazu trieb, ihm seine jungenhaften Grobheiten zu verzeihen? Ich glaubte es nicht. Jedenfalls war es nicht das allein. Es lag etwas wie verzweifelte Melancholie in diesem Mann, die seine Bissigkeiten nicht ganz verdecken konnte und die mich dazu bewegte, für einen Menschen von klarer, wenn auch spröder Intelligenz Sympathie zu empfinden, für einen Menschen, der in diesem bäuerlichen Winkel des Baskenlandes keinerlei Ventil für seine Tatkraft und seinen Geist fand.

Warum nahm er diese selbstgewählte Isolation von der Welt, in die hinein er geboren war, der Welt, in der seine Gaben und Talente geschätzt wurden, eigentlich hin? Warum lebten die Trevilles überhaupt so weit entfernt von ihrem Paris in diesem antiquierten Steinhaufen? Katya hatte angedeutet, sie seien aus Gesundheitsgründen hier, doch ich sah keinerlei Anhaltspunkt für irgendwelche Gebrechen, sah hingegen in Monsieur Trevilles Eifer, Ideen und Gedanken mit mir auszutauschen, jeden Beweis für ihr Verlangen nach der gebildeten Gesellschaft, die sie zurückgelassen hatten.

Selbstsüchtig, wie ich war, freute ich mich natürlich über ihren Aufenthalt in Salies. Wie sonst hätte ich Katya jemals kennenlernen sollen?

Katya ... Die restliche Zeit der Fahrt in die Stadt vertrieb ich mir damit, mir kleine Szenen und Dialoge zwischen Katya und mir auszudenken.

*

Präzise um drei Uhr am nächsten Nachmittag, als die Klinik schloß, borgte ich mir erneut Dr. Gros' Einspänner und fuhr nach Etcheverria hinaus, wo ich rechtzeitig zum Tee, der auf der Terrasse mit Blick auf den überwucherten Garten eingenommen wurde, eintraf. Pauls Haltung hatte eine totale Änderung erfahren; er schwelgte in leichtem Geplauder und in Witzen, die keinerlei Spur von Vitriol aufwiesen. Und als Monsieur Treville aus seinem Arbeitszimmer kam und sich zu uns gesellte, fragte ihn Paul mit allem Anschein echten Interesses und echter Anteilnahme, die weit entfernt waren von dem Ton boshafter Fallenstellerei, der seiner Konversation am Abend zuvor angehaftet hatte, nach seinen Studien.

Zunächst schien Monsieur Treville verwirrt darüber, mich an ihrem Teetisch vorzufinden, und einen peinlichen Moment lang befürchtete ich schon, er erkenne mich nicht und hätte nicht die leiseste Ahnung, wer ich war. Aber Katya redete mich mehrmals mit meinem Titel an, bis ihr Vater in einer Art erschrockenen Verstehens sagte: »Ach, ja! Sie sind der Bursche, der sich so intensiv mit dem Studium des Schwarzen Todes beschäftigt, nicht wahr? Ja. Faszinierendes Thema. Faszinierend.«

Nach einer einzigen Tasse der dünnen *tisane*, die Katya ausschenkte, entschuldigte sich Paul, indem er behauptete, tausenderlei Dinge forderten seine Aufmerksamkeit, so daß er es für das beste hielte, ein Nikkerchen zu machen, um ihnen die Chance zu geben, sich unter dem Einfluß seiner großzügigen Mißachtung in Wohlgefallen aufzulösen. Monsieur Treville erhob sich und führte die Zwänge der Gelehrsamkeit ins Feld, schüttelte abschiednehmend meine Hand und ermahnte mich, mich nicht allzusehr in das Studium mittelalterlicher Medizin zu vertiefen, denn ich sei ein junger Mann und dürfe nicht zulassen, daß das Leben an mir vorbeigehe.

Katya lächelte ihrem Vater nach und schüttelte nachsichtig den Kopf. »Er mag Sie, Jean-Marc Montjean.«

»Ich mag ihn auch.«

Sie sah mich mit einem sanften Lächeln in ihren grauen Augen an. »Ja, ich weiß. Und das freut mich. Aber Sie sollten vielleicht noch ein bißchen Mittelalter büffeln.«

»Ich werde mich ganz darauf konzentrieren.«

Sie lachte leicht und stand auf. »Wollen wir zu meiner Bibliothek hinunterschlendern?«

»Sprechen Sie von der Bibliothek, die sich so geschickt als halbverfallenes Gartenhaus maskiert?«

»Habe ich denn noch eine andere Bibliothek? Kommen Sie.«

Beinahe zwei Stunden verplauderten wir; sie saß in dem abgenutzten Korbsessel, dem einzigen Möbelstück des Häuschens, oder hockte auf der Balustrade, während ich auf den Stufen saß oder mich an den Rahmen des vergitterten Eingangsbogens lehnte. Unsere Unterhaltung war zwanglos, mal seicht, mal tiefschürfend, über Gegenwart und Vergangenheit, mal ernst, mal heiter, mal persönlich, mal allgemein, und die Themen wechselten auf ein Wort hin oder nahmen spontan eine neue Wendung, lediglich auf unzusammenhängende Bilder oder Gedanken hin, die in ihrem oder meinem Kopf auftauchten. Die Zeit spielte dabei eine höchst paradoxe Rolle: Einerseits stand sie still und war aufgehoben, andererseits rann sie uns wie Sand durch die Finger.

Ich nahm ihre Einladung an, am nächsten Tag zum Tee wiederzukommen, und erneut plauderten wir über alles und nichts. So war es auch am übernächsten Tag und am Tag darauf. In meiner Erinnerung vermischen sich all die Stunden, die wir im Gartenhaus verbrachten, zu einer ausgedehnten und doch viel zu kurzen Zeitspanne, die wir, verborgen in dem überwucherten Garten, im gesprenkelten Licht sitzend verbrachten, während der Himmel über den Bäumen stets von leuchtendem Blau und die Luft stets kühl und leicht bewegt waren im perfekten Wetter jenes Julimonats.

Allmählich nannten wir uns beim Vornamen. Ganz allmählich konnten wir auch längere Zeit gemeinsam schweigen, ohne daß jene Peinlichkeit aufkam, die man empfindet, wenn man sich fremd ist. Ich verfiel in die

Gewohnheit, über ihre Wortspiele zu stöhnen, obgleich manche von ihnen bewundernswerte Kunststückchen an Klang und Klugheit darstellten, die beachtliches Wissen über die Feinheiten von Literatur und Politik erforderten. Sie fing an, mich wegen meiner typisch baskischen Art, jener unwahrscheinlichen Mischung aus mürrischem Ernst und theatralischer Romantik, zu hänseln.

Besonders faszinierte mich die für Katya so typische Ambivalenz ihrer Stimmungen. Die meiste Zeit über war sie springlebendig und beobachtete aufmerksam alles, was um sie herum vorging; sie wies mich auf Vögel in den Zweigen hin, die ich nicht einmal dann entdeckte, wenn sie meinen Blick darauf lenkte; sie hatte Freude an der genauen Untersuchung von Form und Struktur der Blüten und Blätter jener Blumen, die die langwährende Vernachlässigung des Gartens überlebt hatten; sie ließ sich entzückt die Sonne ins Gesicht scheinen und sog den Duft der heißen Sommerluft ein; sie liebte das Spiel mit Worten und Ideen, die sie mit dem ihr eigenen Sinn fürs Lächerliche drehte und wendete und neu formte. Bei anderen Gelegenheiten jedoch – allerdings ziemlich selten – zog sie sich urplötzlich in sich selbst zurück, manchmal mitten in einem Satz, und an dem unbestimmten und distanzierten Ausdruck ihrer Augen konnte ich ablesen, daß sie sich ganz woanders befand – nicht in diesem Garten, nicht in dieser Welt . . . nicht bei mir. Dann blickte sie schweigend in den Garten, gedankenverloren und heiter, bis ihre Augen aufflackerten und sie mir einen Blick zuwarf, und ich wußte, daß sie aus ihrer Träumerei wieder aufgetaucht war.

Dann machte sie einen Witz darüber, indem sie etwa sagte: »Nun, da bin ich wieder. Sind während meiner Abwesenheit irgendwelche Briefe für mich gekommen?«

Worauf ich dann etwa antwortete: »Nein, aber Ihr Bruder hat ein Telegramm geschickt. Offenbar will sein Enkel nächsten Monat heiraten.«

»Ach, tatsächlich?« lachte sie dann. »War ich denn so lange weg?«

»Sehr lange. Beinahe eine Minute lang. Und sehr weit weg. Beinahe außerhalb meiner Reichweite.«

Fragmente aus den Gesprächen, die wir in jenen köstlichen Nachmittagsstunden hielten, klingen heute noch frisch und unversehrt in mir nach wie Melodien aus der Kinderzeit, die sich aus verborgenen Bereichen ungebeten in die Erinnerung schleichen. Oftmals tauschten wir Eindrücke und Ereignisse aus unserer Kindheit aus, Bruchstücke unseres Lebens, die wir einander unbeabsichtigt mitteilten, nicht einmal so sehr mitteilten, als nur laut erinnerten. Sie erzählte, daß sie einst ein blaues Seidenkleid mit einer Schleife geschenkt bekommen hatte, das sie so sehr liebte, daß sie es für eine ganz besondere Gelegenheit aufhob, so lange, bis es ihr, als sich endlich ein angemessenes Ereignis ergab, zu klein war. Sie hatte bitterlich darüber geweint. Aber sie behielt das Kleid und besaß es noch immer. Und ich berichtete ihr von einem Rabauken in meinem Bergdorf, der sich einen Spaß daraus machte, mich zu verhöhnen, weil ich so gut in der Schule war. Er ging so weit, mich auf den Hinterkopf zu schlagen, was die anderen Kinder hellauf entzückte. Vor Wut und Scham weinte ich dann jedesmal, wagte es jedoch nie, mich gegen den Größeren zur Wehr zu setzen, bis mich mein weiser alter Onkel beiseite nahm und mir erklärte, daß ich, so stark der Rabauke auch war, den Vorteil hatte, schnell und behende zu sein. Und darüber hinaus würde mir die Rechtmäßigkeit meiner Sache zusätzliche Kräfte verleihen. Das nächste Mal also, als der dicke Metzgerssohn mich quälte, hob ich meine Fäuste und trat ihm mutig entgegen ... nur, um die tüchtigste Tracht Prügel meines Lebens einzustecken und mir eine blutige Nase und aufgeplatzte Lippen einzuhandeln. Und als ich es meinem Onkel berichtete, schüttelte er nur den Kopf und riet mir, in Zukunft nicht mehr so dumm zu sein, mich mit größeren Jungen anzulegen. Sie wiederum erzählte mir von einem Ast, der nachts einen Schatten auf die Wand ihres Schlafzimmers warf, der aussah wie ein Affe und sie jedesmal, wenn ein Sturm ihn schüttelte und er wie verrückt über den Vorhang tobte, zu Tode erschreckte. Sie versteckte sich dann unter der Bettdecke und lugte fasziniert und entsetzt darunter hervor, unfähig, den Blick von dem tanzenden Affen zu wenden, weil sie sich eingeredet hatte, solange sie ihn im Auge behielte, könne er ihr nichts tun. Sie wagte nicht einmal zu blinzeln. Und ich erzählte ihr, wie ich ein einziges Mal in der Schule gemogelt hatte und ...

Es ist müßig, all das zu wiederholen, was wir uns erzählten. Gewiß war der Leser schon einmal verliebt und erinnert sich.

Unnötig zu sagen, daß es zu keinerlei Intimitäten zwischen uns kam. Wir küßten uns nicht; ich hielt nicht einmal ihre Hand. Wenn sie ihre Hand in meine Armbeuge gleiten ließ und wir zum Gartenhaus hinunter oder zur Villa zurückschlenderten, war dies unser einziger Körperkontakt. Doch heute noch, Jahre später, kann ich den Druck und die Wärme ihrer Hand spüren, als besäßen meine Nerven vom Gedächtnis unabhängige Erinnerungen.

Dabei fällt mir ein, daß sie mich bei einer Gelegenheit doch einmal berührte. Mitten in einer Plauderei legte sie plötzlich ihre Hand auf meine und brachte mich mit einer Geste zum Schweigen.

»Was ist?« fragte ich.

Eine ganze Weile lang verharrte sie vollkommen bewegungslos und sah unverwandt auf eine Stelle neben dem Gartenhaus. Dann blickte sie mich wieder an und lächelte.

»Haben Sie sie nicht gesehen?«

»Sie? Wen?«

Sie musterte mich fragend, als hätte sie mich im Verdacht, sie an der Nase herumzuführen. Dann zuckte sie mit der Schulter. »Ach, machen Sie sich nichts daraus. Es war nichts.«

»Nein, sagen Sie es mir.« Dann kam mir eine Idee. »Sie haben doch nicht das Gespenst gesehen, das in diesem Garten spuken soll, oder? Oder war es das?«

»Sie ist kein Gespenst.«

»Ach, ja. Ich vergaß. Ein Geist, also.«

Katya blickte mich einen Moment lang an, dann schüttelte sie den Kopf und lächelte. »Ich muß jetzt wirklich ins Haus zurück. Das Mädchen, das für uns arbeitet, muß an alles erinnert werden, sonst fängt sie gar nicht erst an, das Abendessen vorzubereiten, und mein armer Vater muß hungrig zu Bett gehen.«

»Bleiben Sie noch ein wenig. Schicken Sie ihr das Gespenst. Daran wird sie sich ewig erinnern.«

»Ich dulde nicht, daß Sie Witze über den Geist machen ... das arme Ding. Nun kommen Sie schon. Aber wenn Sie wollen, können Sie heute abend mit uns essen. Vater hat nach Ihnen gefragt.«

»Ich komme mit Vergnügen.«

Bevor wir uns auf der Terrasse verabschiedeten, fiel mir ein, daß ich vergessen hatte, ihr den Kiesel des Tages zu geben. Es war ein Scherz – und sogar etwas mehr als ein Scherz – zwischen uns geworden, daß ich ihr bei jedem Treffen einen Kiesel überreichte. Ich zog ihn aus meiner Tasche und präsentierte ihn ihr mit dem komisch schlichten Zeremoniell, das wir uns angewöhnt hatten.

»Ich danke Ihnen sehr, Jean-Marc. Dies ist der schönste Kiesel, den ich jemals erhalten habe, seit ...

oh, mir fällt schon gar nicht mehr ein, wann es war. Ich glaube, gestern.«

»Dann sehe ich Sie also heute abend?«

»Ja. Bis dann.«

*

An jenem Abend regnete es und wieder einmal kam ich mit tropfendem Haar und durchnäßtem Jackett an. Beim Abendessen wurden die unvermeidlichen Witze darüber gemacht, daß ich, wann immer ich zu Besuch käme, Regen mitbrächte. Bei Tisch fühlte ich mich ein wenig unbehaglich, weil Katya in ihrer Sorge, ich könne mir in meiner nassen Jacke eine Erkältung holen, darauf bestanden hatte, daß ich sie gegen eine von Pauls Brokatsmokingjacken austauschte, die mir ein wenig zu klein und um ein Gutteil modischer als alles, was ich zu tragen gewohnt war.

Paul zwinkerte mir über den Tisch zu. »Ich frage mich, Montjean, ob ich in meiner Smokingjacke auch so albern aussehe. Oder sind Sie einer jener seltenen Zeitgenossen, der jedem Kleidungsstück, das er trägt, seine Wirkung nimmt?«

»Ich finde, er sieht gut aus«, sagte Katya.

»Findest du wirklich?«

Es war mir nicht verborgen geblieben, daß Pauls Huld seit jener ersten Einladung zum Tee, als er erstaunlich freundlich gewesen war, peu à peu abbröckelte. Seine vornehmliche Methode, mich wissen zu lassen, daß er nicht wirklich erfreut war, mich tagtäglich am Teetisch zu sehen, war aufgesetzte Überraschung, gefolgt von der Erklärung, er sei entzückt, mich wieder hier zu sehen – oder etwa immer noch?

Monsieur Treville beugte sich, nach einer langen Pause, in der er gedankenverloren dagesessen hatte, vor und sagte: »Wissen Sie, ich habe darüber nachgedacht, daß Sie zur Erhaltung Ihrer Gesundheit die Jacke wechseln müßten, Dr. . . . äh . . . Doktor.«

»Tatsächlich?« sagte Paul. »Wie faszinierend.«

»Ja. Der Mensch ist so anfällig. Es ist beinahe beängstigend, wenn man darüber nachsinnt. Wir leben in einem Universum, in dem die Temperatur beständig nahe dem absoluten Nullpunkt liegt. In dem Millionen Meilen umfassenden Raum, der die Lichtflecken, die wir Sterne nennen, voneinander trennt, kann keinerlei Leben bestehen. Und dieser Raum macht den überwiegenden Teil des Universums aus. Noch kann irgendwelches Leben, wie wir es kennen, in der Hitze von mehreren tausend Grad auf den Sternen existieren. Leben – alles Leben – ist beschränkt auf die unbedeutenden, kleinen Staubpartikelchen, die um die Sterne kreisen . . . die Planeten. Und die meisten von ihnen sind für das menschliche Leben entweder zu heiß oder zu kalt. In der Spanne von mehreren tausend Grad zwischen der Hitze der Sterne und der leblosen Kälte des Raumes kann der Mensch nur im kleinsten vorstellbaren Temperaturbereich überleben. Ohne schützendes Dach und ohne Wärme können wir in der Tat nur in wenigen Gebieten auf unserem winzigen Planeten überleben. Bei fünfunddreißig Grad stirbt der Mensch am Hitzschlag und bei fünfundzwanzig Grad minus an Unterkühlung. Und selbst innerhalb dieser engen Grenzen können wir uns erkälten und an Lungenentzündung zugrunde gehen, nur weil wir, und das im schönsten Sommer seit Menschengedenken, ein wenig naß werden. Es ist sowohl erschreckend als auch großartig, wenn man bedenkt, wie unsicher unsere Existenz ist und daß die kleinste Veränderung in unserem Leben genügt, uns zu vernichten.«

»Das Kunststück besteht also darin«, sagte Paul, »der Veränderung nicht zu gestatten, in unser Leben zu treten.«

Ich sah zu ihm hinüber und unsere Blicke trafen sich, seine Augen verengt von einem eisigen Lächeln. Dann holte er schnell Luft und sagte: »Du bist bemerkenswert unterhaltsam, Vater. Von Kindesbeinen an wurde uns beigebracht, in höflicher Konversation Religion, Politik und insbesondere alle Körperfunktionen zu meiden. Man lehrte uns, daß das einzig vollkommen sichere Thema das Wetter sei. Und soeben hast du uns bewiesen, daß man sich selbst mit dem Wetter aufs Glatteis begeben kann. Was meinen Sie, Montjean? Sehen auch Sie die Menschheit gefährlich zwischen Sonnenbrand und laufender Nase schwankend?«

»Mich bewegt eher das Wunder als die Gefahr unserer Existenz. Es ist, wie Monsieur ausführte, erstaunlich, daß wir überhaupt existieren. Das größte Wunder jedoch ist, daß wir um unsere Existenz *wissen* und über das Erstaunliche daran nachgrübeln.«

Paul runzelte die Stirn. »Habe ich etwa vergessen, zu den in höflicher Konversation unschicklichen Themen, wie Religion, Politik und biologische Funktionen, auch die Metaphysik zu zählen?«

»Ach, die Metaphysik ist manchmal eine gute Übung für den Verstand«, sagte Katya. »Aber die physikalische Welt bietet ebenfalls Köstlichkeiten. Man bedenke nur, wie klug die Natur es in diesem Sommer eingerichtet hat. Sie beschert uns nur des Nachts Regen. Er bringt uns Erfrischung und der Erde Nahrung und verdirbt keinen einzigen Tag. Es ist erstaunlich, daß sie sich nicht schon früher eine solch bewundernswerte Ordnung hat einfallen lassen.«

Monsieur Treville lehnte sich zu seiner Tochter hinüber und tätschelte ihre Hand.

»Mir fällt auf, daß du von der Natur wie von einer Frau sprichst, Liebling.«

»Ja, natürlich. Fruchtbarkeit und all das. Die Vorstellung von einem ›Vater Natur‹ ist schlechthin lächerlich.« Sie erhob sich. »Was uns natürlich auf die Frage bringt, ob wir den Kaffee im Salon trinken.«

Während ich Katya durch die Halle in den Salon folgte, wurde meine Aufmerksamkeit so vollkommen von der Schönheit ihrer durch die hochgetürmte Frisur entblößten Nackenlinie gefangengenommen, daß ich zusammenschrak, als der abklingende Sturm mit einem letzten Donnergetöse über das Haus brauste.

»Gütiger Gott, Montjean«, sagte Paul. »Sie haben einen Satz gemacht, als hätten Sie ein Gespenst gesehen. Sie müssen meilenweit weg gewesen sein.«

Ich lächelte. »Nicht meilenweit, aber vielleicht monatelang.« Das machte für niemanden Sinn außer für mich selbst, nichtsdestotrotz hatte ich mein Vergnügen daran, es auszusprechen.

»Was höre ich da von Gespenstern?« fragte Monsieur Treville.

»Nichts von Bedeutung, Vater«, sagte Paul, während er niederkniete, um das Feuer zu schüren.

»Nein, sag es mir, ich will es wissen.«

Paul seufzte. »Na gut. Montjean ist in eine Träumerei versunken ... Donnerkrachen ... Montjean tut einen Satz und schnappt nach Luft ... Sohn gibt geistlosen Kommentar über Gespenster von sich ... Montjean pariert mit unverständlichem Gebrabbel über Meilen und Monate ... und das wäre es denn auch schon. Die ganze ergreifende Episode.«

»Ich verstehe kein Wort«, gestand Monsieur Treville.

Um uns von diesem läppischen Wirrwarr abzulenken, scherzte ich: »Sie sollten eigentlich an Gespenster gewöhnt sein, da Sie doch einem eigenen Obdach gewähren.«

Pauls Schultern strafften sich, seine Hand, in der ein Stück Kaminholz lag, hielt mitten in der Bewegung inne. »Was meinen Sie damit?« fragte er.

Ich zuckte die Achseln. »Nichts Besonderes. Ich bezog mich lediglich auf das Gespenst in Ihrem Garten.«

»Oh, ich verstehe«, sagte Monsieur Treville, der in seinem Lieblingssessel vor dem Feuer saß. Dann blinzelte er und runzelte die Stirn. »Was für ein Gespenst ist das denn?«

»Nach hiesiger Überlieferung spukt in Ihrem Garten ein . . .« – ich sah mit einem Lächeln zu Katya hinüber, das sie nicht erwiderte – ». . . ein charmanter, junger Geist, der es ablehnt, als Gespenst bezeichnet zu werden.«

Pauls Stimme war tonlos. Beim Sprechen starrte er, den Rücken uns zugekehrt, in den Kamin. »Haben Sie diesen Geist selbst gesehen, Montjean?«

»Nein, eigentlich nicht. Aber ich habe Zeugnis von seiner Existenz aus einer vollkommen lauteren Quelle.« Ich verstand nicht, warum Katya die Stirn runzelte und leicht den Kopf schüttelte.

Mit Bedacht legte Paul das Holzscheit nieder, erhob sich und sah mich an. »Es macht Ihnen doch nichts aus, Doktor, wenn wir heute abend keinen Kaffee trinken, oder? Meine arme, zerschundene Schulter schmerzt, daher gedenke ich, heute frühzeitig zu Bett zu gehen.«

»Unsinn«, sagte Katya. »Natürlich trinken wir noch Kaffee. *Du* kannst ja auf dein Zimmer gehen, wenn du willst.«

»Nein, nein, nein«, sagte Paul. »Es würde mir nicht im Traum einfallen zu gehen und damit das Risiko einzugehen, Vaters Einsichten in die klimatische Anfälligkeit der Menschheit oder Dr. Montjeans unschätzbare metaphysische Fußnoten zu versäumen. Ich muß schließlich an die Vollendung meiner Bildung denken. Dabei fällt mir ein, ›unschätzbar‹ ist doch das Gegenteil von ›ungeschätzt‹, oder?«

»Da wurde doch gerade von Gespenstern und Geistern gesprochen«, sagte Monsieur Treville, indem er

Kaffee und Cognac mit einem lässigen Lächeln des Dankes von Katya entgegennahm. »Die Rolle, die das Übernatürliche im Leben des mittelalterlichen Menschen spielte, hat mich schon immer fasziniert. Sie, Doktor, sind natürlich mit Louis Duviviers Werk über dieses Thema vertraut, in dem er die reizvolle, wenngleich ziemlich schwach begründete Behauptung vertritt, daß das Christentum seine Herrschaft über die halbbarbarischen Gemüter der . . .«

. . . Eine halbe Stunde später unterbrach Katya den verworrenen Monolog ihres Vaters, indem sie ihn auf die Stirn küßte und sagte, sie müsse jetzt zu Bett gehen. Ich erhob mich und ergriff die mir dargebotene Hand.

»Sie werden doch morgen zum Tee kommen, Jean-Marc?«

»Ja, natürlich. Gute Nacht, Katya.«

»Gute Nacht. Kommst du mit hinauf, Paul?«

»Sobald ich unseren Gast zur Tür gebracht habe.« Infolge seines häufigen Griffs zur Cognacflasche war Pauls Aussprache ein wenig undeutlich.

Als Katya den Salon verließ, zog Monsieur Treville seine Uhr hervor und sagte: »Meine Güte! Wie schnell der Abend vergangen ist! Und ich habe eine Arbeit, die noch vor morgen zu beenden ich mir vorgenommen hatte. Trotzdem, es war ein fesselndes Gespräch. Ich muß gestehen, daß ich dem regen Wortwechsel geistvoller Konversation verfallen bin. Es ist schon fast eine vergessene Kunst geworden. Nun, denn! Wenn Sie mich entschuldigen wollen?« Und er ging.

Ich blieb aufbruchbereit stehen, doch Paul machte keine Anstalten, sich aus seinem Sessel zu erheben. Statt dessen legte er ein Bein über die Lehne und deutete auf die Cognacflasche. »Trinken Sie noch ein Glas, bevor Sie gehen?«

»Ich denke nein, danke. Warum lachen Sie?«

»Sie sehen einfach so verdammt komisch in meiner Smokingjacke aus. Wäre ich wie ein baskischer Schafhirte gekleidet, würde ich wohl auch lächerlich aussehen. Es sollte mich nicht wundern, wenn es davon abhinge, wozu man geboren ist.«

Ich hatte völlig vergessen, daß ich seine Jacke trug, und nun zog ich sie aus und meine eigene, die zum Trocknen am Feuer hing, wieder an.

»Sie sind doch Baske, nicht wahr?« fuhr Paul beharrlich fort.

»Ja. Mein Geburtsort liegt nicht weit von hier in den Bergen. Warum fragen Sie danach?«

»Nichts als müßige Neugier. Montjean ist schließlich kein baskischer Name. Man erwartet hier Namen wie Utuburu oder Zabola oder Elizondo ... irgend etwas düster Leidenschaftliches.«

»Mein Name ist aber baskisch ... eine Französisierung der Wortstämme *mendi* und *jaun*, die ›Mann aus den Bergen‹ bedeuten. Aber ich glaube kaum, daß Sie echtes Interesse am Ursprung meines Namens haben.«

»Fasziniert mich unbeschreiblich, alter Freund«, sagte er in seinem schleppendsten Tonfall. »Aber da ist etwas, über das ich gerne mit Ihnen reden würde. Sind Sie sicher, daß Sie nicht doch einen letzten Cognac trinken wollen?«

»Nun gut, wenn Sie es wünschen.«

»Großzügig von Ihnen, mein Freund.« Aber er schenkte mir nicht ein; statt dessen deutete er auf die Flasche und überließ es mir, mich selbst zu bedienen. »Ich habe noch einmal über Ihre Erlaubnis, Katya zu besuchen, nachgedacht.«

»Ach? Tatsächlich?«

»Hm-m. Ja.«

»Ich war mir nicht bewußt, daß Ihre Schwester Ihre Erlaubnis braucht, um Gäste zu empfangen.«

Er lachte. »Ist Ihnen Ihr Tonfall aufgefallen? Das

hätte ich sein können, der da sprach. Glauben Sie, Sie haben sich an meiner Jacke angesteckt?«

»Welchen vernünftigen Einwand könnten Sie dagegen haben, daß ich jeden Nachmittag ein oder zwei Stunden mit Katya verbringe?«

»Ach ja, es ist mir nicht entgangen, daß Sie beide sich seit neuestem beim Vornamen nennen.«

»Das hat nichts zu besagen. Wir unterhalten uns sehr viel. Wollten wir es dabei vermeiden, uns beim Vornamen zu nennen, kämen wir uns ziemlich gestelzt vor.«

»Ja, das denke ich auch. Sie fragten, welchen Einwand ich dagegen haben könnte, daß Sie täglich ein oder zwei Stunden mit ihr bei wahrscheinlich trivialer, auf jeden Fall aber langweiliger Konversation verbringen. Nicht den geringsten, alter Junge. Aber Sie sind jung und könnten von manchen Leuten für attraktiv gehalten werden; und sie ist jung und für jedermann attraktiv; und es liegt in der Natur der Dinge, daß dies zu weiteren Dingen führt.«

»Ich empfinde Ihre Unterstellung als beleidigend.«

»Spielen Sie nicht den erzürnten Gascogner. Was für ein Langweiler d'Artagnan doch gewesen sein muß – unentwegt auf seine eingebildete Ehre bedacht.«

»Ich glaube, Sie haben zuviel getrunken.«

»Was für ein aufmerksamer Bursche Sie doch sind! Sehen Sie, ich beschuldige weder Sie noch Katya. Aber Sie sind beide gesunde Menschen und Romantiker dazu. Gott gewährte Adam und Eva Auslauf im Garten, und als nächstes hören wir, daß sie gemeinsam Äpfel naschen. Das ist vollkommen normal.« Er erhob sich und kam durch das Zimmer auf mich zu. »Aber gleichgültig, wie normal das sein mag: Ich wünsche nicht, daß Sie mit Katya Äpfel naschen. Nicht einmal Apfelhäppchen. Habe ich mich klar genug ausgedrückt?«

Ich stand auf. »Ich denke, ich sollte jetzt gehen.«

»Was für ein großartiger Einfall. Aber ich nehme an, Sie meinen damit nur, sich für heute zu verabschieden und morgen zur Teezeit wie ein falscher Fünfziger wieder aufzutauchen.«

Ich gab ihm keine Antwort. Ich war viel zu wütend und befürchtete fast, ich würde ihn schlagen. Aber er folgte mir zur Tür.

»Sagen Sie, Montjean, haben Sie meine Schwester geküßt?«

»Ich sehe nicht ein, daß Sie das etwas angeht, aber die Antwort lautet nein.«

»Nicht einmal ihre Hand gehalten?«

»Nicht einmal das«, log ich. »Nicht ein einziges Apfelhäppchen. Gestatten Sie mir jetzt, Ihnen eine gute Nacht zu wünschen.«

»Einen Moment noch! Hören Sie zu. Geben Sie mir Ihr festes Versprechen, daß Sie auch nicht den geringsten Versuch machen, mit meiner Schwester intim zu werden. Versprechen Sie mir das?«

»Offen gesagt, Treville, halte ich Ihre übertriebene Beschützerrolle gegenüber Katya für ungesund.«

»Selbstverständlich ist sie ungesund. Wir sind eine ungesunde Familie. Hat Katya Ihnen nicht erzählt, daß wir aus Gesundheitsgründen in diesem gottverlassenen Loch sind? Der Gesundheitszustand meiner Familie hat jedoch nichts mit dem Versprechen zu tun, das ich von Ihnen fordere. Nun?«

Ich spürte mein baskisches Blut in den Schläfen klopfen. Als ich antwortete, zwang ich mich zu einem ruhigen und beherrschten Ton. »Wenn Sie nicht Katyas Bruder wären, würde ich Sie zu Boden schlagen.«

»Ach, herrje. Welch meisterliche Schlagfertigkeit! Würde es Ihnen nicht ein wenig schwerfallen, Ihre Faust in ein Gesicht zu dreschen, das dem ihren so ähnlich ist?«

Mein Blick glitt rasch von seinem rechten zum linken

Auge. Dann ließ ich die Schultern hängen. Er hatte vollkommen recht. Es wäre mir unmöglich gewesen.

»Gut, daß Sie es sich noch einmal haben durch den Kopf gehen lassen; bei Ihrer ersten zornigen Bewegung hätte ich Sie mit Vergnügen gestraft, und zwar unnachsichtig und perfekt. Ich hatte noch nicht die Gelegenheit, Ihnen mitzuteilen, daß ich in Paris Meister im Freistilboxen war. Nicht, daß ich den Schweiß und das Gegrunze beim Sport sonderlich genossen hätte, aber es gab eine Zeit, da es für einen jungen Mann meines Standes als vornehm galt, über eine gewisse Fertigkeit im Boxen zu verfügen. Ermöglichte einem, mit dem Gesindel auf der Straße fertig zu werden, ohne sich die Handschuhe zu beschmutzen, Sie verstehen. Also erwarb ich mir natürlich eine bemerkenswerte Fertigkeit darin.«

»Oh, natürlich.« Ich holte tief Luft, um mich zu beruhigen, dann verbeugte ich mich knapp. »Gute Nacht.« Nur unter Aufbietung meiner ganzen Willenskraft gelang es mir, die Tür sachte hinter mir zuzuziehen.

*

Ich war, zumal nach Inhalt und Tonfall unseres Gesprächs am Abend zuvor, ziemlich überrascht, als am nächsten Nachmittag, just da ich meine Arbeit in der Klinik beendete, Paul an der Tür meines Büros erschien.

»Darf ich hereinkommen?«

»Ja, ich denke schon.«

Er erklärte, er habe geschäftlich in Salies zu tun gehabt und würde sich freuen, mich unter der Voraussetzung, daß ich seine Einladung, wieder mit ihnen zu Abend zu essen, annähme, nach Etcheverria mitzunehmen.

Ich musterte ihn einen Moment lang vorsichtig, bevor ich antwortete, nichts würde mir größere Freude machen. Er gab zurück, er könne nicht verstehen, daß überhaupt jemand das hiesige Essen mochte, sah man einmal ab von übertrieben gottesfürchtigen Leuten, die sich dem Schweinefraß in einer Art Kasteiung des Fleisches aussetzten, in der Hoffnung, dadurch ihren Aufenthalt im Fegefeuer zu verkürzen.

Kaum hatten wir uns in seinem Surrey niedergelassen, als er auch schon sagte: »Ich fürchte, ich habe gestern abend ein wenig zuviel getrunken.«

»Ach? Glauben Sie?«

»Entschuldigungen fallen mir etwas schwer... Mangel an Übung, nehme ich an.«

»Ich hatte eher den Eindruck, daß Ihnen nichts schwerfällt – Boxen, Gäste beleidigen, Ihre Schwester verdächtigen – der ganze Katalog gesellschaftlicher Tugenden.«

Er lachte. »Das haben Sie sich speziell für mich aufgehoben, nicht wahr?«

Beinahe hätte ich gelächelt. Tatsächlich hatte ich mir zurechtgelegt, was ich ihm bei unserem nächsten Treffen sagen wollte.

Wir ließen die Stadt hinter uns und fuhren eine Zeitlang schweigend die Straße nach Etcheverria hinaus, bevor er sich mir zuwandte und sagte: »Schauen Sie, Montjean. Mir ist klar, daß Katya Freude an Ihrer Gesellschaft hat. Und für Vater ist es gut, jemanden zu haben, der seinen endlosen Monologen zuhört. Ich liebe sie beide, und ich kann ihnen nicht diese kleine Abwechslung von der ewigen Langeweile dieses Ortes verweigern. Aber ich muß darauf bestehen, daß Sie Ihr Versprechen, sich mit Katya nicht auf die geringsten Intimitäten einzulassen, halten –« Ich holte Luft, um ihm zu antworten, doch er hob die Hand. »– wie unschuldig sie auch sein mögen! Egal, wie unschuldig. Ich mißtraue Ihren Motiven keineswegs, Montjean. Es ist nur so, daß mein Vater ... nun, ich habe Ihnen bereits erzählt, daß mein Vater nicht auf die Idee kommen darf, Sie hätten auch nur das geringste Interesse an ihr. Verlangen Sie keine Erklärung dafür. Das hat mit Ihnen nichts zu tun.«

Ich seufzte und schüttelte den Kopf. »Gestern abend waren Sie nichts als Bissigkeit und Haß. Heute nachmittag sind Sie nichts als Vernunft und Freundlichkeit. Ich muß Ihnen sagen, daß ich Ihre sprunghaften Launen ziemlich kindisch finde.«

Er grinste mich an. »Finden Sie? Nun schön, ich akzeptiere Ihre Diagnose – vorausgesetzt, wir lassen das Thema umgehend fallen.«

Die restliche Fahrt über unterhielt mich Paul mit der Nachahmung hiesiger Kaufleute und Würdenträger, mit denen er in Salies zu tun gehabt hatte, und legte dabei eine überraschende Begabung für bissige Karikatur an den Tag, begleitet von einem keineswegs überraschenden Mangel an Nachsicht mit menschlichen Schwächen.

»Es ist ein Wunder«, sagte ich, »daß Sie sich mit Kaufleuten überhaupt abgeben, zieht man Ihre Verachtung für ihre ganze Klasse in Betracht.«

»Es bleibt einem nichts anderes übrig, als von Zeit zu Zeit mit ihnen in Kontakt zu treten, alter Junge. Schließlich gehört ihnen die Welt; nicht etwa auf Grund ihres Geburtsrechts oder persönlicher Talente. Die Welt gehört ihnen, weil sie sie gekauft haben.«

»Das mag schon stimmen. Aber Sie dürfen nicht vergessen, daß es Ihre Klasse war, die sie ihnen verkauft hat.«

Er schwieg eine Weile, dann sagte er leise: »Das ist wahr. Wie wahr.«

*

Ich stand im vergitterten Türbogen des Gartenhauses, zog den Kiesel, den ich gefunden hatte, aus der Tasche und überreichte ihn Katya.

»Oh, vielen Dank, Monsieur. Ich fürchtete schon, Sie hätten es vergessen.« Sie steckte ihn in eine kleine, verschnürte Börse zu den anderen und ließ sie in ihren Retikül fallen. »Haben Sie schon einmal daran gedacht, daß Sie mir die ganze Welt schenken ... Stückchen für Stückchen?«

»Ich hoffe, Sie fühlen sich durch den enormen Wert dieses Geschenks nicht kompromittiert.«

»Oh, es ist nicht der Wert eines Geschenks, der kompromittiert. Es ist die Absicht, die dahinter steckt. Sind Ihre Absichten kompromittierender Natur?«

»Nicht weit davon entfernt.«

Sie lachte. »Ich warne Sie. Meine Tugendhaftigkeit ist so felsenfest, daß bloße Kieselsteine sie nicht erschüttern können.«

»Das, meine liebe junge Dame, war ein gräßliches, ganz gräßliches Wortspiel.« Dies sagte ich mit einer onkelhaften Strenge, die mir gestattete, sie ungestraft »liebe« zu nennen.

Sie runzelte die Stirn und zog ein verdrossenes Gesicht. »Ich fürchte, Ihnen fehlt die richtige Einstellung zur hohen Kunst des Wortspiels. Das läßt auf abscheuliche Gemütsstrenge schließen. Wozu gibt es denn Worte, wenn man nicht mit ihnen spielen darf?«

Ich legte meine Hand behutsam auf die ihre. »Es geht das Gerücht, daß manche Leute sie benutzen, um Gefühle der Zuneigung auszudrücken.«

Sie sah mir mit besorgter Unsicherheit in die Augen. »Je nun ... auf Gerüchte kann man sich nicht allzusehr verlassen.« Dann entzog sie mir behutsam ihre Hand, wandte sich zur Seite und sah mit distanziertem Blick abwesend in den Garten. Die Sonnenstrahlen, die Schatten malend durch das Gitter fielen, verliehen ihrem kupferfarbenen Haar einen warmen Ton, brachen sich am Mieder ihres weißen Kleides und ließen ihr Gesicht in diffusem Licht erscheinen. Ich stand dicht neben ihr. Der zartseidene Flaum auf ihrer Wange ... der süße Duft ihres Haars ... die geschwungene Linie ihres Halses ... die Rundung ihres Busens ...

Als trenne sie sich nur widerwillig von einer angenehmen Vision, seufzte sie und wandte sich mir zu. »Wissen Sie, es war grausam und gedankenlos von Ihnen, meinem Bruder und meinem Vater von dem Geist in diesem Garten zu erzählen. Warum haben Sie das getan?«

Ihre Frage brachte mich aus dem Gleichgewicht. »Ich ... aus keinem besonderen Grund. Nur ... Sie wissen ... Gerede. Konversation. Sie müssen doch wissen, daß ich Ihnen niemals absichtlich Schmerz zufügen würde, Katya.«

Sie sah mir einen Moment lang gerade in die Augen, abwägend, abschätzend. Dann erschien ein schwaches Lächeln in ihren Augenwinkeln. »Nein, natürlich täten Sie das nicht. Aber trotzdem wünschte ich, Sie hätten sie nicht erwähnt.«

»Ich wußte nicht, daß sie ein Geheimnis ist.«

»Nicht gerade ein Geheimnis. Nur etwas, das mir allein gehört und das ich mit niemand anderem teilen wollte.«

»Aber Sie haben sie mit mir geteilt.«

Sie dachte einen Moment lang darüber nach, als ob es ihr zum erstenmal auffiele. »Das stimmt, das habe ich, oder?« Sie zuckte die Achseln. »Nun gut, es ist sinnlos, noch länger darüber zu reden. Der Schaden ist schon passiert.«

»Welcher Schaden?«

»Sie haben doch gesehen, wie Paul auf die Erwähnung des Geistes reagierte, nicht wahr?«

»Ja. Er schien ziemlich erschüttert.«

Sie nickte. »Das wußte ich im voraus.«

»Aber warum? Gewiß glaubt doch ein so zynischer Mensch wie ihr Bruder nicht an Geister. Wieso sollte ihn die bloße Erwähnung erschüttern?«

Sie runzelte die Stirn und schüttelte den Kopf. »Ich weiß es wirklich nicht, Jean-Marc. Ich wußte nur instinktiv, daß es ihn erschüttern würde.«

Ich seufzte, brach einen Zweig von einem überhängenden Busch und begann, ihn seiner Blätter zu entkleiden. »Katya? Ist es ein wirklicher Geist?«

»Ein wirklicher Geist? Ist das nicht ein Widerspruch in sich selbst?«

»Sie wissen genau, was ich meine. Sie und Paul ergötzen sich daran, Geschichten zu erfinden und mit der Leichtgläubigkeit anderer Menschen zu spielen. Deshalb meine Frage, ob ihr Geist ein wirklicher ist.«

»Oh, sie ist wirklich genug.«

»Haben Sie sie eigentlich schon gesehen?«

»Ja. Nun ... nicht ganz. Ich habe sie *beinahe* einmal aus dem Augenwinkel heraus gesehen ... ein weißer Fleck, der verschwindet, wenn ich genau hinsehe, so wie bei ganz schwachen Sternen. Aber ich bin ganz sicher, daß sie hier ist. Ich spüre ihre Anwesenheit geradezu körperlich. Und dieses Erleben ist nicht im mindesten erschreckend oder unerfreulich. Sie ist ein guter Geist ... und so schrecklich traurig. So schrecklich traurig.«

»Traurig? Warum traurig?«

»Ich weiß es nicht. Ich vermute, das liegt daran, daß alles zu Ende ging, als sie noch so jung war.«

»Ach? Wie alt ist sie denn?«

»Gerade fünfzehneinhalb.«

Ich lächelte. »Sind Sie sicher, daß sie nicht fünfzehn Jahre, fünf Monate und elf Tage alt ist? Schließlich haben Sie ja dieses Faible für präzise Zahlenangaben.«

Sie betrachtete mich mit theatralischer Ernsthaftigkeit. »Sie wissen doch sicher, wie schwer es ist, das Alter auf den Tag genau zu schätzen.«

Ich lachte leise und ließ das Spiel und den nackten Zweig fahren. »Wissen Sie, Katya, ich verstehe Pauls Unbehagen in bezug auf Gespenster . . . Geister. Der Tagträumer und unheilbare Romantiker, der zu sein Sie mir vorwerfen, hat nichtsdestoweniger einen weltlich logischen Realitätssinn. Ich fühle mich verloren und ein wenig unbehaglich, wenn ich über Kräfte und Ereignisse nachdenke, die Bezüge wie Ursache und Wirkung, logische Schlüsse und Vernunft mißachten. Verstehen Sie, was ich meine?«

»Wollen Sie damit sagen, daß Sie nicht an das Übernatürliche glauben?«

»Ich ziehe vor, es nicht zu tun. Ich will es nicht. Das Irrationale erschreckt mich. Ich würde mich in der Gegenwart eines brutalen und grausamen Mannes wohler fühlen als in der eines Verrückten.«

Sie runzelte die Stirn. »Paul ist nicht verrückt.«

»Oh, nein, Sie mißverstehen mich. Das habe ich nicht damit sagen wollen. Ich habe lediglich sagen wollen, daß ich sein Unbehagen in bezug auf das Übernatürliche teile. Ich meine, daß er bei klarstem Verstand ist, wie ich. Unerschütterlich vernünftig.«

»Und das halten Sie für das beste?«

»Nun, ja . . . es ist sicher.«

Sie überdachte es einen Moment lang. »Ja, es ist sicher . . . aber beengend.«

Wir schwiegen eine Weile, während ich nach Worten für die Frage suchte, die mir schon den ganzen Tag im Kopf herumging.

»Katya? Offensichtlich stimmt hier etwas nicht. Etwas, das Ihre Familie beunruhigt.«

Sie antwortete mit überraschender Direktheit. »Ja, natürlich. Es hätte mich erstaunt, wenn ein so sensibler Mensch wie Sie es nicht gespürt hätte.«

»Ist es etwas, wobei ich helfen kann? Wäre es nützlich, darüber zu sprechen?«

»Nützlich? Eine seltsame Art, es auszudrücken. Aber ja, es wäre vielleicht ... nützlich.« Sie schien mit sich selbst zu ringen, nahe daran, etwas mit mir zu teilen, schien es jedoch nicht recht zu wagen.

Um es ihr leichter zu machen, sagte ich: »Sie wissen, daß Sie in mir einen verständnisvollen und ... anteilnehmenden ... Freund haben. Gewiß spüren Sie, was ich für Sie empfinde, Katya.«

Sie schüttelte den Kopf und wandte sich ab, als wolle sie meinen Worten Einhalt gebieten.

Ich nahm die Gelegenheit dennoch wahr, weil ich fürchtete, ein solcher Moment käme so bald nicht wieder. »Ich habe es noch nicht gewagt, den Gefühlen, die ich für Sie hege, einen Namen zu geben ... Gefühle, die mich selbst beim flüchtigsten Gedanken an Sie bewegen –«

»Bitte, Jean-Marc ...«

»– aber wenn ich ihnen einen Namen geben sollte, wäre es gewiß das, was man ... Liebe nennt.«

»Bitte ...« Sie erhob sich aus ihrem Korbsessel, als wolle sie fliehen, aber ich ergriff ihre Hand, zog sie an mich und hielt sie in meinen Armen.

»Katya ...«

»Nein.« Sie versuchte sich loszumachen.

»Katya.« Ein leichter Schauder ging durch ihren Körper, dann versteifte sie sich und richtete ihre Augen ruhig, aber wie aus weiter Ferne, auf mein Gesicht. Sie machte keinen Versuch zu entkommen, aber ihr passiver Widerstand und ihre starre Gleichgültigkeit kühlten mein Feuer und gaben mir das Gefühl, ziemlich dumm und tölpelhaft zu sein, weil ich sie, nicht gerade gegen ihren Willen, aber gegen ihren *Mangel* an Willen, festhielt. Ich wollte sie sowohl freigeben als auch küssen und wußte nicht, was ich tun sollte.

Ich war jung. Ich küßte sie.

Ihre Lippen waren weich und warm, aber vollkommen unempfänglich, und als ich nach dem langen Kuß meine Augen öffnete, starrte sie an mir vorbei ... durch mich hindurch.

Ich ließ die Arme zur Seite sinken, aber sie bewegte sich nicht, und so war ich es, der einen Schritt zurück tun mußte, bestürzt, unglücklich.

»Es tut mir leid, Katya. Es tut mir so leid.«

»Es ist schon gut.«

»Nein. Es ist nicht gut. Es ist einfach, daß ... Ich liebe Sie so sehr.«

»Es ist schon gut, Jean-Marc.«

Aber ich schüttelte den Kopf und wandte mich ab –

– und sah direkt in Pauls Augen.

Er war offensichtlich leise den Pfad heruntergekommen und Zeuge meiner Verlegenheit geworden.

»Gehört das zu Ihrem Verhalten am Krankenbett, Doktor?« Seine tonlose Stimme war eiskalt.

Gedemütigt, wütend und frustriert stammelte ich: »Ich weiß nicht, warum ich das tat. Es war dumm von mir. Ich werde natürlich sofort gehen.«

»Nein, Jean-Marc. Gehen Sie nicht«, sagte Katya, eine Mischung von Mitgefühl und Ängstlichkeit in ihrer Stimme.

»Nein, Katya«, sagte Paul. »Laß den guten Doktor ziehen. Es ist der edelste Trieb, den er seit Jahren hatte.«

»Treville«, sagte ich und konzentrierte meinen Ärger auf ihn. »Wenn Katya nicht wäre, würde ich Ihnen mit Vergnügen dieses abgeschmackte Lächeln aus dem Gesicht prügeln!«

»Gewiß würden Sie zumindest den Versuch machen«, sagte er unverschämt und gelangweilt.

Mit zusammengepreßten Kiefern, pochenden Schläfen und geballter Faust stand ich vor ihm, verabscheute die gelassene Gleichgültigkeit in seinen Augen von ganzem Herzen, erkannte aber gleichzeitig die Verwandtschaft mit Katyas leerem Gesichtsausdruck, als ich sie küßte. In dem Bestreben, meine leidenschaftliche Wut zu zügeln, holte ich mehrmals tief Luft, dann schloß ich die Augen und ließ die Faust sinken. Ich wandte mich an Katya, die uns ängstlich beobachtete, und sprach mit aller Beherrschung, die ich aufbringen konnte. »Ich bedaure, Ihnen Kummer bereitet zu haben, Katya. Die schlichte ... wenn auch unwillkommene ... Tatsache ist, daß ich Sie liebe. Und diese Liebe werde ich niemals bereuen, sosehr ich auch meine unglückselige Art, sie auszudrücken, bereue.« Noch während ich sprach, hätte ich mich für die gekünstelte, affektierte Wortwahl umbringen können. Ich war sicher, daß ich mir damit jede Aussicht, Katyas Zuneigung vielleicht doch noch zu gewinnen, zunichte machte, aber der verletzte Stolz der Jugend ist eine schreckliche Sache, imstande, in der Seelenpein des Egos blind um sich zu schlagen und dabei jenen wehzutun, die man am meisten liebt.

Nach einer formellen – und ganz gewiß lächerlichen – Verbeugung schritt ich mit steifem Rückgrat den Pfad hinauf, in meinem Gemüt ein Chaos aus Wut und Verzweiflung.

Da ich in Pauls Viersitzer nach Etcheverria gekommen war, mußte ich den ganzen Weg zurück nach Salies laufen, und mein Elend stand in bitterem Gegensatz zur Schönheit des Abends, meine Schritte wurden immer langsamer, und mit jedem Schritt nahm meine Wut ab, bis sie, als ich den Dorfplatz erreichte, gänzlich verraucht und meine Gefühle erschöpft und taub waren.

*

Eine Unterhaltung mit Dr. Gros war das letzte, was ich jetzt ertragen konnte, doch als er mich von seinem Stammtisch unter dem gelben elektrischen Licht der Arkaden zu sich rief, fielen mir keine Ausflüchte ein, die mich der Gefahr enthoben, ihn von meinem Elend wissen zu lassen und mich zur Zielscheibe seines Spotts zu machen.

»Kommen Sie, setzen Sie sich, Montjean«, kommandierte er mit volltönender Stimme und klatschte auf den Stuhl neben ihm. »Trinken Sie zum Trost ein Gläschen mit mir.«

»Zum Trost?«

»Nun, dann vielleicht aus Erleichterung. Ich nehme an, das hängt davon ab, wie Ihre kleine Affäre mit La Treville vorangekommen ist. Auf jeden Fall haben Sie sich einen gerechtfertigten Anspruch auf den hiesigen Rekord in der Kürze von romantischen Episoden erworben – vielleicht mit Ausnahme von einer kleinen Affäre, in die unser Dorfpriester letzten Sommer verwikkelt war.«

»Ich habe gewiß keine Ahnung, wovon Sie reden.«

»Ich muß gestehen, daß ich einigermaßen erfreut bin, dieses Geschäft beendet zu sehen. Ihr Kommen und Gehen hatte die Phantasien und Zungen der Stadt schon völlig mit Beschlag belegt und meinen Ruf als agilen Romantiker vollkommen in den Schatten gestellt, einen Ruf, den ich stets genährt und gefördert habe.«

Während er meinen Oxygéné gekonnt mit ein paar Tropfen Wasser versetzte, fragte ich mich, wie die Nachricht von meinem *contretemps* mir nach Salies vorausgeeilt sein konnte, selbst wenn man berücksichtigte, daß der Ort für die Geschwindigkeit seiner Gerüchteverbreitung berühmt war, und das zu Recht.

»Ich habe nicht die leiseste Ahnung, wovon Sie eigentlich reden, Dr. Gros. Aber wenn Sie nichts dagegen haben, würde ich die Sache gerne auf sich beruhen lassen.«

»Dagegen? Warum sollte ich etwas dagegen haben?« Dr. Gros schwieg einen Moment lang; dann murmelte er: »Auf jeden Fall haben Sie noch eine Woche.«

»Eine Woche?«

»Und gewaltige Dinge können innerhalb einer Woche vollendet werden. Gott, so sagt man, hat alle Welt in sieben Tagen gemacht. Was für eine unglaubliche sexuelle Meisterleistung! Es stimmt zwar, daß die Bevölkerung damals merklich dünner gesät war. Dennoch, wenn man die Engel mit einbezieht, war es eine großartige Meisterleistung. Sie wissen doch, daß ich des öfteren über das Geschlecht der Engel sinniere, nicht wahr? Knaben? Mädchen? Hermaphroditen? Vielleicht wurden sie auch ohne jede Installation konstruiert. In welchem Fall ihre elementaren Funktionen fast einem Wunder gleichkommen. Aha. Anus mirabilis! Wie gefällt Ihnen das? Und man bedenke, daß ich mein jahrelanges Lateinstudium als Verschwendung betrachtete!«

»Was haben Sie mit der einen Woche gemeint?«

»Ach, kommen Sie, spielen Sie mir nicht den Spröden vor. Der ganze Ort weiß, daß die Trevilles heute in einer Woche wegziehen. Der junge Mann, ihr Bruder, war heute morgen in der Stadt, um alles zu arrangieren. Es hat gar keinen Sinn, daß Sie –« Er riß die Augen auf und seine Stimme klang plötzlich gedämpft. »Ach, du meine Güte. Sie haben es *nicht* gewußt, nicht wahr? Ich sehe es Ihnen an.«

Ich räusperte mich. »Nein. Ich habe es tatsächlich nicht gewußt.«

»Aber, mein Junge, ich habe natürlich angenommen . . . Will sagen, Sie haben die Stadt heute nachmittag in Begleitung des jungen Treville verlassen, und ich mußte annehmen, daß er Ihnen von ihrer Absicht, unserem befleckten Paradies den Rücken zu kehren, berichtet hat. Ich bin ehrlich bestürzt, der Überbringer trauriger Nachrichten zu sein. Können Sie mir all das Geschwätz über Engel vergeben? (Obwohl die Bemerkung über den anus mirabilis so schlecht nun auch wieder nicht war.) Kommen Sie, trinken Sie noch etwas auf meine Rechnung. Bestrafen Sie mich ökonomisch.«

»Danke, nein. Äh . . . hat der junge Treville erwähnt, wohin sie ziehen?«

»Hat er nicht. Und indem er es nicht tat, versorgte er den Ort mit einer Unzahl an Mutmaßungen. Tunis? Martinique? Paris? Pau? – dieses letzte Ziel entsprang, wie Sie sich unschwer vorstellen können, dem beschränkten Vorstellungsvermögen unseres Bankiers. Kann es sein, daß Ihre junge Dame Ihnen diese Tatsachen vorenthalten hat?«

»Ich möchte lieber nicht weiter darüber sprechen, wenn es Ihnen nichts ausmacht.«

»Wie Sie wollen. Das ist natürlich Ihre Sache und geht mich nichts an.« Dr. Gros schlürfte sein Getränk und blickte mit aufgesetzter Gleichgültigkeit über den Platz. Dann beugte er sich plötzlich vor. »Wissen Sie, es ist möglich, daß sie Ihnen nichts gesagt hat, weil sie Ihnen nicht wehtun wollte. Es ist sogar möglich, daß sie selbst es nicht wußte.«

Kaum, daß Dr. Gros auf diese Möglichkeit hingewiesen hatte, da war ich auch schon überzeugt, daß dies der Fall sein müsse. Katya wußte nichts von Pauls Vorbereitungen, Salies zu verlassen. Hätte sie davon gewußt, so hätte sie es mir sicherlich erzählt, denn nichts war charakteristischer für sie als ihre offene Ehrlichkeit, die manchmal sogar in schmerzliche Direktheit ausartete. Und wenn sie es nicht wußte, warum verheimlichte Paul es dann vor ihr? Konnte es sein, daß sie gar nicht gehen wollte? Sollte sie gegen ihren Willen von hier weggebracht werden?

Ich entschuldigte mich und ging nach Hause in mein

Zimmer, wo ich mich auf die Bettkante setzte und darüber nachgrübelte, was ich tun sollte. Bis ich schließlich, noch immer vollständig bekleidet, in einen heißen, unruhigen Schlaf fiel, hatte ich den Entschluß gefaßt, Paul entgegenzutreten. Ich würde nach Etcheverria gehen und mit ihm sprechen, gleichgültig, wie unwillkommen ich dort sein mochte. Anstandsregeln waren kaum von Belang, wo ich um mein Glück und vielleicht auch ... wagte ich zu hoffen ... für das Katyas kämpfte.

*

Am nächsten Morgen frühstückte ich an meinem angestammten Tisch unter den Arkaden, doch die *brioches* lagen unberührt auf dem Teller, denn nach dieser Nacht peinigender Alpträume war mir noch immer leicht übel. Als ich aufblickte, sah ich zu meiner Überraschung, wie Katya ihr Fahrrad über den Platz zu mir herüberschob. Barhäuptig wie immer, mit vom Fahrtwind zerzausten Haarsträhnen, ihr Lächeln fröhlich und strahlend, nahm sie auf dem Stuhl Platz, den ich für sie zurechtrückte.

»Ist das nicht ein schöner Morgen!« sagte sie. »Ich erwachte beim ersten Lichtschimmer, und der Tau auf den Wiesen funkelte wie ... nun, ich glaube, wie Diamanten. Es ist so schade, daß bestimmte Klischees aufgrund ihrer Bildhaftigkeit schwerlich zu vermeiden sind, es sei denn, man ist gewillt, Exaktheit zugunsten von Originalität zu opfern. Würden Sie mir eine Tasse Kaffee bestellen?«

Es mag zwar kleinlich erscheinen, aber ich ärgerte mich, daß die Geschehnisse, die mich die ganze Nacht gequält hatten, sie überhaupt nicht berührt zu haben schienen. Unweigerlich empfand ich ihre Heiterkeit als gefühllos, daher lag eine gewisse Schärfe in meiner

Stimme, als ich fragte: »Weiß Ihr Bruder, daß Sie in die Stadt gegangen sind?«

»Nein«, sagte sie schlicht, als wäre es kaum von Belang. »Wollen Sie diese *brioches* nicht essen?«

»Ich habe wenig Appetit.«

»Das tut mir leid. Darf ich sie essen? Ich bin ganz ausgehungert.«

»Selbstverständlich.«

Nachdem der Kellner eine weitere Tasse, Kaffeekännchen und heiße Milch gebracht hatte und wieder gegangen war, fuhr ich fort: »Ich bin sicher, Paul wäre fuchsteufelswild, wenn er wüßte, daß Sie hier sind.«

Sie trank durstig einen ersten großen Schluck Milchkaffee und sah dabei in die Tasse wie ein Kind. »Hmm, das tut gut. Ja, das wäre er sicher. Aber reden wir nicht darüber. Der Morgen ist viel zu schön.«

»Nein, Katya. Ich möchte darüber reden. Ich habe eine grauenvolle Nacht verbracht, und ich möchte darüber sprechen, was mit mir geschieht . . . mit uns.«

»Wissen Sie, Jean-Marc, Sie sind nicht der einzige, der eine grauenvolle Nacht verbracht hat«, sagte sie mit einem Hauch von Vorwurf in der Stimme.

In Anbetracht der Frische ihres Gesichtes und des Funkelns in ihren klaren Augen konnte ich nicht glauben, daß sie eine schlaflose Nacht hinter sich hatte.

Wie sich jedoch herausstellte, sprach sie nicht von sich selbst. »Als ich heute morgen herunterkam, fand ich Paul schlafend auf dem Fußboden des Salons. Er hatte getrunken und sah gräßlich und irgendwie mitleiderregend aus, wie er da unter dem Kaminteppich lag, den er über sich gezogen hatte. Es kam mir ziemlich treulos vor, ihn in diesem Zustand liegenzulassen. Aber ich mußte einfach aus dem Haus gehen. Hinaus in diesen glorreichen Morgen. Und außerdem . . .« Sie sah zur Seite. » . . . ich glaube, ich wollte mit Ihnen zusammensein.«

Ich fand es schwierig, mir den kühlen, selbstbeherrschten Paul Treville vorzustellen, wie er sich eine qualvolle Nacht mit Trinken um die Ohren schlug, doch das Bild rief ein merkwürdiges Gefühl von Kameradschaftlichkeit in mir wach, das, wie ich gestehen muß, nicht ganz frei war von einer gewissen Befriedigung darüber, daß er die Qualen teilte, die er durch seine Willkür verursacht hatte. Aber diese Mischung aus Mitleid und unversöhnlicher Genugtuung wurde übertrumpft von der erwärmenden Wirkung des Satzes ». . . ich wollte mit Ihnen zusammensein.«

Ich legte meine Hand auf die ihre, und eine ganze Minute lang wurde sie mir nicht entzogen, bis Katya mit einem kurzen Lachen gestand: »Ich weiß wirklich nicht, wie ich mit der linken Hand Kaffee trinken soll, und ich käme mir albern vor, wenn ich ihn verschüttete.«

Ich hob meine Hand. »Katya, lassen Sie mich offen mit Ihnen sein.«

»Das heißt jedesmal, daß Sie etwas Unangenehmes sagen wollen.«

»Nein, keineswegs. Nun, ja . . . vielleicht doch. Ich verstehe nicht, wie Sie so gut gelaunt sein können, während ich – und offensichtlich auch Paul – so leide.«

»So etwas lernt man mit der Zeit, Jean-Marc. Man muß lernen, seinen Kopf freizumachen und . . . nein, nicht eigentlich Freude . . . Frieden vielleicht, zu finden. Wie könnte man sonst weiterleben?«

»Aber, um Himmels willen, was in Ihrem Leben – in Ihrer Familie – bereitet Ihnen derartigen Schmerz, daß Sie Barrikaden dagegen errichten müssen?«

Sie saß einen Moment lang unbeweglich da, den Blick gesenkt, als dächte sie einen Gedanken zu Ende. Dann schüttelte sie den Kopf.

»Nein. Es ist eine Sache, über die ich nicht reden kann. Nicht einmal mit Ihnen.«

»Aber Sie *können* mit mir darüber reden, Katya. Sie wissen, daß ich –«

»Psst!« Dann, etwas sanfter: »Still, bitte.«

»Nun, Sie werden mir doch wenigstens erlauben zu sagen, daß ich Sie gerne mag, oder nicht?«

»Ja«, sagte sie und lächelte mich nachdenklich und traurig an. »Ich weiß, daß Sie mich mögen. Und es freut mich.«

»Aber Sie sind nicht gewillt, dieses – was immer es ist – mit mir zu teilen?«

»Ich werde andere Dinge mit Ihnen teilen. Wenn ich glücklich bin oder wenn mir ein besonders gutes Wortspiel einfällt ... diese Dinge werde ich mit Ihnen teilen. Das wird genügen müssen.«

»Das genügt überhaupt nicht. Gütiger Gott, Katya, Glück teilen wir mit allen möglichen Leuten ... mit völlig fremden sogar. Aber was wirklich zählt, ist Traurigkeit und Leid miteinander zu teilen. Bestimmt wissen Sie das.«

»Ja, das weiß ich. Das ist eine jener Binsenwahrheiten, die unglücklicherweise wirklich wahr sind.«

»Nun, und?«

Einen Moment lang sah sie mir in die Augen. Dann lächelte sie. »Wissen Sie, Jean-Marc, Ihre Augen sind so dunkel, daß sie beinahe schwarz sind. Eine ungeheure Menge Licht muß dazu nötig sein, sie zu füllen.«

Verstimmt darüber, daß sie das Thema so offensichtlich wechselte, wandte ich mich von ihr ab.

»Bitte schmollen Sie nicht, Jean-Marc.«

»Ich schmolle nicht.« Unglücklicherweise ist es kaum möglich, so etwas zu sagen, ohne daß es trotzig klingt.

»Hör zu, Lieber.« Dieses Wort der Zuneigung berührte mich sogar durch meine Frustration und Verzweiflung hindurch, besonders, da sie zum erstenmal das vertrauliche Du benutzte. »Ich bin sicher, ich kann die Sache mit Paul ins reine bringen. Er wird schnell wütend, aber ebenso schnell verzeiht er auch.«

»Weil er keine tieferen Gefühle kennt.«

»Das ist unwahr. Und unfair dazu. Ich werde mit Paul reden, und ich bin sicher, er wird noch einmal darüber nachdenken und Ihnen erlauben, nach Etcheverria zu kommen. Dann können wir weiter unsere kleinen Spaziergänge im Garten machen. Und wir können plaudern. Und ich werde Ihnen gestatten, meine Wortspiele zu loben. Und von Zeit zu Zeit werde ich mit dem Fahrrad nach Salies kommen und Ihre *brioches* aufessen. Es wird alles in Ordnung kommen. Sie werden schon sehen.«

Freudlos schüttelte ich den Kopf.

»Aber Sie müssen versprechen, Paul und mich bei unserem kleinen Versteckspiel zu unterstützen. Vater darf nicht die geringste Ahnung davon haben, daß Sie und ich einander mögen. Allzu schwierig wird das nicht sein. Wie Sie wissen, ist Vaters Interesse an seiner Umgebung recht gering. Nun lächeln Sie schon! Wir werden vieles miteinander teilen.«

»Aber uns bleibt nur noch eine Woche!«

Verwirrt runzelte sie die Stirn. »Nur noch eine Woche? Warum? Fahren Sie weg?«

»Sie sind es, die wegfährt, Katya! Ihre Familie verläßt Etcheverria. Ihr Bruder war gestern in der Stadt und hat alles arrangiert.«

»Oh«, sagte sie leise. Sie griff nach einer Haarsträhne an ihrer Schläfe und ringelte sie geistesabwesend um ihren Finger. »Oh, ich verstehe.« Ihre Stimme war ausdruckslos und kam wie von weit her.

»Ich war mir sicher, daß Paul Ihnen nichts davon gesagt hat.«

»Was?« fragte sie und löste sich mit einem Ruck aus ihren Gedanken. »Oh, nein. Nein, er hat mir nichts davon gesagt.«

Eine Weile lang saßen wir schweigend da, bis ich fragte: »Sie wollen nicht weggehen, nicht wahr?«

»Nein, natürlich nicht. Aber das ist nicht der springende Punkt. Wenn Paul alles arrangiert hat, dann müssen wir gehen.«

»Warum denn, um alles in der Welt?«

»Es ist früher passiert. Als wir Paris verlassen mußten und hierherzogen.«

»Was ist in Paris passiert?«

Sie runzelte die Stirn und schüttelte heftig den Kopf.

»Wovor läuft Ihre Familie davon?«

Sie sah mich an, dann lächelte sie schwach.

»Ach, wir haben wie die meisten Familien unsere Leichen im Keller. Aber deswegen klappere ich nicht dauernd mit dem Sargdeckel. Ach, kommen Sie schon, so schlecht war das Wortspiel nun auch wieder nicht. Wenn es schon kein Lachen verdiente, so war es doch zumindest ein Lächeln wert. Oder, zuallermindest, ein Stöhnen.«

»Mir ist nicht nach Lächeln.«

»Nehmen Sie die Dinge nicht so ernst, Jean-Marc.« Sie erhob sich. »Jetzt muß ich nach Hause. Sicher wird Paul Hilfe brauchen bei den Vorbereitungen für den Umzug. Aber Sie müssen heute nachmittag zum Tee kommen. Bitte. Wenn wir nur noch eine Woche zusammen haben, wäre es dumm von uns, sie nicht auszunutzen.«

Ich seufzte und nickte. »Ja, Sie haben recht. Ich komme gerne zum Tee.«

»Gut. Dann bis bald?«

»Ja. Bis bald.«

Sie schob ihr Fahrrad über den Platz und hielt inne, um ein Damenpärchen – das offenkundig über uns geklatscht hatte und sich über die Vertraulichkeit des hutlosen Mädchens erhitzte, das, wie nicht anders von ihr zu erwarten, schon morgens in aller Öffentlichkeit ein Stelldichein hatte, dessen scheinbare Freimütigkeit sie nicht im geringsten täuschen konnte – mit einem warmen Lächeln und einem grüßenden Kopfnicken zu bedenken.

*

Beim Tee war Monsieur Treville heiter und redselig, womit er das dahinplätschernde Gespräch aufrechterhielt, zumal ich mit meinen Gedanken anderswo war, Paul sich so eisig und zurückhaltend verhielt, daß er sogar darauf verzichtete, seinen Vater mit dessen Verschrobenheit zu necken, und Katya es zufrieden war, sich zurückzulehnen und uns drei Männer der Reihe nach ziemlich mütterlich und distanziert, wie mir schien, anzusehen.

»Das ist es also, was meine Kinder jeden Nachmittag tun, während ich mich im Dienste Clios abrackere, nicht wahr? Herumsitzen und Tee trinken. Verschwendung. Nun ja, ich denke, das ist einigermaßen harmlos. Aber Sie dürfen meinen nichtsnutzigen Sprößlingen nicht erlauben, Sie von Ihrem Studium der Pest abzuhalten, Dr. Marque.« Er lachte leise bei dem bloßen Gedanken, daß jemand, der sich dem Studium der Mediävistik verschrieben hatte, für eine solche Versuchung anfällig sein könnte.

»Dr. Montjean, Papa«, korrigierte Katya.

»Montjean? Ich bin ganz sicher, daß du ihn gestern abend beim Essen mit Dr. Marque angesprochen hast. Ich kann mich ganz deutlich daran erinnern. Dr. Jean Marque, sagtest du.«

Paul seufzte. »Das war vorgestern abend, Vater. Und der Doktor wurde mit seinem Vornamen, Jean-Marc, angesprochen. Jean-Marc Montjean. Ein Name, der nicht leicht zu vergessen ist . . . sosehr man es auch versucht.«

Monsieur Treville runzelte die Stirn und schüttelte zweifelnd das Haupt. Die Möglichkeit, daß Katya nach so kurzer Bekanntschaft schon meinen Vornamen benutzt haben könnte, kam ihm nicht in den Sinn. »Meine Kinder halten mich für einen stupiden Trottel, Doktor, weil ich mir nur selten die Mühe mache, auf ihr Gerede zu achten. Mein Gedächtnis ist so solide wie der Goldfranc – nicht, daß der Franc im Augenblick besonders solide wäre! Eh?«

»Darf ich fragen«, sagte Paul, »warum wir dermaßen ausführlich bei des guten Doktors Namen verweilen? So sehr kann es uns doch noch nicht an Gesprächsthemen mangeln.«

Monsieur Treville wedelte abwehrend mit der Hand. »Ach, Namen können aber verwirrend sein. Und wichtig überdies. Wir behandeln die Dinge nicht nach ihrem Sein, sondern nach unserer Auffassung von ihrem Sein. Daher sind die Dinge in einem ziemlich erschreckenden Ausmaß das, womit wir sie benennen. Nehmen Sie nur meine Tochter hier, Doktor. Getauft und Gott vorgestellt unter dem vollkommen zufriedenstellenden Namen Hortense – dem Namen meiner eigenen Mutter. Dann sah ich eines Tages von meiner Arbeit auf, und eine Katya lebte bei mir. Einfach so, über Nacht, war meine Hortense verschwunden und eine Katya hatte ihren Platz eingenommen.« Er griff nach der Hand seiner Tochter. »Aber ich habe mich an diesen Wechselbalg, der meine Hortense ersetzt hat, gewöhnt. Auf ihre Art ist sie ein recht nettes Mädchen. Das Ebenbild ihrer Mutter, Doktor – nun ja, das gilt eigentlich für beide. Sie hatten das große Glück, das Aussehen von ihrer Mutter zu erben. Eine Frau von außergewöhnlicher Schönheit.« Monsieur Trevilles Stimme wurde immer leiser und schien sich immer weiter zu entfernen. » . . . eine außergewöhnliche Frau . . . außergewöhnliche Frau . . .«

»Ich wünschte, wir hätten unseren Verstand von dir, Papa.« Katya sprach in neckendem Ton, der darauf abzielte, ihn aus seiner Melancholie wieder herauszureißen.

»Was? Ach, ihr seid beide recht intelligent. Vielleicht ein wenig geistig träge. Vielleicht Opfer der Apathie. Aber recht intelligent. Ja, ja, Fehler wie der mit dem Namen des Doktors sind ziemlich häufig, sogar bei Akademikern. Da macht ein Gelehrter einen Fehler – zum Beispiel einen Schreibfehler oder einen noch größeren Irrtum –, andere Gelehrte schreiben von ihm ab, und schon der nächste findet den Fehler in drei oder vier verschiedenen Quellen, und ehe man sich's versieht, wird dem Irrtum das Gewicht einer Tatsache beigemessen. Deshalb, meine ich, muß man sein eigenes Quellenstudium betreiben, wie Sie, Doktor, zweifellos beim Studium des Schwarzen Todes festgestellt haben.« Monsieur Treville beugte sich mit vollem Mund vor und sprach vertraulich, von Akademiker zu Akademiker, auf mich ein. »Ich erinnere mich an den Fall eines berühmten Gelehrten – sogar Mitglied der Akademie, deshalb verschweige ich seinen Namen, um einen Skandal zu vermeiden. Er zitierte die Einwohnerzahl des Dorfes Alos im Jahre 1250 als ›dreitausend Seelen‹. Drei*tausend*! Wie jedermann weiß, hatte Alos damals nicht mehr als drei*hundert*. Aber da stand es – schwarz auf weiß und daher eine unumstößliche Wahrheit! Drei*tausend!* Wie viele zukünftige Untersuchungen werden durch diese nachlässig hingeschriebene, überflüssige Null ruiniert werden? Zum Beispiel, wenn ein Gelehrter feststellen sollte, daß einhundertfünfundachtzig Einwohner von Alos an Ihrer Pestilenz zugrunde gegangen sind, so käme er zu dem Schluß, daß das Dorf noch einmal glimpflich davongekommen sei. Wo doch in Wirklichkeit über die Hälfte der Bevölkerung umkam!«

»Du solltest wirklich einen Artikel über die bösen Folgen der verirrten Null schreiben, Papa«, sagte Paul.

»Oh, das habe ich schon. Nicht gerade unter diesem Titel, aber immerhin. Und er wurde, wenn ich das selbst sagen darf, gut aufgenommen.«

Ich lächelte. »Es fällt mir nicht leicht, Monsieur, mir vorzustellen, daß irgend jemand sich dem Studium von Alos widmet.«

»Kennen Sie das Dorf?«

»Ich kenne es gut. Es ist eines der drei Dörfer, aus denen die Gemeinde besteht, in der ich geboren bin.«

»Wie faszinierend«, sagte Paul kraftlos.

»Das ist es tatsächlich«, sagte Monsieur Treville. »Alos ist einer der wenigen Orte, in dem noch immer das allegorische Schauspiel über Robert le Diable aufgeführt wird.«

»Das ist richtig, Monsieur. Es wird jedes Jahr aufgeführt. Just um diese Jahreszeit, fällt mir dabei ein.«

»Nein, wirklich?« sagte Paul. »Just um diese Jahreszeit? Das berühmte Fest von Alos? Was Sie nicht sagen!«

»Ich würde eine Menge darum geben, ihm beizuwohnen«, sagte Monsieur Treville. »Das letzte Überbleibsel jener typisch baskischen Einbindung heidnischer Riten ins Christentum. Ich habe oft gedacht, daß – Hallo! Was in aller Welt ist denn das?« Er deutete auf einen Gegenstand, der auf dem Teetablett lag und ihm soeben ins Auge gefallen war.

»Oh, das gehört mir«, sagte Katya. »Ein Geschenk von Dr. Montjean. Ich muß es völlig geistesabwesend auf das Tablett gelegt haben.«

»Aber ... es sieht aus wie ein ganz gewöhnlicher Kieselstein!«

Katya warf mir einen Blick zu. »Nun ja, so könnte man es formulieren, Papa. Aber man könnte es ebenso als ein Stück vom Universum betrachten.«

Während Monsieur Treville den armseligen Kiesel genauer untersuchte, war ich eifrig darauf bedacht, Pauls Blick auszuweichen, denn ich wußte, daß ich darin herablassenden Sarkasmus entdecken würde.

»Ja, ich nehme an, man *könnte* es auch so betrachten«, sinnierte Monsieur Treville, indem er Katya den Kiesel zurückgab, die ihn unauffällig in ihr Retikül gleiten ließ. »Ich hatte keine Ahnung, daß Sie sich auch für Geologie interessieren, Doktor. Seltsame Interessenkombination: Geologie und mittelalterliche Seuchen. Hüten Sie sich vor der Anziehungskraft der reinen Wissenschaften. Ihre Reinheit ist wie die einer uralten Nonne – blut- und leidenschaftslos. Nein, nein. Halten Sie sich an die Humanistik, in der, wenngleich die Wahrheit schwieriger festzustellen und die Beweise unsicherer sind, doch immerhin der Atem der Menschheit zu verspüren ist.«

»Dr. Marque«, sagte Paul. »Oh, entschuldigen Sie, ich wollte sagen, Dr. Montjean. Verdammt sei diese streunende Null. Glauben Sie nicht, Doktor, es wäre an der Zeit, daß Sie sich meinen Verband ansehen oder womit immer Sie sich Ihr Honorar verdienen? Deswegen sind Sie doch gekommen, oder?«

»Äh . . . gewiß. Sie entschuldigen uns, bitte?«

Als ich aufstand, erhob sich auch Monsieur Treville und sagte, er müsse jetzt wirklich wieder an seine Arbeit gehen. Tee zu trinken sei zwar ganz nett, und die Unterhaltung sei erfreulich und lehrreich gewesen, doch Arbeit blieb Arbeit. »Es macht dir doch nichts aus, Liebling, allein gelassen zu werden?« fragte er Katya.

»Überhaupt nichts. Ich werde einfach in meine Bibliothek hinuntergehen und ein wenig lesen.«

»Bibliothek?« Monsieur Treville blinzelte. »Was für eine Bibliothek?«

»Ich nenne das kleine Haus am Ende des Gartens meine Bibliothek.«

Monsieur Treville schüttelte den Kopf und ließ die Arme hängen. »Da haben Sie es, Doktor. Ein Musterbeispiel für die Quelle des Irrtums in der Wissenschaft. In zehntausend Jahren wird irgendein Gelehrter Katyas Tagebücher lesen und den irregeleiteten Schluß ziehen, daß das antike Wort für Gartenhaus ›Bibliothek‹ gewesen sei. Dann wird er erfahren, daß die Gelehrten unserer Ära den größten Teil ihrer Zeit in ihren Bibliotheken verbrachten und daraus wiederum den Schluß ziehen, daß das Klima in Europa zu Beginn des zwanzigsten Jahrhunderts subtropisch gewesen sei!« Er ging ins Haus unentwegt murmelnd: »So zeugt Irrtum Irrtum, der wiederum Irrtum zeugt, der wiederum . . .«

Katya sah ihm nach und lächelte. »Ist er nicht ein Schatz? Finden Sie es nicht beneidenswert, so wie er an der Schwelle zur Wirklichkeit zu leben?«

»Ich mag ihn sehr gern«, sagte ich. »Ich kann nicht verstehen, warum Sie beide es für nötig halten, so zu tun, als seien Katya und ich beinahe Fremde. Ihr Vater ist doch kein Unmensch.«

Katya sah mich stirnrunzelnd an.

»Was ist? Stimmt etwas nicht?«

Paul erhob sich träge. »Ich hoffe, Sie kommen niemals auf die Idee, Chirurg zu werden. Ihre Art, das Skalpell zu führen, ist geradezu tödlich gedankenlos. Sehen wir jetzt nach meinem Verband?«

»Ich bezweifle, daß Ihr Verband meiner Aufmerksamkeit bedarf.«

»Nichtsdestotrotz . . .« Mit einer Handbewegung wies er mich zurück in den Salon, und ich folgte ihm, nachdem ich Katyas Schulter leicht berührt hatte, um *au revoir* zu sagen. Sie reagierte nicht.

*

Als ich die leicht angeschwollene Stelle an Pauls Schlüsselbein mit den Fingerspitzen untersuchte, war ich überrascht, daß er nicht vor Schmerz zusammenzuckte. »Sie scheinen gutes Heilfleisch zu haben«, sagte ich.

»Das hatte ich schon immer. Ich habe mir schon Rippen gebrochen und doch nach einer Woche wieder gekämpft.«

»Gekämpft?«

»Ja, gekämpft. Habe ich versäumt, Ihnen zu erzählen, daß ich einst Pariser Amateurmeister im Kickboxen war?«

»Doch, Sie haben es erwähnt. Und ich war entsprechend beeindruckt.«

»In diesem Sport war ich unschlagbar, nicht so sehr meiner physischen Voraussetzungen als vielmehr meines unbeugsamen Willens zum Sieg und meiner Fähigkeit wegen, meine Attacken zu plazieren, während die anderen sich mit Rücksicht auf Sportsgeist und Fairplay alles verpfuschten.«

»Solche Rücksichten hemmten Sie niemals?«

»Nicht im geringsten«, sagte er nicht ohne Nachdruck.

»Ich nehme an, Sie erwarten von mir, daß ich diese Information als Parabel auffasse?«

»Das wäre nicht unklug.«

»Ich verstehe. Trotz Ihrer bemerkenswerten Fähigkeit, sich zu erholen, werden Sie diesen Arm noch etwa eine Woche länger schonen müssen.«

Paul schlüpfte ohne Hilfe wieder in sein Hemd und knöpfte es ein wenig linkisch zu.

»Selbstverständlich habe ich Sie nicht nur der Wohltat Ihrer professionellen Unzulänglichkeit wegen hier hereingebeten.«

»Das dachte ich mir schon.«

Einen Moment lang stand er vor mir, als wisse er

nicht, wie er beginnen solle; dann wandte er sich zu einem Tischchen um und nahm eine hübsch ziselierte Pistole auf, aus deren Lauf ein metallener Reinigungsstab herausragte. Ziemlich unbeholfen hielt er die Pistole in seiner behinderten rechten Hand und schob den Stab langsam, als ob er in Gedanken woanders wäre, im Lauf hin und her.

Nach einer vollen Minute lastenden Schweigens sagte ich: »Nun?«

»Wissen Sie, damals in Paris war Zielschießen eine meiner Leidenschaften. Ich gab es lediglich auf, weil ich sämtliche Medaillen und Preise, die mein Schießclub vergab, eingeheimst hatte.«

»Es freut mich für Sie, daß Sie damals eine nützliche Zerstreuung fanden.«

Paul legte die Pistole vorsichtig nieder und drehte sich mit vor Verachtung halb geschlossenen Lidern zu mir um. Wieder einmal brachte mich die Tatsache, daß seine Züge, die im Detail denen Katyas so sehr glichen, doch eine so völlig andere Wirkung erzielen konnten, völlig aus der Fassung. Obwohl seine Wangen grau, seine Augen von der durchzechten Nacht eingesunken und seine Lippen zu einer dünnen Linie zusammengepreßt waren, wirkten die Gesichter wie ein und dieselbe Melodie – auf verschiedenen Instrumenten, ja sogar in verschiedenen Tonarten gespielt. Was bei ihr lebhafte, aufgeschlossene Intelligenz ausdrückte, drückte bei ihm bittere Gewitztheit aus. Wo sie sich in Träumereien verlor, zog er sich kühl in sich selbst zurück. Und obwohl seine Töne tiefer und ihre eher hell waren, so war es doch sie, und nicht er, die in Moll transponiert schien; es war ihre Melodie, die von den melancholisch zerrissenen Schalmeientönen aufgenommen worden war.

Er lächelte düster. »Ich denke, meine Einstellung zu Ihnen wird durch die Tatsache erhellt, daß ich es für angebracht halte, Sie zu informieren, daß ich sowohl ein erfahrener Kickboxer als auch ein ausgezeichneter Schütze bin.«

»Das ist mir nicht entgangen.«

»Gut. Lassen Sie mich Ihnen gleich zu Beginn sagen, daß ich ungeheuer wütend auf Sie bin, Montjean. Sie haben selbstsüchtig, unverantwortlich und verräterisch gehandelt.«

»Verräterisch? Ich wehre mich –«

Verärgert hob er die Hand und wischte meine Verteidigung beiseite. »Jawohl, verräterisch. Verdammt noch mal, Mann! Ich habe Ihnen, obwohl ich befürchtete, Sie würden uns nichts als Schmerz und Ärger bescheren, erlaubt, uns hier zu besuchen, mit Katya zusammenzusein, ihre Gesellschaft zu genießen. Dann ließ ich Sie gestern nur ein paar Minuten mit ihr allein, und als ich zurückkam, mußte ich feststellen, daß Sie sie umklammerten.«

»Ich würde es nicht ›umklammern‹ nennen.«

»Es ist mir verdammt egal, wie Sie es nennen würden! Tatsache ist, daß ich Ihnen wider besseres Wissen erlaubte, hier Besuche zu machen, in der Hoffnung, Sie würden sich damit zufriedengeben, ihre Gesellschaft im Kreis der Familie zu genießen – ganz, wie es sich gehört. Und dann erfahre ich, daß sie sich nach Salies davonstiehlt und Sie ein billiges kleines Rendezvous in irgendeinem billigen Café haben.«

»Moment mal! Ich kann Ihnen versichern, daß –«

»Ihre Versicherungen interessieren mich nicht. Ich sage Ihnen, daß –«

»Sie brauchen mir gar nichts zu sagen, Treville! Eine Tasse Kaffee zusammen trinken, als ›sich zu einem billigen kleinen Rendezvous davonstehlen‹ zu bezeichnen, ist unrecht von Ihnen – und billig. Das dulde ich nicht!«

Er funkelte mich an. Dann senkte er den Blick und

holte tief Luft. »Ja. Ja, natürlich. Das war eine dumme Formulierung meinerseits.«

»Das war es in der Tat.« Paul Treville sich entschuldigen zu hören, überraschte mich über alle Maßen; dennoch hatte ich nicht die Absicht, es auf sich beruhen zu lassen. »Darüber hinaus, so unmaßgeblich es ist, hatte ich keine Ahnung, daß Katya beabsichtigte, heute früh nach Salies zu kommen. Es war *kein* Rendezvous. Aber ich sage Ihnen in aller Offenheit, daß ich, hätte ich *gewußt*, sie würde kommen, höchst entzückt gewesen wäre.«

»Nun gut, lassen wir es dabei bewenden. Sicher haben Sie recht. Katya ist eine eigenwillige und halsstarrige Frau, und es sähe ihr nur zu ähnlich, Sie in der Stadt aufzusuchen, obwohl ich es ihr ausdrücklich untersagt hatte. Was jedoch noch verächtlicher ist, als sich heimlich mit ihr außerhalb dieses Hauses zu treffen, ist Ihre Einmischung in unsere Angelegenheiten, und Ihr Herumschnüffeln im Ort, um meinen Aktivitäten nachzuspüren, und dann – was das allerschlimmste ist – vor Katya mit meiner Absicht herauszuplatzen, dieses gottverlassene *Nest* zu verlassen, ohne die geringste Rücksicht darauf zu nehmen, wie sie diese Neuigkeit verkraftet! Sie kam ziemlich erschüttert nach Hause, müssen Sie wissen.«

»Sie hat ein Recht darauf, von Ihren Absichten zu erfahren. Gütiger Himmel, es ist *ihr* Leben, mit dem Sie spielen, nicht nur Ihr eigenes, wenn Sie aus einer Laune heraus von Ort zu Ort ziehen!«

»Ich spiele nicht mit ihrem Leben. Ich spiele überhaupt nicht. Es ist mir todernst. *Sie* sind es, der hier spielt, Montjean. Sie spielen die Rolle des wagemutigen Liebhabers – des trotteligen Quixote, der sich keinen Deut darum schert, ob er jemanden verletzt, solange nur seine Wünsche befriedigt werden, solange er nur herumlaufen, Mauern einrennen und Jungfrauen erretten kann – Jungfrauen, die nicht gerettet werden sollen und wollen!«

»Das muß sich erst noch herausstellen!«

Jäh zog er die Augenbrauen hoch.

»Ach? Muß es das tatsächlich? Hat sie jemals auch nur die leiseste Andeutung gemacht, daß sie nicht bei ihrer Familie bleiben will? Daß sie nicht willens ist, meine Meinung darüber, was das beste für uns ist, zu akzeptieren?«

»Nun . . . nicht wörtlich.« In der Tat hatte sie den Anschein erweckt, sich dem zu beugen, was Paul für das beste hielt. »Aber ich bin nicht sicher, daß sie in dieser Angelegenheit mit sich im reinen ist«, fügte ich schwach hinzu.

»Aber Sie sind es, ja? *Sie* wissen, was in ihr vorgeht? *Sie* wissen, was das beste für sie ist? Mein Gott! Was gibt Ihnen eigentlich das Recht, sich einzumischen?«

»Ich liebe sie«, sagte ich einfach.

Paul spottete nicht, wie ich eigentlich erwartet hatte. Seine Reaktion war viel verheerender. Er seufzte tief, schloß die Augen und schüttelte kraftlos den Kopf. »Sie lieben sie. Sie *lieben* sie. Gott schütze uns vor den Wohlmeinenden!« Er ließ sich mir gegenüber in einen Sessel fallen und sprach wie zu sich selbst. »Weil Sie sie lieben, nehmen Sie sich das Recht heraus, in unser Leben zu platzen, Verletzungen und Schäden anzurichten, deren Ausmaß Sie sich nicht im entferntesten vorstellen können. Weil Sie sie lieben, sind Sie bereit, sie Schmerz und Scham auszusetzen. Sie lieben sie! Gütiger Gott, denken Sie eigentlich, ich liebte sie *nicht*, Mann? Glauben Sie, ihr Vater liebte sie auf seine Weise nicht auch?«

»Doch, dessen bin ich sicher.«

»Und?«

»Ich bin nicht sicher, ob Sie in Betracht gezogen haben, wie es auf eine junge Frau wirkt, sie einfach zu packen und davonzurennen, wann immer es Ihnen in den Sinn kommt. Wovor laufen Sie davon?«

»Das ist nicht Ihre Sache.«

»Meine Gefühle für Katya machen es zu meiner Sache.«

Er zog die Augenbrauen hoch. »Ihre Gefühle –? Sagen Sie mir, Montjean, für wie alt halten Sie Katya?«

»Für wie alt?« Diese aus dem Zusammenhang gerissene Frage erschien mir völlig irrelevant.

»Ja. Für wie alt.«

»Ich verstehe nicht, wieso das von Bedeutung sein soll.«

»Es gibt einiges, was Sie nicht verstehen. Dann werde ich es Ihnen sagen: Katya ist sechsundzwanzig.« Er lächelte schwach. »Ich sollte das schließlich genau wissen, denn ich bin nur fünfzehn Minuten jünger als sie. Ich bin ganz sicher, daß Sie sie für viel jünger gehalten haben – für neunzehn oder zwanzig. Das geht jedem so. Von unserer Mutter haben wir, wenn ich das, ohne eitel zu erscheinen, sagen darf, sowohl unsere physische Schönheit als auch die Veranlagung geerbt, lange jung auszusehen.«

»Na gut, ich gebe zu, daß ich sie für jünger als sechsundzwanzig gehalten habe. Aber ich verstehe immer noch nicht –«

»Der springende Punkt ist folgender: Glauben Sie, daß Katya mit sechsundzwanzig noch nie die Aufmerksamkeit anderer junger Männer auf sich gezogen hat? Bilden Sie sich etwa ein, Sie seien der erste, der sich von ihrem Charme, ihrem Geist, ihrer Frische angesprochen fühlt?«

»Wäre es möglich, daß Sie auf diese Männer eifersüchtig sind?«

Seine Züge verhärteten sich. »Mein lieber Freund, wenn Sie schon so dumm sind, dann versuchen Sie doch wenigstens, es zu verbergen!« Er wandte sich ab, um seine Gedanken zu sammeln. »Was ich Ihnen eigentlich klarmachen wollte, ist, daß diese jungen Männer ebenfalls glaubten, sie seien *verliebt.* Sie wären eher gestorben als Katya zu verletzen. Und doch wurden sie für sie zu Urhebern großen Schmerzes und tiefen Leids. Aber natürlich halten Sie sich für einzigartig. Es gibt nichts Gewöhnlicheres als die Annahme, man sei einzigartig. Aber Sie können mir glauben, wenn ich Ihnen sage, daß Sie bereits großen Schmerz hervorgerufen haben und in der Lage sind, noch größeren hervorzurufen.«

»Ich versichere Ihnen, daß –«

»Fortwährend versichern Sie mir etwas, Montjean! Ich habe kein Interesse an Ihren Versicherungen. Ich nehme zur Kenntnis, daß Sie die besten Absichten haben. Zum echten Schurken fehlt Ihnen die nötige Vorstellungskraft. Dennoch werden Sie mir kaum erzählen wollen, daß Ihre romantischen Tagträume nicht die Erwartung körperlicher Freuden enthalten hätten, oder? Sicherlich haben Sie sich doch ausgemalt, mit einer willigen Katya allein zu sein, wahrscheinlich vor irgendeiner romantischen Kulisse, vielleicht in Ihrer Wohnung?«

»Das ist eine Ungeheuerlichkeit!« sagte ich und erinnerte mich gedemütigt, genau diese Vorstellung gehabt zu haben, während ich an jenem ersten, verregneten Nachmittag, als sie ihr Fahrrad abholen kam, in Salies auf Katya wartete.

»Das ist überhaupt keine Ungeheuerlichkeit. Sie sind ein gesundes junges Tier. Und ganz gewiß haben Sie sie gestern im Garten nicht umklammert, um ein geistreiches Gespräch anzusteuern.«

»Es ist vollkommen natürlich, daß die Liebe zwischen einem Mann und einer Frau nach körperlichem Ausdruck verlangt.«

»Das leugne ich keineswegs. Ich weise lediglich darauf hin, daß in all Ihren noblen Absichten, Katya vor den Machenschaften ihres bösen Bruders zu schützen, ein Gutteil Begehren und Selbstgefälligkeit steckt, die womöglich Ihre Fähigkeit zu beurteilen, was das beste für sie ist, beeinträchtigen.«

Ich biß die Zähne zusammen und verweigerte die Antwort.

»Und – verdammt noch mal, Mann! – das Tragikomische daran ist, daß Sie nicht einmal wissen – gar nicht wissen können, daß es nicht nur darum geht, ob Sie Katya Schmerz zufügen oder nicht. Sie selbst sind in beträchtlicher Gefahr!«

»In welcher Gefahr?«

Er holte tief Luft und wandte sich ab, und ich hatte den Eindruck, daß er bereits mehr gesagt hatte, als er wollte.

»In Gefahr durch Sie und Ihre Pistole?« setzte ich nach.

Er zuckte mit der Schulter. »Das ist eine der Möglichkeiten, denke ich. Aber lassen Sie uns nach einem zivilisierteren Mittel suchen, Ihre Verärgerung zu mildern. Sind Sie gewillt, sich meine Vorschläge anzuhören?«

»Auf jeden Fall. Aber ich empfinde nicht die geringste Verpflichtung, sie anzunehmen.«

»Schade. Nun, natürlich habe ich erwogen, Ihnen das Haus zu verbieten und Katya zu untersagen, Sie im Ort zu treffen. Aber ich kann mich nicht mit der Vorstellung anfreunden, am Ende des Weges mit der Pistole im Anschlag Wache zu schieben. Außerdem könnte es sich als wirkungslos erweisen. Katya ist ein eigenwilliger Geist, phantasievoll und erfindungsreich. Schlimmer noch, ich wäre nicht einmal überrascht, wenn sie sich einbildete, selber in Sie verliebt zu sein. Ach, versuchen Sie doch, nicht so abgeschmackt zu lächeln, Montjean. Schließlich bildete sie sich auch ein, in die anderen Burschen verliebt zu sein. Also schlage ich folgendes vor: Kehren wir – und diesmal ohne Wortbruch – zu unserer ursprünglichen Abmachung zurück. Die nächste Woche über dürfen Sie uns besuchen – wenn es unbedingt sein muß, sogar jeden Nachmittag. Ich für meinen Teil werde mein Bestes tun, Vater davon zu überzeugen, daß Ihre Besuche auf unsere neu entdeckte Freundschaft zurückzuführen sind, und Sie werden bei diesem Täuschungsmanöver mitspielen. Und, was am wichtigsten ist: Sie werden *nicht* versuchen, mit Katya allein zu sein. Ich werde taktvoll genug sein, so weit wie möglich außer Hörweite zu bleiben, so daß Sie beide Gedanken, Erinnerungen und Turteleien austauschen können – sogar Witzeleien, wenn Sie sich danach fühlen. Aber Sie müssen mir versprechen, sich nicht wie gestern heimlich davonzustehlen, und vor allem müssen Sie versprechen, Ihre Hände bei sich zu behalten.«

»Ich weise Ausdrücke wie ›sich davonstehlen‹ und ›Ihre Hände bei sich behalten‹ entschieden zurück. Diese Ausdrücke werden dem, was gestern passierte, nicht gerecht, und sie sind widerwärtige Beleidigungen.«

Ungeduldig wischte er meine Einwände mit einer Handbewegung beiseite. »Wie dem auch immer sei, Sie wissen, was ich meine. Wenn Sie mit diesen Bedingungen einverstanden sind, dann kann Katya Ihre Gesellschaft haben – die sie, so unverständlich es sein mag, zu genießen scheint –, und Ihnen wird sieben ganze Tage lang ihr Charme und ihre Liebenswürdigkeit teilhaftig. Natürlich ist mir klar, daß Sie von einem Leben mit Katya geträumt haben, und ich kann es Ihnen nicht einmal verübeln. Der Traum der armseligen Motte, den Mond zu besitzen. Aber sieben Tage sind besser als nichts. Und glauben Sie mir«, sagte er, jedes Wort deutlich betonend, »das wäre Ihre einzige Alternative:

nichts.« Er lehnte sich zurück und preßte Daumen und Zeigefinger in die Augenhöhlen, um seine Erschöpfung zu mildern.

»Haben Sie Ihre Ausführungen beendet?« fragte ich.

»Nicht ganz.« Er sprach, ohne die Augen zu öffnen. »Sie müssen es sich angelegen sein lassen, mir dabei zu helfen, Vater in seinem gewohnten Zustand der Unkenntnis über die Dinge um ihn herum zu belassen.«

»Sind Sie jetzt fertig?«

»Wahrscheinlich nicht. Aber Sie waren so freundlich, mich, von ein paar Unterbrechungen abgesehen, bis zum Ende anzuhören. Ich denke, ich muß Ihnen nun die gleiche Aufmerksamkeit zubilligen.«

»Erstens ist es ungerecht, mir zu unterstellen, daß ich meine Nase in Ihre Angelegenheiten gesteckt hätte, um von Ihren Umzugsvorbereitungen zu erfahren. Es muß Ihnen doch klar sein, daß in einem Provinznest alles und jedes unverzüglich Allgemeinwissen wird. Ich habe ganz zufällig durch meinen Kollegen, Dr. Gros, davon erfahren.«

»Na fein. Wie Sie es herausgefunden haben, ist von geringer Bedeutung. Mein begründeter Einwand richtet sich dagegen, daß Sie es vor Katya ausposaunt haben, und zwar ohne Rücksicht auf den Schock, den es für sie bedeutet haben muß.«

»Ich hatte keinerlei Anhaltungspunkt dafür, daß Sie Ihre Pläne vor Katya geheimhalten. Ich nahm selbstverständlich an, daß etwas, was ihr Leben so unmittelbar betrifft, nicht hinter ihrem Rücken geschähe.«

»Schmerz aufschieben heißt Schmerz mindern.«

»Dann geben Sie also zu, daß sie nicht von hier weggehen möchte? Daß der Umzug für sie schmerzlich sein wird?«

»Das habe ich nie in Abrede gestellt. Aber der Schmerz über den Wegzug ist nichts im Vergleich zu der Gefahr, die entsteht, wenn wir hierbleiben.«

»Das sagen Sie. Sie weigern sich aber, eine Erklärung darüber abzugeben, worin die Gefahr besteht.«

»Sie haben kein Anrecht auf eine solche Erklärung.«

»Ich glaube, daß meine Gefühle für Katya mir dieses Recht geben.«

»In diesem Glauben täuschen Sie sich.«

»Das ist Ihre Ansicht.«

»Meine Ansicht ist die einzige, die zählt.«

»Auch das ist nichts als Ihre Auffassung.«

»Gehe ich recht in der Annahme, daß wir uns im Kreis drehen?«

Ich haßte diesen trägen, näselnden Tonfall, diese halbgeschlossenen Augen, mit denen er mich ansah, als sei ich ein lebloser Gegenstand. Dennoch fuhr ich nach einer kurzen Pause fort: »Ganz offensichtlich beabsichtigen Sie, mich durch die Erwähnung anderer Männer, die Katya geliebt haben, zu verletzen. Und ich gebe zu, daß es Ihnen bis zu einem gewissen Grad gelungen ist. Ich glaubte in der Tat, daß sie eher etwas jünger denn etwas älter als ich sei, und wäre mir die Frage nach früheren Liebhabern in den Sinn gekommen – und das war sie nicht –, so hätte ich vermutlich angenommen, ich sei ihre erste Liebe, so wie sie meine erste Liebe ist.«

Er sah mich mit kühler Neugier an. »Sie glauben wirklich, daß Katya Sie liebt? Haben Sie irgendwelche Beweise dafür? – abgesehen davon, natürlich, daß das Herz Gewißheiten kennt, von denen der Verstand nichts weiß, und all diesen Kitsch?«

Ich zog es vor, nicht darauf zu antworten, weil ich tatsächlich keinerlei Beweis dafür hatte, daß sie mich mehr als gern mochte. Indem ich mehr das beschrieb, was ich zu fühlen wünschte, als das, was ich wirklich fühlte, sagte ich: »Ein Mann, der eine Frau liebt, sollte eine gewisse ... Dankbarkeit empfinden, glaube ich ... gegenüber jedem, der sie ebenfalls geliebt hat und sie glücklich gemacht hat. Sie und ich, wir lieben sie beide, auf unterschiedliche Weise. Wir sollten nicht im Zwist miteinander liegen. Daß Sie das Beste für sie zu tun glauben, erkenne ich an. Ich meine zwar, Sie täuschen sich gewaltig, aber Ihre Motive bezweifele ich nicht. Gleichgültig, wovor Sie davonlaufen – ich bin sicher, daß es nicht recht ist, Katya die Chance zu verweigern, sich ein eigenes Leben aufzubauen. Aber Ihre Liebe zu ihr bezweifle ich nicht.«

Sein gewohnter Ausdruck verdrießlichen Hochmuts milderte sich, und seine Stimme enthielt eine Spur Mitgefühl, als er sagte: »Vielleicht war ich grausam ungenau, als ich von den ›Männern‹ sprach, die sie geliebt haben. Es hat nur einen gegeben. In Paris. Und ich wollte niemals unterstellen, sie habe ihn wiedergeliebt. Sie war nett zu ihm. Sie hatte zweifellos Freude an seiner Gesellschaft. Aber Liebe? Das bezweifle ich stark.«

Ich versuchte, die Erleichterung und den Trost zu verbergen, den ich bei diesem unausgesprochenen Hinweis, ich sei ihre erste Liebe, empfand. »Und was ist aus diesem jungen Mann in Paris geworden?«

Paul ließ seine stahlgrauen Augen einen Moment auf mir ruhen. Dann erhob er sich aus seinem Sessel. »Das alles geht ein wenig am Thema vorbei. Die Frage lautet: Haben Sie die Absicht, die Bedingungen, die ich Ihnen gestellt habe, zu akzeptieren? Oder ziehen Sie es vor, Katya nicht mehr wiederzusehen?«

»Bevor ich Ihnen antworte, lassen Sie mich . . . Paul, es gibt hier doch offensichtlich etwas, etwas ganz Schreckliches, vor dem Sie glauben, fliehen zu müssen. Vielleicht könnte ich, wenn Sie mich in das Geheimnis einweihen, irgendwie helfen.«

»Das kommt überhaupt nicht in Frage. Es gibt rein gar nichts, das Sie tun könnten – außer, vielleicht, die Dinge noch schlimmer machen, als sie ohnehin schon sind.«

»Lassen Sie es mich doch wenigstens versuchen!«

»Ich sage Ihnen doch, es gibt nichts, das Sie tun könnten. Und ich kann das nicht näher mit Ihnen diskutieren. Also ... was ist mit meinen Bedingungen?«

»Was bleibt mir anderes übrig, als sie zu akzeptieren?«

»Es bleibt Ihnen noch, Katya nicht wiederzusehen. Aber ich erwarte nicht von Ihnen, daß Sie sich für das Edlere entscheiden.«

»Nein, das werde ich gewiß nicht tun. Nun, gut. Ich nehme Ihre Bedingungen an.« Ich erhob mich. »Jetzt werde ich mich zu Katya in den Garten gesellen, falls das nicht in Ihre Kategorien von ›sich davonstehlen‹ fällt.«

Mit einer schlaffen Handbewegung winkte er mich hinaus. »Hauptsache, Sie vergessen Ihr Versprechen nicht, die Finger von ihr zu lassen.«

Ich vergaß das Versprechen nicht; aber ich hatte nicht die Absicht, es zu halten. Ich war überzeugt, alles, was in meiner Macht stand, tun zu müssen, um Katya davor zu bewahren, ihr ganzes Leben zu verschwenden, indem sie jedesmal, wenn Paul sich von bedrohlichen Schatten erschrecken ließ, von einem Ort zum anderen jagte.

»Wissen Sie, Montjean ...« Pauls schleppender Tonfall ließ mich an der Tür zur Terrasse innehalten. Ich drehte mich um und fand ihn in seinem Sessel zusammengekrümmt, die gesunde Hand auf seinem Gesicht, die Augen geschlossen. »Es stimmt, daß wir niemals hätten Freunde werden können, nicht einmal unter den besten aller Voraussetzungen – gleiche Erziehung, gleicher gesellschaftlicher Umgang, gleicher Geschmack und all das Zeug. Aber Sie irren sich, wenn Sie glauben, ich mag Sie nicht. Vorhin sagten Sie etwas, das mir gefiel, und zwar über eine gewisse Zuneigung zu jenen, die Katya geliebt haben. Solchen Gefühlen gegenüber bin ich selbst nicht immun. Nein, ich habe nichts gegen Sie, Montjean. In Wirklichkeit finde ich Sie sogar ziemlich . . .« Er schwieg einen Moment lang. »Ach, vergessen wir's.« Mit einem Achselzucken tat er den Rest seiner Erklärung ab und verfiel wieder in seinen gewohnten Tonfall. »Ich darf wohl vermuten, Sie hegen die Absicht, uns zum Abendessen Ihre Gesellschaft aufzudrängen?«

»Wie könnte ich eine so großmütige Einladung ablehnen?«

Er lächelte matt. »Aha, das läßt sich schon eher hören.«

*

Das Abendessen bestand aus der gleichen bäuerlich-frugalen Speisenfolge wie beim vorigen Mal, einer deftigen Suppe, Salat, hiesigem Brot, hiesigem Käse, hiesigem Wein, aber die Atmosphäre war, da Monsieur Treville sich in bester Stimmung befand, beinahe festlich.

»Siehst du, Paul?« sagte Monsieur Treville in dem neckenden Ton, dessen er sich die ganze Mahlzeit hindurch befleißigte. »Jean-Marc greift bei diesem Käse herzhaft zu. Nicht wie du, dessen feine Zunge ihn nicht köstlich genug findet.« Irgendwann während des Essens, nachdem er mich abwechselnd mit Doktor Montjean und Doktor Jean Marque (und einmal sogar unvermutet mit Doktor Jean Mont) angeredet hatte, streckte er verwirrt die Waffen und benutzte von nun an meinen Vornamen. Er schien sich gerade von einer Woge der Zuneigung zu seinem Sohn davontragen zu lassen und drückte seine Gefühle, wie ich es bei anderen Vätern erlebt habe, in Neckereien aus, indem er meine Anwesenheit zum Anlaß nahm, jede einzelne gute Eigenschaft seines Sohns vorzuführen, wobei er Paul scheinbar kritisierte, dabei aber seine Pluspunkte herausstrich, indem er sie mit den meinen verglich. Er führte an, daß ich eifrig studiert und das Beste aus meinen beschränkten Möglichkeiten und Gaben gemacht hätte (aufgeregte Entschuldigungen, als er mir versicherte, er wolle lediglich sagen, meine Möglichkeiten seien beschränkt gewesen, nicht meine Gaben), wohingegen Paul, nichtswürdiger Mensch, der er war, seine Zeit vertrödelt und seinen angeborenen Scharfsinn und Geist sowie seine ungewöhnlich rasche Auffassungsgabe verschwendet hatte. Ich hatte die mir verbleibende Freizeit dazu genutzt, mich in den Schwarzen Tod zu versenken, der den Lauf der Geschichte dermaßen veränderte, daß er Europa aus dem finsteren Mittelalter aufrüttelte, wohingegen Paul sich so nichtigen Beschäftigungen hingegeben hatte, wie, zum Beispiel, der beste Schütze von Paris, Wortführer der vielversprechendsten jungen Gesellschaft, Amateurmeister im Kickboxen und eine vielbegehrte Zierde jedes gesellschaftlichen Ereignisses zu werden. Und so ging es weiter; daß ich alles getan hatte, was korrekt und langweilig war, und daß der arme Paul seine zahllosen Gaben (detailliert aufgeführt) vergeudet hatte. Aber auf keinen Fall sollten wir das so verstehen, daß Pauls Leben eine einzige Wüstenei vertaner Gelegenheiten sei. Nein, die offenkundige Schlußfolgerung mußte lauten, Paul werde nun bald das Ruder seines treibenden Lebensschiffchens ergreifen und mit seinen Talenten ein hervorragendes und würdiges Ziel ansteuern.

Als ihm die indirekte Lobpreisung zuviel wurde, lenkte Paul seinen Vater ab, indem er sagte, er könne die Zukunft, für die er mit seinen Gaben ausgestattet war, klar erkennen: als Direktor eines Etablissements für Glücksspiele (wenn nicht für Schlimmeres) im finstersten Kalkutta, der zum Amüsement seiner kriminellen Kundschaft Witze erzählte und ab und zu einen Schuß auf einen zufällig des Wegs kommenden Eingeborenen abgab, um den Indern behilflich zu sein, ihre Bevölkerungszahl in Grenzen zu halten.

»Da, sehen Sie?« sagte Monsieur Treville und schüttelte seinen Kopf über Paul. »Er tut, als nähme er alles auf die leichte Schulter. Aber seine Zeit wird kommen. Seine Zeit wird kommen. Dennoch, in punkto Bevölkerungseindämmung hat er ins Schwarze getroffen. Es besteht kein Zweifel daran, Jean-Marc, daß Ihre Pest die bäuerliche Arbeitskraft rar und wertvoll machte, wodurch der Landarbeiter in die Lage versetzt wurde, seinen neugewonnenen Wert zu nutzen und sich aus der Leibeigenschaft zu erheben. Großem Übel entspringt große Wohltat. Claude Bonnet hat diesen Punkt sehr deutlich dargestellt in seiner umwälzenden Studie über . . .«

Meine Gedanken schweiften ab zu Katya, deren Züge das Kerzenlicht mit zartem Glanz überhauchte. An ihrem unbestimmten und unkonzentrierten Blick sah ich, daß sie dem Tischgespräch nicht folgte, sondern sich innerlich mit einem schönen Tagtraum beschäftigte. Der Schwung ihrer vollen Oberlippe faszinierte mich. Ich dachte an jene sanften Lippen auf meinem Mund, und . . . ich sah zu Paul hinüber, just in dem Moment, als er mit einem vielsagenden Stirnrunzeln zu mir herüberblickte. Er sah auf seinen Teller hinunter, dann schaute er seine Schwester wieder an, und ich hatte den Eindruck, als versuche er, in ihr Sinnen einzudringen. Ich konnte mich einer gewissen Abneigung gegen die Art nicht erwehren, in der Paul mich auf der Fahrt nach Etcheverria an der Nase herumgeführt hatte, indem er mich mit Imitationen hiesiger Kaufleute unterhielt, während ihm die ganze Zeit über bewußt war, daß er soeben im Ort die endgültige Abreise seiner Familie arrangiert hatte.

Er senkte wieder den Blick, und seine langen Wimpern verbargen seine Augen. Wieder einmal war ich betroffen, diesmal höchst unangenehm, von der Ähnlichkeit zwischen seinem und Katyas Gesicht, die im matten Licht der Kerzen besonders auffiel.

»... natürlich, Claude Bonnet ist ein hervorragender Gelehrter und ein Freund von mir, daher würde ich ihn nie auf diesen geringfügigen wissenschaftlichen Lapsus aufmerksam machen. Ich bin sicher, Sie verstehen meine Gründe, Jean-Marc. Jean-Marc?«

»Monsieur? Oh, ja. Ja, natürlich.«

»Dachte ich's mir doch.« Monsieur Treville stützte sich an der Tischkante ab. »Und jetzt ... habe ich etwas Besonderes. Ihr werdet nie erraten, was es ist.«

»In diesem Fall wäre es töricht von mir, es überhaupt zu versuchen«, sagte Paul.

»Nein, nein. Es ist etwas für Jean-Marc. In meinem Arbeitszimmer. Laßt euch nicht aufhalten. Wir werden uns später wieder zu euch gesellen.«

In Pauls Stimme lag eine Spur Nervosität, als er sagte: »Warum trinken wir nicht alle zusammen Kaffee, Papa?«

»Nein, nein, nein. Ich habe eine Überraschung für euren jungen Freund.«

»Können wir nicht alle daran teilhaben?« fragte Katya und warf mir einen beunruhigten Blick zu.

»Es würde euch nicht interessieren, meine Liebe. Es ist ...« Er strahlte mich voller Vorfreude an. »... Es ist eine Erstausgabe von de Lanne! Was sagen Sie dazu, junger Mann?«

»Nun ... ich weiß gar nicht, was ich dazu sagen soll«, gestand ich ehrlich ein.

»Aha, ich wette, Sie haben nie geglaubt, Sie würden noch einmal eine Erstausgabe dieses bahnbrechenden Werkes des hervorragenden Abbé über das Große Sterben vor Augen bekommen. Gelesen haben Sie es natürlich, aber eine Erstausgabe in der Hand zu halten ... ah, das ist schon etwas, was?«

»Ja . . . das ist schon etwas, in der Tat. Ja, in der Tat«, stammelte ich. »Eine Erstausgabe! So etwas.«

Während er mich in sein Arbeitszimmer zog, gestand er mir, daß de Lannes Arbeit, wie ich wohl wisse, in der modernen Historiographie keine große Bedeutung zugemessen wurde – allzu freigiebig gespickt mit Mythen und Volkssagen, natürlich –, aber immerhin existierten nur noch ein halbes Dutzend Erstausgaben des Werkes, und . . .

Während ich das in Kalbsleder gebundene Buch mit mehr Anzeichen von Interesse, als ich tatsächlich empfand, in genauen Augenschein nahm, strahlte Monsieur Treville mich an und teilte meine Gefühle, die er für Aufregung und Entzücken hielt. Ich blätterte darin, hielt hin und wieder auf einer Seite inne und las mit gespielter Konzentration einen Absatz durch. Ich wagte sogar ein gelegentliches »Ach, ja.«

»In mancher Hinsicht«, sagte er sinnend, »war die Geschichte erhabener, bevor sie vom Drang nach wissenschaftlicher Exaktheit infiziert wurde. Ich weiß, das ist akademische Ketzerei, aber ich bedaure zutiefst, daß die Literatur in ihrer Rolle als Clios engste Verbündete durch die Wissenschaft ersetzt wurde. Forschung ist an die Stelle von Vorstellungsvermögen getreten; das Wahre ist dem Aktuellen zum Opfer gefallen. Unsere Konzentration auf die Frage, WAS geschieht und WANN es geschieht, hat uns Einsichten in das WIE und, noch wichtiger, in das WARUM gekostet. Nun, de Lanne damals war völlig frei von allen Fesseln der Beweisführung, und er . . . und er . . .«

Seine Stimme verklang mitten im Satz, da seine Augen zufällig auf eine hingekritzelte Marginalie fielen, die seine Aufmerksamkeit gefangennahm und ihn auf seinen gepolsterten Schreibtischstuhl zog, wo er bald in den Vergleich von Bemerkungen, die er aus Absätzen zweier aufgeschlagener Bücher notiert hatte, vertieft war und meine Anwesenheit vollkommen vergaß.

Das Arbeitszimmer, ein vor der aufsteigenden Feuchtigkeit, die den größten Teil von Etcheverria klamm und ungemütlich machte, geschützt liegender Binnenraum, war das behaglichste Zimmer im ganzen Haus. Rings um die Wände standen Bücherregale und auf dem Fußboden stapelten sich Folianten, zusammen mit Manuskripten und Zeitungen und losen Blättern, überzogen von Monsieur Trevilles spinnwebartigem Gekritzel. Auf seinem überladenen Schreibtisch waren aufgeschlagene Bücher, Zeitungsausschnitte und Papierstapel in frecher Mißachtung der Schwerkraftgesetze zu einer Art schöpferischer Unordnung zusammengeschoben, die den Eindruck erweckte, Monsieur Treville könne jederzeit jede gewünschte Verweisstelle oder Notiz ausfindig machen, vorausgesetzt, sein systematisches, sinnvolles Durcheinander wurde nicht dadurch zerstört, daß jemand es aufräumte.

Ich ertappte mich dabei, wie ich ihn voller Zuneigung über den Rand meines Buches hinweg beobachtete ... Katyas Vater ..., der über seiner Lektüre brütete, die Stirne runzelte, und ab und zu ein kurzes, zweifelndes Grunzen oder zustimmendes Summen von sich gab und sich nervös mit den Fingern durch seinen unordentlichen grauen Schopf fuhr. Nach einiger Zeit sah er, von irgendeinem Gedankengang in Anspruch genommen, unbewußt auf, und war sichtlich erschrokken, mich dastehen zu sehen. Dann erhellte ein Lächeln des Erkennens sein altes Gesicht. »Faszinierend, das Buch, was?«

»Ja, Monsieur, faszinierend.«

»Ich liebe das Gefühl, ein altes Buch in der Hand zu haben, Sie nicht auch? Und wie sie riechen. Das Aroma der Gelehrsamkeit.« Er lachte in sich hinein und wies mit einer weit ausholenden Geste auf seinen Schreibtisch. »Ich werde natürlich nie damit zu Ende kommen. Bleibt mir nicht genug Zeit. Aber das macht eigentlich nichts. Was den Reiz ausmacht, ist nicht die Vollendung, sondern der Weg dahin. Die *Arbeit*. Haben Sie je darüber nachgedacht, in welch vielfältiger Verkleidung die Zeit sich uns präsentiert? Für mich ist die Zeit Sand, der mir durch die Finger rinnt. Es gibt nicht genug davon. Man kann ihn scheinbar nicht zu fassen kriegen. Für meinen Sohn hingegen ist Zeit ein Mühlstein aus Langeweile um seinen Hals, etwas, dessen man sich entledigen muß, etwas, das durchzustehen ist.«

»Und für Katya?«

»Ach, Katya ... sie, die einst Hortense war. Ihrer Mutter so ähnlich.« Er lächelte liebevoll, wobei er seine überarbeiteten Augen zusammenkniff. »Manchmal frage ich mich, ob Katya im gleichen Zeitgefüge lebt wie wir anderen. Für sie besteht alles aus Tagträumen ... fröhlichem Lächeln und Frühlingsblumen ... vergänglichen Faszinationen. Ich habe oft den Eindruck, daß sie ein vorübergehender Besucher aus einer anderen Welt ist. Einer weit entfernten, lichten Welt, Ihrer Mutter so ähnlich.«

»Ich glaube, ich weiß, was Sie meinen, Monsieur. Aber dabei ist sie keineswegs frivol oder oberflächlich. Ihre Beobachtungen sind oft sehr genau und ihr Verstand ist hervorragend.«

»Ja, das mag schon sein.« Er lachte leise. »Stellen Sie sich vor, einmal entdeckte ich, wie sie Anatomie studierte. Die Anatomie des *Menschen*!«

»Ja, ich weiß.«

Sein väterlich wohlwollendes Lächeln wich einem Stirnrunzeln. »Das wissen Sie? Wie können Sie das wissen?«

Ich tat es mit einem Achselzucken ab. »Oh, sie erwähnte es beiläufig. Oder vielleicht war es Paul. Ich weiß es nicht mehr.«

»Ja, ich verstehe schon.« Für einen Augenblick schien er sich in seine eigene Gedankenwelt zu verlieren; dann sagte er: »Es ist ein schönes Gefühl, alles wieder an seinem Platz zu wissen.«

»Monsieur?«

Er deutete auf die unordentlich geschichteten Papierstapel auf seinem Schreibtisch. »Nach unserem Einzug hier konnte ich rein gar nichts finden. Alles war in Kisten verpackt oder stand am falschen Platz. Es war wie vor der Erschaffung der Welt. Ich glaube nicht, daß meine Studien noch einmal ein solches Chaos überstehen. Jetzt fühle ich mich hier wohl. Die Bücher stehen, wo sie hingehören, neben den Büchern, neben denen *ich* sie haben will, in einer Anordnung, die ich allein kenne ... zwei Bücher, die am gleichen, regnerischen Nachmittag gekauft wurden ... zwei Gedanken, die zufällig in meinem Oberstübchen aufeinander folgten ... gegensätzliche Ansichten, Seite an Seite gestellt ... ein Buch, das ich mag, in antiseptischer Entfernung von einem, das ich nicht mag – kein System, das die Bibliothèque Nationale gutheißen würde, meine ich, aber eine, die vollkommen auf mich zugeschnitten ist.«

Ich fragte mich, wie er wohl den Einbruch eines neuerlichen Umzuges aufnehmen würde, wenn Paul geruhte, ihn von seiner Entscheidung in Kenntnis zu setzen. »Ich weiß genau, was Sie meinen«, sagte ich. »Auch in meinem Kopf sind bestimmte medizinische Fakten, im Grunde ganz unpassend, für alle Zeiten an bestimmte Gedichtzeilen gebunden, lediglich weil ich sie zur gleichen Zeit gelernt habe. Und oft, wenn ich mir eine Sache vergegenwärtigen will, muß ich zuerst das Gedicht als Eselsbrücke durchgehen.«

»Ja, genauso ist es!« Er freute sich, eine verwandte Seele zu finden, in der das Durcheinander Ziel und Zweck hatte. Er nickte vor sich hin; dann zwinkerte er mir mit einem taxierenden und verschwörerischen Ausdruck zu. »Sie, äh ... Sie erwähnten heute nachmittag, daß Sie in der Gemeinde Alos geboren und vertraut mit dem Fest der Ertränkten Jungfrau sind.«

»Bevor ich ins Internat kam, pflegte ich jedes Jahr daran teilzunehmen. Das taten alle in meinem Dorf.«

»Faszinierend. Faszinierend. Äh ... Es ist ein drei Tage währendes Fest, das, glaube ich, morgen beginnt?«

»Morgen?« Ich mußte mein Gedächtnis durchforsten. »Herrje, ja. Wenn ich es recht überlege, fängt es tatsächlich morgen an.«

»Und Alos ist gar nicht so weit weg von hier, glaube ich?«

Ich lächelte ihn an. »Nur etwa zwanzig Kilometer in die Haute Soule hinauf.«

Er nickte. »Ja ... ja. Ich würde alles darum geben, die Parade der Jungfrau und die Aufführung von Robert le Diable mit eigenen Augen zu sehen ... mit alten Leuten zu sprechen, die sich daran erinnern, wie das Fest früher begangen wurde. Natürlich ... ich spreche nicht baskisch ... und einem Außenseiter gegenüber könnten sie zurückhaltend sein. Aber Sie, andererseits ... ein Einheimischer ...?«

»Monsieur, nichts würde mir mehr Freude bereiten, als das Fest von Alos mit Ihnen zu besuchen.«

Er machte große, unschuldige Augen. »Oh, mein lieber Freund, ich würde nicht im Traum daran denken, Sie von Ihren Pflichten in der Klinik abzuhalten! Nein, nein, Sie dürfen nicht glauben, ich hätte andeuten wollen, daß –«

»Monsieur, ich suche schon lange nach einem Vorwand, nach all den langen Jahren meinen Geburtsort wieder einmal aufzusuchen. Außerdem suche ich nach einer Möglichkeit, wenigstens einen Bruchteil der Gastfreundschaft und Güte, die Sie mir entgegenbringen, zu vergelten. Es ist außerordentlich rücksichtsvoll von Ihnen, mir eine Gelegenheit zu bieten, bei der ich beides zugleich tun kann.«

»Oh? So ist das also? Nun . . .« Er lächelte über das ganze Gesicht. ». . . Wenn Sie darauf bestehen, Ihre Pflichten so ruchlos im Stich zu lassen . . .«

»Ich bestehe darauf, Monsieur.«

»Großartig! Großartig!« Er erhob sich von seinem Schreibtisch. »Gehen wir zu den Kindern zum Kaffee. Sie werden sich freuen zu hören, daß wir einen Ausflug vorhaben. Ein Abenteuer!«

Ich fragte mich unwillkürlich, wie Paul sich inmitten von Tanz und Gedränge und Trinkerei und Ruppigkeit, aus denen ein baskisches Fest nun einmal besteht, freuen sollte. Ich gestehe, eine gewisse Schadenfreude bei der Vorstellung empfunden zu haben, wie Paul unter solchen Umständen versuchen würde, seine Distanz und Selbstsicherheit aufrechtzuerhalten.

Bevor ich das Arbeitszimmer hinter Monsieur Treville verließ, legte ich die Erstausgabe behutsam auf den prekär schwankenden Stapel auf seinem Schreibtisch.

»Nein, nein. Behalten Sie sie. Sie gehört Ihnen. Ein Geschenk von Wissenschaftler zu Wissenschaftler.«

»Oh, das kann ich nicht annehmen, Monsieur. Sie ist viel zu wertvoll.«

»Unsinn. Betrachten Sie sie als Andenken.« Er legte mir die Hand auf die Schulter. »Ich kann gar nicht sagen, wie glücklich ich darüber bin, daß Paul und Sie so gute Freunde geworden sind. Er ist zuviel allein. Und der Schwarze Tod ist ohnehin nur ein Seitenaspekt meiner Studien, während er das Herzstück der Ihren ist. Das Buch steht Ihnen zu. Ich bin Ihnen ernstlich böse, wenn Sie es nicht annehmen.«

*

Der alte, in Kalbsleder gebundene Band liegt bis zum heutigen Tag auf meinem Schreibtisch, ungelesen – die einzige greifbare Erinnerung an den Sommer mit Katya.

*

Als wir uns im Salon zu ihnen gesellten, saßen Paul und Katya zusammen vor dem Kamin und waren so in ihre Unterhaltung vertieft, daß der Kaffee in ihren Tassen unberührt geblieben und kalt geworden war. Ihrem etwas zu herzlichen Willkommen entnahm ich, daß sie gerade über mich gesprochen hatten, vielleicht besorgt darüber, ich könne mein Versprechen, vor ihrem Vater zu verbergen, daß ich Katyas wegen nach Etcheverria kam, vergessen haben. Ich versuchte sie zu beschwichtigen, indem ich ihnen das Buch zeigte und unnötig detailliert erklärte, was Monsieur Treville und ich besprochen hatten.

Pauls Reaktion auf die Neuigkeit, daß wir uns morgen alle auf einen Ausflug begeben sollten, überraschte mich. Bei der ersten Erwähnung maß er mich mit einem langen Blick, als frage er sich, was ich nun wieder im Schilde führte. Aber Katya ließ sich schnell von Monsieur Trevilles Begeisterung anstecken und entschied, daß wir auf der Fahrt picknicken sollten. Paul erklärte sich mit dem Vorschlag einverstanden und amüsierte uns, indem er in die Rolle des überstimmten Griesgrams schlüpfte, dem jeder Ausflug und jedes Picknick im Freien zuwider war.

Der Abend endete damit, daß Katya und Paul uns mit den Streichen unterhielten, die sie als Kinder ausgeheckt hatten – ziemlich unverschämte Eskapaden, von denen gewußt zu haben Monsieur Treville leugnete. Er gab vor, über ihre Respektlosigkeit gegenüber Erwachsenen und Verwandten schockiert zu sein, wobei er mich anstrahlte und seinen Kopf in der typisch hilflosen Bewunderung vernarrter Eltern schüttelte. Bei ihren Streichen hatten sie sich die Unfähigkeit der Besucher zunutze gemacht, sie, als sie noch Kinder und in die nach der damaligen Mode androgynen Kostüme gekleidet waren, auseinanderzuhalten.

Gegen Ende des Abends wurde beschlossen, am übernächsten Tag nach Alos aufzubrechen, und zwar frühmorgens, um Zeit für Katyas Picknick zu haben und dennoch rechtzeitig am Nachmittag zu den Festlichkeiten einzutreffen. Zwanzig Kilometer bedeuteten eine lange Rückfahrt, und wir würden erst nach Mitternacht wieder in Etcheverria eintreffen, aber Katya freute sich wie ein Kind über die Aussicht, die halbe Nacht über aufzubleiben und in einer offenen Kutsche im Glanz des nächtlichen Sternenhimmels jenes perfekten Sommers dahinzufahren.

Monsieur Treville war müde geworden und begann in seinem Sessel einzunicken, als ich mich endlich zum Gehen erhob. Paul lud mich ein, am nächsten Nachmittag nach Erledigung meiner Pflichten in der Klinik zum Tee zu kommen, und er war sogar so großzügig, Katya und mir einen Moment des Alleinseins an der Tür zu gestatten, wo wir die simplen Worte einer höflichen Verabschiedung mit einer Zärtlichkeit in der Stimme austauschten, die viel mehr ausdrückte als ausgesprochen wurde. Katya legte ihre Hand auf meinen Arm. »Ich danke Ihnen, Jean-Marc.«

»Wofür?«

»Dafür, daß Sie diesen Ausflug mit Papa arrangiert haben. Das wird helfen, den Schlag, den ein neuer Umzug für ihn bedeutet, zu mildern.«

»Für mich ist das kein Ausflug mit Ihrem Vater. Für mich ist es ein Ausflug mit Ihnen. Und daher muß ich mich bei Ihnen bedanken.«

Sie senkte den Blick und drückte meinen Arm. Während ich unter einem weiten, dunkelblauen Himmel wie aus Samt, übersät mit Sternjuwelen, nach Salies zurückwanderte, dachte ich über die Widersprüchlichkeiten dieses Abends in Etcheverria nach: das fröhliche Geplauder bei Tisch, ganz im Gegensatz zu Pauls düsteren Warnungen; die rasche Freude, die Katya an kleinen Dingen hatte, an Wortspielen und Kieselsteinen, im Gegensatz zu ihrer plötzlichen Versunkenheit in melancholische Träumereien; die täppische Freundlichkeit von Monsieur Treville im Gegensatz zur Furcht seiner Kinder, er könne von meiner Zuneigung zu Katya erfahren. Ein Gemälde, das zur Hälfte pastellfarbenes Aquarell, zur Hälfte düsteres Impasto war. Und ich kam zu der beunruhigenden Überzeugung, daß es die Aquarellhälfte war, die gekünstelt wirkte – dünn aufgetragene Wasserfarbe, die einen Anflug von Düsternis überdecken sollte.

Bei der Ankunft in meiner Wohnung fand ich eine Nachricht von Doktor Gros unter der Tür, die besagte, er habe versucht, mich zu erreichen, und ich solle ihn umgehend in seiner an die Klinik angrenzenden Wohnung aufsuchen. Als ich dort ankam, war er offensichtlich verärgert darüber, mich erfolglos gesucht zu haben, doch sein Ärger war nichts im Vergleich zu meinem, als ich entdeckte, daß er beabsichtigte, der Stadt für zwei Tage den Rücken zu kehren, während ich bis zu seiner Rückkehr in Salies zu bleiben und den Notdienst zu versehen hatte.

»Aber ich habe Pläne gemacht, die zu ändern äußerst peinlich sein würde«, klagte ich. »Ist diese Fahrt denn so ungeheuer wichtig für Sie?«

»Sie ist mehr als nur ungeheuer wichtig; es geht dabei um mein Vergnügen«, sagte er und bot mir einen Cognac an, den ich mit einer Handbewegung ablehnte. »Eine meiner teuren Damen Patientinnen hat mich ersucht, sie nach St.-Jean de Luz zu begleiten. Es ist eine

Witwe, die sich Kuren in verschiedenen Badeorten unterzieht, zum alleinigen Zwecke, die Unannehmlichkeiten ihres unverehelichten Standes zu lindern. Unter normalen Umständen würde mir nichts größere Freude bereiten, als Ihnen freizugeben, um unbeeinträchtigt von jeder Verpflichtung ihrem eigenen Vergnügen nachzugehen, doch unglücklicherweise habe ich vor einigen Jahren ein feierliches Gelübde abgelegt und jeder Neigung abgeschworen, derartige Gelegenheiten zu sexuellen Freuden, wenn sie mir schon geboten werden, auszulassen. Betrachten Sie mich als Opfer meiner Ehre, unfähig, einen Eid zu brechen. Und betrachten Sie sich selbst als Opfer der Umstände. Wollen Sie auch ganz gewiß kein Gläschen?«

»Könnte ich mich nicht nur tagsüber um die Klinik kümmern und wenigstens die Abende zur freien Verfügung haben?«

»Ich fürchte, nein, Montjean. Oh, wenn es nur um unsere Damen Patientinnen und ihre Hitzewellen und kalten Herzen ginge, so wäre es mir gleichgültig. Aber wenn ich nicht da bin, sind Sie der einzige Arzt im Kirchspiel, und immerhin *haben* wir ab und zu echte Fälle – unsere Geburten, unsere Knochenbrüche, unsere Leberreizungen und gelegentlich sogar das Wunder einer Schwangerschaft bei einem unverheirateten Milchmädchen. Das hat alles etwas mit Ihrem Eid zu tun. Gewiß erinnern Sie sich noch daran ... so frisch, wie er ist. Habe ich versäumt, Ihnen einen Cognac anzubieten?«

»Ich möchte keinen«, sagte ich verstimmt.

»Ach, Kopf hoch, Mann! Was sind schon zwei Tage für Sie, einen jungen Mann, dessen größter Trumpf die Zeit ist? Wenn Sie es nur von der richtigen Seite betrachten, bin ich mehr zu bedauern als Sie. Ich muß mich auf eine billige kleine Affäre einlassen, während Sie sich, wenn ich die Symptome richtig deute, in Liebesqualen winden dürfen. Glauben Sie mir, junger Mann, Sie haben keinen Grund, mich zu beneiden. Ihnen bleiben fruchtbare Erinnerungen; mir bleibt nur der unbändige Drang, ein Bad zu nehmen.«

»Ja, aber –«

»Vielleicht sollte ich es so ausdrücken: Ich habe die Absicht, morgen früh zu reisen, und darüber zu diskutieren, führt zu gar nichts.«

In Ermangelung einer Alternative und unter geringstmöglichem Aufwand an Höflichkeit willigte ich ein, mich bis zu seiner Rückkehr um die Klinik zu kümmern und im Dorf zu bleiben. Aber ich nahm ihm das Versprechen ab, unterwegs in Etcheverria haltzumachen und darzulegen, warum ich an diesem Tag nicht zum Tee kommen und am nächsten Tag nicht am Fest von Alos teilnehmen konnte.

»Eine Aufgabe, der ich mich mit Freude unterziehen werde. Aber die Fairneß gebietet mir, Sie davor zu warnen, daß ich, sobald Ihre junge Dame meiner von jeglicher Schönheit oder auch nur konventioneller Ebenmäßigkeit unbeeinträchtigten männlichen Züge ansichtig wird, nicht für ihr Herz zur Verantwortung gezogen werden kann. Sind Sie ganz sicher, daß Sie nicht doch ein Gläschen haben wollen?«

*

Der nächste Tag sah mich eingespannt in die Klinikroutine einschließlich einer Visite am Kurbrunnen in Vertretung von Doktor Gros. Seine Touristenpatientinnen waren nicht sonderlich entzückt, an Stelle des bärbeißigen alten Doktors, mit dem sie unter Kichern pikante Zweideutigkeiten wechseln konnten, einen jungen Mann zu sehen, der entschieden auftrat und ihren eingebildeten Krankheiten mitleidslos gegenüberstand.

Am späten Nachmittag wurde die eintönige Routine

durch die dramatische Einlieferung eines baskischen Bauernjungen unterbrochen, dessen Ärmel sich in einer landwirtschaftlichen Maschine verfangen hatte. Es gelang mir, die Blutung zum Stillstand zu bringen und den Arm zu retten, und ich nahm die tränenüberströmte Dankbarkeit der Mutter entgegen und sogar einen widerwilligen Händedruck des wortkargen Vaters, der, nachdem er in düsterem und verzweifeltem Schweigen bei der Operation zugesehen, bis er die Gewißheit hatte, daß der Junge außer Gefahr war, seiner Liebe und Erleichterung dadurch Ausdruck verlieh, daß er den Burschen zusammenstauchte, weil er sein so kostbares Leben aufs Spiel gesetzt hatte. Da die Mutter des Französischen nicht mächtig war, hatte ich Baskisch mit ihnen gesprochen und spürte ihr Mißbehagen bei der Erkenntnis, daß dieser Arzt einer der Ihren war. Wie die meisten stolzen und unterdrückten Minderheiten haben die Basken einen Schutzwall rassischer Überheblichkeit um sich errichtet, der von ihnen verlangt, sich immer wieder zu beweisen, daß die Basken bessere Bauern, Tänzer, Liebhaber, Kämpfer und Wetterpropheten sind als die Masse der Franzosen und Spanier, unter denen sie leben. Gleichzeitig jedoch, sobald es um so wichtige Dinge wie Rechtsangelegenheiten und Krankheiten geht, können sie sich des starken Gefühls, es sei klüger, ihre Geschäfte und ihr Leben in die Hände eines gebildeten Ausländers zu legen, nicht erwehren. Die brutalste Folge rassischen Vorurteils ist, daß die Opfer die ihnen von den Unterdrückern aufoktroyierten Klischees schließlich verinnerlichen und am Ende sogar glauben. Aus all diesen Gründen war der Vater des verunglückten Jungen um so erleichterter, als sich herausstellte, daß das Leben seines Sohnes gerettet war und seine Arbeitskraft dem Bauernhof ungeschmälert erhalten blieb. Er ging sogar so weit, mir ein Glas Izarra anzubieten, wenngleich ihn seine

Bauernschläue veranlaßte, mich zu fragen, wieviel ich ihm für diese geringfügige ärztliche Behandlung abzuknöpfen gedenke.

Nachdem sie gegangen waren, wischte ich auf und sinnierte darüber, wie recht Doktor Gros gehabt hatte, darauf zu bestehen, daß ich in Salies blieb, war doch der Bursche kurz nach vier Uhr in aller Eile in die Klinik gebracht worden, zu einer Zeit also, da ich ansonsten auf der Terrasse von Etcheverria eine Tasse Tee getrunken hätte. Außerdem kam mir zu Bewußtsein, daß zum erstenmal, seit ich unter meiner Kreissäge aufgeblickt und Katya über den Rasen hatte auf mich zukommen sehen, eine Stunde vergangen war, in der ich nicht ständig ihr Bild vor Augen gehabt hatte. Es war meine erste Erfahrung mit der seelisch betäubenden Wirkung einer Arbeit, zu der man sich berufen und nicht nur aus Erwerbssinn gedrängt fühlt – mit jenem ständigen Narkotikum, das die sich endlos dehnenden Jahre, die auf den Sommer mit Katya folgten, erträglich machen sollte.

Abends nach Schließung der Klinik vergrübelte ich die sich schleppenden Stunden, wo es mir doch, bevor ich Katya kennengelernt hatte, ein leichtes gewesen war, meine Zeit mit dem Kritzeln von Versen, der Lektüre von Romanen und Tagträumereien über die Abenteuer und Herausforderungen meiner Zukunft auszufüllen. Um die Eintönigkeit zu unterbrechen, verließ ich meine Pension und ging über den Platz in eins der Cafés. Aber die Gespräche an den Tischen und längs der verzinkten Theke drehten sich um den drohenden Krieg mit Deutschland: Warnungen aus Paris; Drohungen aus Berlin; Säbelrasseln aus dem umzingelten, wirren Österreich; Dolchklirren aus dem riesigen, ausgezehrten Rußland. Ein paar ältere Männer erinnerten sich noch an die gedemütigte *gloire* des Krieges von 1870 und sprachen davon, Deutschland auf die Knie zu zwingen und das Elsaß zurückzuerobern unter dem Motto: »Der Rhein soll Frankreichs Grenze sein!« Diesen martialischen Wahnsinn und trunkenen Hallopatriotismus fand ich abscheulich ... und erschreckend. So kehrte ich also in die Abgeschiedenheit meines Zimmers zurück.

Vor mir liegen die Notizen, die ich in jener Nacht in mein Tagebuch schrieb, sowie die in Klammern gesetzten Kommentare zu diesen Aufzeichnungen, die ich Jahre später hinzufügte, als der Krieg zu Ende war und ich mich als Landarzt in Alos niedergelassen hatte. Ich gebe sie hier unverändert wieder und lasse sie die jugendliche Pedanterie meiner Unterteilung in griechische Buchstaben und meine romantischen, pseudophilosophischen Mutmaßungen enthüllen sowie das bittere Erwachen, das aus den eingeklammerten Bemerkungen spricht, die nach dem Kriege entstanden.

Alpha: Dieser grauenvolle Krieg wird nie zustande kommen! (Er kam zustande.)

Beta: Wenn der Krieg kommt, wird er von kurzer Dauer sein, weil Körper und Seele des Menschen der modernen Todes- und Verstümmelungsmaschinerie nicht standhalten können. (Er war keineswegs kurz. Der Körper hielt Tod und Verstümmelung stand. Die Seele nicht.)

Gamma: Wenn ich zu den Fahnen gerufen werde, fliehe ich aus Protest gegen diesen Irrsinn in die Schweiz. (Tat ich nicht. Es war mir gleichgültig geworden.)

Delta: Bei aller Brutalität des Krieges sollte ein Mann von Poesie, ein Mann von innerem Reichtum kämpfen können, ohne zum Tier zu werden, sich über das Gemetzel erheben und seine geistige Würde aufrechterhalten. (Scheißdreck.)

*

Nach einem ereignislosen Vormittag nahm ich in meinem gewohnten Café das Tagesmenü ein, unempfindlich für das strahlend schöne Wetter, in Gedanken bei Katya in Etcheverria.

»Darf man sich zu Ihnen setzen?«

»Was?« Ich schrak auf aus meiner Träumerei. »Wie bitt ... – Katya? Was für eine Überraschung! Oh ... und Paul.«

»Ich nehme an, Sie können dieses Restaurant empfehlen?« fragte Paul und blickte sich angewidert um.

Ich erhob mich und bedeutete ihnen, sich zu mir zu setzen, eine Aufforderung, der Katya mit einem Lächeln nachkam. Paul jedoch blieb stehen. »Ich habe einiges zu erledigen. Aber wenn ich zurückkomme, soll es mir ein Vergnügen sein, etwas zu mir zu nehmen, das ... ach, irgend etwas, an dem der Koch nichts verderben kann. Vielleicht ein Glas Wasser? Seit Stunden schon marschieren wir über diese staubige Straße ... es können auch Wochen gewesen sein. Ich weiß es schon gar nicht mehr. Diese Tortur hat mir das Gedächtnis vernebelt.«

»Ja«, sagte Katya, »ich habe Paul überredet, mit mir zu Fuß zu gehen. Heute ist so ein wundervoller Tag, und frische Luft und Bewegung tun ihm nur gut.«

»Ich frage mich, warum alles, was einem guttut, entweder langweilig ist oder weh tut. Warum soll alles, was dem Fleisch zuwider ist, gut für den Charakter sein?«

»Ach, Unfug! Es *hat* dir gutgetan. Ich für meinen Teil bin völlig ausgehungert. Das sieht gut aus, Jean-Marc. Würden Sie mir das gleiche bestellen?«

»Mit Vergnügen.« Ich winkte dem Kellner.

»Ich sollte Sie davor warnen«, sagte Paul, »daß sie die maßlose Verfressenheit eines Buschmanns hat. Ich wundere mich, daß wir überhaupt noch Möbel im Haus haben.«

»Also, wirklich, Paul!«

»Komm mir nicht mit deinem ›Also, wirklich!‹. Ich habe schließlich mit eigenen Augen gesehen, wie du gierig auf die Ottomane schielst, wenn der Appetit dich überkommt. Versuch nicht, es abzuleugnen. Wissen Sie, was sie auf dem Weg hierher angestellt hat, Jean-Marc? Ohne jede Rücksicht darauf, daß sie mich in die peinlichste Verlegenheit brachte, bahnte sie sich den Weg durch eine Hecke und stibitzte einen Apfel von einem Baum – einen ganz gewöhnlichen Apfel von einem echten Baum! Und dann *aß* sie ihn auch noch. Stürzte sich auf das unglückselige Obst und kaute es. Happs, knirsch, mampf, schmatz . . . und alles, was übrigblieb, war ein abstoßendes Kerngehäuse.«

»Vielleicht«, sagte ich, »hat sie einen Lebenshunger, dem Ausdruck zu geben man ihr nicht verwehren sollte.« Eine leichte Bewegung seiner Augenbrauen sagte mir, daß er verstand, was ich meinte.

»Er war wirklich köstlich«, sagte Katya. »Ein bißchen grün und sauer, aber köstlich.«

»Und was tat sie dann?« fragte Paul in gespielter Empörung. »Als wolle sie der hinterlistigen Eva nacheifern, erbot sie sich doch tatsächlich, auch für mich einen zu holen. Für *mich*! Können Sie sich vorstellen, wie Paul Etienne Jean-Marie de Treville eine Straße entlang marschiert und sich Kernobst in den Mund schiebt? Die nächsten zwei- oder dreihundert Kilometer verplapperte sie über die Herrlichkeiten der Natur, turtelte mit grellfarbenen Unkräutern, die den Straßenrand verstopften –«

»Wilden Blumen«, stellte Katya richtig.

»– und tat, als hätten die verflixten Dinger Namen (sowohl lateinische als auch volkstümliche) und als läge eine durch nichts bewiesene Tugend darin, sie zu lernen. Als ob ich die Absicht hätte, meinen Körper jemals wieder den Torturen eines Überlandtrecks auszusetzen! Immerhin gebe ich zu, daß ein paar der Namen eine Art ironischer Rechtmäßigkeit besaßen ... Ziegenwind, Froschtod, Stinkmohn –«

»Die sind erfunden.«

»– aber andere waren so klebrig süß wie ihre überschwengliche Begeisterung: Freude des Liebchens, Seufzer der Liebe, Herz der Leidenschaft, Ellbogen der Lust –«

»Hast du uns nicht versprochen, du müßtest sofort gehen und verschiedenes erledigen?« fragte Katya.

»Und ob ich das habe. Ich muß mit den hiesigen Kaufleuten über Lagerung und Transport unserer Habe schachern. Sie beide werden eine Viertelstunde ohne meine Gesellschaft ertragen müssen. Aber ich warne Sie, Montjean. Füttern Sie sie rasch, oder machen Sie sich darauf gefaßt, hochgeschätzte Familiennippes bewachen zu müssen, Porzellanvasen, Schirmständer und lauter so Sachen. Wer einen Apfel im Rohzustand, noch mit dem Gestank des Baumes behaftet, ißt, verschlingt alles.« Und mit einem lässigen Winken verschwand er in den Arkaden.

Katya lächelte ihm nach.

»Ihr Bruder scheint ja ganz munter zu sein«, sagte ich, nachdem der Kellner ihr das Tagesgericht gebracht hatte und wieder gegangen war.

»Hm-m. Unser Spaziergang war herrlich. Er weiß, wie ich lachen muß, wenn er sich schockiert und entsetzt gibt über alles, was zur Natur gehört.«

»Katya, es tut mir so leid, daß unsere Pläne durchkreuzt worden sind. Ich weiß, ich habe die Hoffnung Ihres Vaters, dem Fest von Alos beizuwohnen, zerstört. Sie haben meine Nachricht bekommen, hoffe ich?«

»Ja, haben wir. Und Ihr Dr. Gros ... was für ein charmanter Mann.«

»Sie finden ihn charmant?«

»Hm-m. Sie nicht?«

»Wenn ich gebeten würde, ihn mit tausend Worten zu beschreiben, wäre ›charmant‹ nicht darunter.«

»Wie kommt das?«

»Weil seine Liebeshändel mich zwei Tage mit Ihnen gekostet haben. Zwei kostbare Tage, wo wir doch so wenige haben, daß –«

»– Reden wir nicht über die Zeit, die wir *nicht* miteinander haben. Das ist sinnlos und bedrückend. Reden wir über die Zeit, die wir haben *werden.* Unser Plan, zum Fest von Alos zu fahren, besteht nach wie vor. Wir haben einfach beschlossen, es auf morgen zu verschieben. Und ich habe gehört, der letzte Tag eines Festes soll ohnehin der aufregendste sein.«

»Nun ... es ist zumindest der ausgelassenste. Es ist nicht unüblich, daß es in baskischen Dörfern auf den Tag genau neun Monate nach dem letzten Festtag Geburten gibt mit eilends arrangierten Hochzeitsmählern dazwischen.«

»Da wir gerade von Mählern sprechen: Ich habe das Picknick vorbereitet, das wir unterwegs machen wollen. Wir werden auf einem Feld essen – oder vielleicht in einem Obstgarten.«

»Paul weiß sich vor freudiger Erwartung sicher kaum zu fassen.«

»Ach, er wird nörgeln und sich beklagen, um uns zu unterhalten, aber es ist mir gleichgültig, wie er dazu steht. Wir müssen dieses phantastische Wetter ausnützen. Sobald mir der Gedanke kam, mußte ich unbedingt nach Salies, um es Ihnen zu erzählen. Als ich Paul um Erlaubnis bat, zögerte er zunächst, doch dann bot er mir an, mich zu begleiten. Ich weiß, Sie mögen ihn nicht, aber er war immer sehr gut zu mir. Und wissen Sie, was? Ich glaube wirklich, er mag Sie ... auf die ihm eigene spröde Art. Überrascht Sie das?«

»In der Tat. Er weiß seine Zuneigung ungemein geschickt zu verbergen.«

»Oh, das sieht ihm ähnlich.« Sie lächelte mich an, und mir weitete sich das Herz in der Brust.

»Ich habe gestern den ganzen Tag ununterbrochen an Sie gedacht, Katya.«

»Ununterbrochen? Sie haben sich nicht einmal eine einzige Sekunde auf Ihre Arbeit konzentriert?«

»Nun ja, dann eben beinahe ununterbrochen.«

»Relativ ununterbrochen?«

»Beinahe relativ ununterbrochen.«

»Das freut mich. Ich habe auch an Sie gedacht. Nicht gerade ununterbrochen, oder auch nur relativ ununterbrochen, aber häufig ... und mit Vergnügen. Ich saß stundenlang in meiner Bibliothek am Ende des Gartens, las ein Buch ... nun, eigentlich las ich nicht wirklich. Ich habe es eher angesehen. Die Wörter angesehen und meine Gedanken schweifen lassen. Der Garten war so schön ... verflochten, überwachsen ... die Sonnenwärme auf meinem Gesicht ... das einschläfernde Summen der Insekten. Es war so friedlich.«

»Und Ihr kleines Gespenst? War sie auch friedlich?«

Sie legte ihre Gabel nieder und sah mich an. »Woher in aller Welt wissen Sie das?«

»Weiß ich was?«

»Daß das junge Mädchen ... nicht eigentlich glücklich ... friedlich war. Mehrmals spürte ich ihre Anwesenheit. Wie eine Melodie, die knapp außer Hörweite gesungen wird. Aber diese süße Traurigkeit, die sonst von ihr ausströmt, fehlte. Es war eher eine Art von ... von verstummter Freude. Aber wie haben Sie davon erfahren?«

»Eigentlich habe ich das nicht.«

»Wovon versuchen Sie uns zu überzeugen, daß Sie es nicht getan hätten?« fragte Paul, der hinter den Arkaden auftauchte und sich an unseren Tisch setzte. »Glaub ihm nicht, Katya. Ich bin sicher, er hat es getan. Es sieht ihm ähnlich, so etwas zu tun – was immer es war. Sagen Sie, könnte man den Kellner eventuell dazu veranlassen, mir ein Glas jener Flüssigkeit zu bringen, die in dieser Gegend als Wein gilt?«

Ich winkte dem Kellner und bedeutete ihm, ein Glas Wein zu bringen. »Hätten Sie gerne Kaffee, Katya?«

»Ja, bitte. Nein, wenn ich mir's recht überlege, muß ich noch in verschiedene Geschäfte gehen. Es gibt noch ein paar Dinge, die ich für das Picknick morgen haben möchte.« Sie erhob sich. »Nein, bleiben Sie sitzen. Vielen Dank für das Mittagessen, Jean-Marc. Diese Schuhsohle war ganz besonders köstlich.«

Paul und ich lächelten ihr nach; dann wandte ich mich ihm zu.

»Katya erzählte mir, daß sie schließlich Ihren flehentlichen Bitten nachgegeben hat und für morgen ein Picknick vorbereitet.«

»Ich kann es kaum erwarten. Unbequem auf dem Boden hocken, auf trockenen Broten herumkauen, sich Staub ins Essen pusten lassen, ganz zu schweigen von den kleinen Tierchen, die als ungeladene Gäste erscheinen werden. Im Freien zu essen ist meiner Meinung nach wie kopulieren auf einem belebten Boulevard. Die elementaren biologischen Bedürfnisse sollten privatim befriedigt werden – oder allenfalls in Gesellschaft weniger, verständnisvoller Freunde.«

Der Kellner brachte seinen Wein. »Ah«, sagte er, leerte das Glas, schüttelte sich und zog eine Grimasse. »Manchmal fällt es schwer zu glauben, daß dieses Gesöff mit Hilfe weniger Beschwörungsformeln zum Blut Christi werden kann.«

»Katya sagt, daß wir nun doch alle zusammen zum Fest von Alos fahren.«

»Anscheinend erzählt Katya Ihnen alles. Ja, wir werden fahren. Vater freut sich darauf wie ein Kind.«

Ich schwieg einen Moment. »Paul –«, hub ich an.

»– Ihr Ton läßt vermuten, daß Sie drauf und dran

sind, mir einen Rat zu erteilen ... das einzige, was von Natur aus lieber gegeben als entgegengenommen wird.«

»Nicht gerade einen Rat. Ich dachte an Ihren Vater.«

»Und?«

»An dem Abend neulich in seinem Studierzimmer bemerkte er, er glaube nicht, er könne noch einen weiteren Umzug ertragen ... all seine Bücher und Papiere ein einziges Chaos ... nichts an seinem Platz.«

»Es ist äußerst gütig von Ihnen, sich dergestalt den Kopf über meine Angelegenheiten zu zerbrechen. Aber Sie werden mir vergeben, daß ich einen gewissen Eigennutz in Ihrem Wunsch sehe, daß meine Familie hierbleibt, oder?«

»Ich nehme an, Sie haben Ihrem Vater bis jetzt noch nichts von Ihren Plänen gesagt.«

»Wie das Leben so spielt, Sie irren sich wieder einmal – ein Zustand, an den Sie sich, wie ich vermute, nach all den Jahren, die Sie in anderer Leute Angelegenheiten herumstochern, gewöhnt haben dürften. Tatsache ist, daß ich Vater gestern abend über den Umzug in Kenntnis gesetzt habe.«

»Und wie nahm er es auf?«

»Nicht gut, natürlich. Immerhin sah er die Notwendigkeit ein und vertraute meinem Urteil. Aber schließlich weiß er einigermaßen über unsere Lebensumstände Bescheid und fällt nicht, wie Sie, Urteile aufgrund bodenloser Ignoranz. Ich hoffe ernstlich, es klingt nicht hart oder tadelnd. Hören Sie, Montjean. Schließen wir doch einen Pakt, Sie und ich. Tun wir, was wir können, um den morgigen Tag für Katya und Papa so schön und vergnüglich wie möglich zu gestalten. Ich werde meinen Teil dazu beitragen. Ich werde mich an dem Geschiebe und Geschwitze eines Bauernfestes beteiligen, unentwegt vor Entzücken lächeln. Ich werde mir, im Schmutz sitzend, kalt gewordenes Essen hinunterzwingen. Größere Liebe hat keiner für seine Schwester. Aha ... und hier kommt die fragliche Dame, in ihrem Korb, wie ich fürchte, jede Menge Eßbares zum Verschlingen im Freien ... massenweise saftige Dinge, die nur darauf warten, auf die Kleidung zu tropfen.« Er erhob sich. »Dürfen wir mit Ihrem Kommen im Laufe des Vormittags rechnen?«

Er schloß sich Katya in der Mitte des Stadtplatzes an und sie gingen in Richtung Etcheverria, nachdem sie mir noch zugewinkt und mit ihrem Mund die Worte »Bis morgen« geformt hatte.

Ich blieb noch eine Weile sitzen und blickte über den im Sonnenlicht gleißenden Platz. Ich vermochte mir nicht klar zu werden über die Zwiespältigkeit meiner Gefühle, hätte ich mir dann doch eingestehen müssen, daß mich Katyas Fähigkeit, unserer bevorstehenden Trennung mit so viel mehr Gleichmut entgegenzusehen, in meiner Engstirnigkeit abstieß. Ganz unzweifelhaft lag etwas wie Stärke in ihrer Haltung, mit der sie sich in das Unvermeidliche fügte. Aber wo ist der Punkt, an dem Stärke in Härte übergeht? Wo liegt die Grenze zwischen Mut und Gleichgültigkeit? Und was war mit meinem eigenen Verhalten? Hatte ich nicht verbindlich mit Paul geplaudert und Witze über Picknicks gemacht, wo doch Katyas Glück auf dem Spiel stand? Sind wir nicht alle Opfer der Erziehung, der »guten Umgangsformen«, die von uns verlangen, auch das größte Elend mit Haltung und Würde zu tragen? Wir ließen uns lieber zu Tode als in Verlegenheit bringen.

Und ich dachte an den bevorstehenden Krieg, das Gesprächsthema im Café am Abend zuvor. Würden die jungen Männer, die zu den Waffen gerufen wurden, lachen und witzeln und sich in deftigen Platitüden ergehen, bloß, um einem gängigen Klischee zu entsprechen, wo sie doch in Wirklichkeit eine durch die Dummheit und Arroganz alternder Politiker heraufbeschworene Schlächterei erwarteten? War die Jugend Frankreichs wirklich so leichtgläubig?

Acht Monate später, in den Schützengräben an der Marne, sollte ich die Antworten auf meine Fragen bekommen. Ja. Ja, in der Tat, junge Männer witzelten und ergingen sich in unbeholfenen Platitüden noch in der letzten Nacht ihres Lebens. Gute Umgangsformen ... ein Mann sein ... das Spiel mitspielen.

*

Nach Dr. Gros' Rückkehr am gleichen Abend suchte ich ihn auf, um ihm zu sagen, ich wolle den morgigen Tag für einen kleinen Ausflug frei haben.

»Hm-m. Ja, natürlich«, sagte er in einer für ihn ungewöhnlich nachdenklichen und düsteren Stimmung.

»Ihr Abenteuer hat Ihre Erwartungen nicht erfüllt?« fragte ich.

»Nein, natürlich nicht, mein Junge. Selbst ich, dem die ganze Sache mittlerweile so ... klinisch vorkommt, kann mich von irritierender Hoffnung nicht freimachen. Egal, wie sehr man seine Abenteuer mit bitterem Zynismus umgibt, dieser verdammte Hoffnungsschimmer bleibt und muß von der Realität ausgelöscht werden, immer und immer wieder.«

»Das klingt, als hätte Sie Ihre Eskapade nicht sonderlich erfrischt.«

»Ach, an sich war es gar keine so schlechte Runde. Kraftvoll. Einigermaßen einfallsreich. Ich erwarte nicht eigentlich, daß mich solche Affären erfrischen. Eher ein seelisches Abführmittel. Eine Versicherung, daß ich, wenn ich schon alles versäume, worüber die romantischen Poeten schwärmen, doch nichts von Wert versäumt habe. So! Sie werden sich also den Trevilles zu einem kleinen *déjeuner sur l'herbe* anschließen, was? Und dann auf zu den Lustbarkeiten eines Bauernfestes. Halten Sie das für klug?«

»Klug?« Ich lachte. »Das ist eine seltsame Frage. Was beunruhigt Sie?«

Er rieb sein fleischiges Gesicht mit der Handfläche und seufzte tief. »Setzen Sie sich und lassen Sie mich ein wenig den weisen Onkel spielen.«

»Monsieur, wenn Sie beabsichtigen, irgend etwas zu sagen, das –«

»Setzen Sie sich.« Es lag so viel Unnachgiebigkeit in seiner Stimme, daß mir keine Wahl blieb, als zu gehorchen. Während er seine Schreibtischschublade auf der Suche nach einer der schwarzen, russischen Zigaretten, die er gelegentlich rauchte, durchwühlte, konnte ich mich des Eindrucks nicht erwehren, daß er mir etwas Unangenehmes zu sagen hatte und Zeit zum Überlegen gewinnen wollte. »Ach, da sind sie ja. Ach, herrje, diese Zigaretten sind so trocken wie das Hym – Herz einer alten Nonne.« Er warf die Schachtel wieder in die Schublade. »Nun gut, ich will mich so einfach wie möglich ausdrücken, weil ich nicht weiß, wie ich die Sache taktvoll zur Sprache bringen soll. Gestern abend nahm ich mit meiner Begleitung an einer kleinen Festlichkeit teil – sehr lustige Sache, sehr hohl, viel Gelächter, aber wenig Freude –, und im Verlauf einer trivialen Unterhaltung mit einem Mann aus Paris, der zur Zeit Urlaub macht, erwähnte ich, meine Praxis sei in Salies. Das Gesicht des Burschen leuchtete geradezu vor Entzücken, einem Entzücken, das die Klatschsüchtigen jedesmal überfällt, wenn sie einen besonderen Leckerbissen riechen, und er fragte, ob Salies nicht der Ort sei, in den die Trevilles gezogen wären – ›geflohen‹ war das Wort, das er gebrauchte. Ich hatte kein Interesse an seinem Getratsche, doch dann fiel mir ein, daß ich in meiner Rolle als Ihr Mentor und Kollege – bemühen Sie sich nicht, den Sarkasmus in Ihrem Gesicht in Worte zu kleiden. Auf jeden Fall hörte ich ihn bis zu Ende an. Häßliche kleine Affäre. Um es geradeheraus zu sagen, es sieht so aus, als hätte der Vater Ihrer jungen Dame in Paris auf einen jungen Mann geschossen und ihn getötet – ein vielversprechender Bursche aus ausgezeichneter Familie, der –«

»– Was?« Ich stand auf. »Ich glaube nicht ... Was sagen Sie da?«

»Ruhig Blut. Es war natürlich ein unglücklicher Zufall. Nach einem ausführlichen Verhör, an dessen Einzelheiten sich die Skandaljournaille geradezu weidete, war Treville jeden Verdachts eines vorsätzlichen Verbrechens enthoben. Offenbar war das junge Opfer hin und wieder Gast des Hauses gewesen. Daß der Knabe der jungen Treville den Hof machte, pfiffen die Spatzen von allen Dächern. Scheinbar hatte der Junge – oder dachte, er hätte – ziemlich spät an jenem Abend eine Verabredung mit der jungen Dame. Er schlich auf dem Grundstück herum, möglicherweise auf der Suche nach einem inoffiziellen Zugang zum Haus –« Dr. Gros hob die Hand. »Widersprechen Sie nicht. Ich gebe hier kein Urteil über Mademoiselle Trevilles Charakter ab. Ich erzähle lediglich die Geschichte so wieder, wie sie mir berichtet wurde. Nun ... der Rest ist ziemlich einfach. Monsieur Treville, im Glauben, der junge Mann sei ein Strauchdieb oder Einbrecher, schoß ihn tot. Die Untersuchungsrichter fanden keinen Grund, seine Darstellung des Geschehens zu bezweifeln, aber natürlich fabrizierte sich der Klatsch in den Salons seine eigene Geschichte. Empörter Vater ... in flagrante delicto ... und so weiter. Die liberaleren Freunde der Familie deuteten an, daß eine Entführung vereitelt wurde. Der Bursche, der mir die Geschichte erzählte, tat diese Möglichkeit mit einem gehässigen Seitenblick ab. Nun ja, das wär's so ungefähr. Sobald die Juristen ihren Dampf abgelassen hatten, gingen die

Trevilles fort und flohen so weit weg von Paris, wie sie nur konnten. Viel weiter als bis nach Salies kann man nicht kommen – weder geographisch noch kulturell. Ich hoffe, Sie verstehen, daß ich Ihnen das alles nur erzähle, weil ich meine, Sie sollten Bescheid wissen.«

Meine Qual hatte mich ans Fenster seines Arbeitszimmers getrieben, wo ich stand und in den dunklen Garten hinausstarrte. Ich war überwältigt von dem Gehörten, mußte mich anstrengen, es zu begreifen und zu akzeptieren, und so dauerte es eine ganze Weile, bevor ich hervorstoßen konnte: »Ja, ja. Das verstehe ich.«

»Und meine Einmischung kränkt Sie nicht?«

Ich schüttelte den Kopf. »Nein ... nein. Warum bezweifeln Sie Monsieur Trevilles Version des Geschehenen?«

»Was bringt Sie auf diesen Gedanken?«

»Sie begannen die ganze Geschichte damit, daß Sie fragten, ob ich es für *klug* hielte, die Trevilles auf ihrer Fahrt nach Alos zu begleiten.«

Dr. Gros schwieg einen Moment lang. »Ja. Das habe ich«, sagte er bedächtig und ließ es dabei bewenden.

Ich drehte mich um. »Mein Gott! Wie schrecklich das für sie gewesen sein muß! Die Reporter ... das Getuschel. Kein Wunder, daß sie sich dafür entschieden haben, weitab von alledem für sich allein zu leben, von der Gesellschaft isoliert. Denken Sie nur, wie der Klatsch und die Gerüchte sie verletzt haben müssen! Arme Katya! Das erklärt zu einem großen Teil ihr distanziertes, zurückhaltendes Wesen.«

»Vielleicht ... vielleicht. Aber es erklärt nicht ganz ... alles. Es erklärt zum Beispiel nicht, warum sie plötzlich beschlossen haben, aus Salies zu fliehen. Meines Wissens ist keiner unserer jungen Männer als vermißt gemeldet. Und selbst Sie scheinen, obgleich Ihr Verstand unter der Liebe gelitten hat, bei einigermaßen guter Gesundheit zu sein.«

»Über so etwas scherzt man nicht!«

»Nein, natürlich nicht. Schrecklich geschmacklos. Bitte vergeben Sie mir.«

»Es kann sein, daß sie immer noch vor den Geschehnissen in Paris fliehen. Wenn Sie per Zufall in St. Jean davon erfahren haben, ist es nicht unvorstellbar, daß die häßlichen Gerüchte ihnen sogar bis hierher gefolgt sind.«

»Ja, das kann sein. Und ich bedaure jeden, den der ätzende Provinzklatsch trifft. Klatsch gibt unseren Frauen die Gelegenheit, sich an Sünden zu delektieren, ohne bereuen zu müssen, an Sünden, die sie niemals aus erster Hand erleben werden, schützt sie doch ihr Mangel an Mut, an Phantasie und Gelegenheit vor jeglicher Versuchung – doch sie betrachten diese Gebrechen als Beweis für ihre eigene moralische Rechtschaffenheit.« Er schwieg einen Moment lang, dann sprach er zögernd weiter. »Ist dies ... wie soll ich es taktvoll ausdrücken? ... Ist dies Ihre erste Liebe, Montjean?«

Ich gab keine Antwort.

»Erlauben Sie mir, aus Ihrem Schweigen zu schließen, daß dem so ist. Sie haben es gar nicht so leicht damit, und das tut mir leid. Eine erste Liebe sollte eigentlich auf rosarote Wolken gebettet sein und süß duften ... von den gegenseitigen Vorwürfen am Ende einmal abgesehen, natürlich. Sie haben Pech gehabt, mein Sohn. Grelle Töne sollten eigentlich späteren Lieben vorbehalten sein.«

Ich konnte mir keine »späteren Lieben« vorstellen. Ich war sicher, daß meine Fähigkeit zu lieben ebenso begrenzt wie tiefgehend war und daß Katya *meine* Liebe war, nicht *eine* meiner Lieben. Das war, wie sich im Lauf der Zeit noch erweisen sollte, tatsächlich der Fall.

»Nun denn!« sagte Dr. Gros und schlug beherzt einen neuen Ton an, fühlte er sich doch unbehaglich in seiner ungewohnten Rolle als verständnisvoller Mann. »Ich nehme an, ich sollte Ihnen dazu gratulieren, daß Sie gestern dem Hastoy-Jungen den Arm gerettet haben. Ich habe schon von verschiedenen Seiten von Ihrem edlen Meisterstück gehört. Lassen Sie mich Ihnen jedoch versichern – damit Sie mir nicht eitel werden –, daß jedermann nur deshalb so beeindruckt ist, weil man an Ihrer Befähigung Zweifel hegte.«

»Ich verstehe.« Den Tränen nahe, zwang ich mich zu einem Lächeln. »Sie haben nichts dagegen, wenn ich mir den morgigen Tag freinehme und mit den Trevilles verbringe, oder?«

»Mein lieber Junge«, sagte Dr. Gros mit vor Aufrichtigkeit bebender Stimme und tätschelte mir die Schulter. »Mein lieber Junge, bitte betrachten Sie sich jederzeit als vollkommen entbehrlich.«

*

Wie so viele andere war auch ich von der Schönheit jenes Sommers verwöhnt, nahm das Tag für Tag makellose Wetter allmählich als selbstverständlich hin und vergaß dabei, daß, wie Monsieur Treville gesagt hatte, die Konstanten in der unendlichen Weite des Universums Kälte und Dunkelheit sind und daß Licht und Wärme nur in unmittelbarer Nähe winziger Sternchen existieren. Ähnlich ist es mit dem Leben des Menschen, in dem Einsamkeit und Resignation die Konstanten sind, Jugend und Liebe dagegen nur kurze Augenblicke, deren Flüchtigkeit sie zu besonderen Kostbarkeiten macht. Es wäre nicht einmal falsch, sich an die behagliche Vorstellung zu klammern, diese vergänglichen Freuden seien unveränderliche Bestandteile des Lebens, wäre es nicht so, daß uns, wenn sie unweigerlich verflogen sind, nichts anderes übrigbleibt, als den Rest unseres Daseins in Bitterkeit zu verbringen und uns vom Schicksal betrogen zu fühlen. Am Ende schlagen wir uns mit Qualen des Neids und der Hoffnung herum, wodurch uns die zwar bescheidene, aber beständige Freude an Gelassenheit und Resignation versagt bleibt.

Das sind natürlich Überlegungen, die man erst im Alter anstellt, erst, wenn man die eigene Sterblichkeit akzeptiert hat. In jenem Sommer jedoch war ich jung und fühlte mich unsterblich, und in meiner Stimmung war nicht das kleinste Quentchen Gelassenheit oder Resignation, als ich die zweieinhalb Kilometer zu Fuß nach Etcheverria ging. Wie eine goldene Flüssigkeit ergoß sich das Sonnenlicht über die Landschaft, und frische Brisen wehten den Duft von Gras und Blumen heran. Über mir trieben bauschige Schönwetterwolken ruhig auf die Berge zu, und in den Hecken jubilierten die Vögel. Ich barst vor Jugend und Kraft und dem Verlangen, das ganze Leben zu umarmen - sogar mit ihm zu kämpfen, wenn es sein mußte -, um das Schicksal nach meinen Wunschvorstellungen zu formen.

Sicher, ich hatte eine ziemlich schlechte Nacht verbracht, bevor ich endlich in einen leichten Schlaf verfiel, denn ich empfand eine irrationale und würdelose Eifersucht auf den armen jungen Mann, der in Paris getötet worden war. Ich konnte mir den unbeholfenen, geistesabwesenden Gelehrten, der Monsieur Treville in meinen Augen war, einfach nicht vorstellen, wie er eine Pistole hob und jemanden erschoß. Es war undenkbar . . . entsetzlich.

Doch bis ich schließlich aufgestanden war, mich mit besonderer Sorgfalt rasiert und meinen vergnüglichen Morgenspaziergang angetreten hatte, merkte ich, daß ich ein Maß an Erleichterung und Hoffnung verspürte wie schon seit Tagen nicht. Der ominöse Schatten, der die Trevilles umgab, war kein Rätsel mehr; er war zu etwas Greifbarem geworden, dem man sich stellen, das man bekämpfen konnte. Ich war fest entschlossen, bei der ersten sich bietenden Gelegenheit mit Paul zu sprechen, um ihn zu überzeugen, daß es auf lange Sicht keine Lösung war, vor Klatsch und Seitenhieben davonzulaufen. Am Ende würden die Gerüchte sie doch einholen; letzten Endes würden sie sich ihren Peinigern stellen und sie konfrontieren müssen; die durch nutzlose Fluchtversuche erkaufte Zeit war den Preis an Frieden, Beständigkeit und Behaglichkeit nicht wert.

Als ich in Etcheverria ankam, hatte ich mir überzeugende Argumente zurechtgelegt, wurde jedoch umgehend in die Vorbereitungen für das Picknick und das Fest hineingerissen. Katya begrüßte mich und fragte im gleichen Atemzug, ob es mir etwas ausmache, einen Korb in den Stall hinauszutragen, wo Paul die Pferde anspannte ... dann könne ich zurückkommen und ihr bei der Auswahl des Weins helfen ... ach ja, und mit ihr die Liste durchgehen, um zu prüfen, ob etwas vergessen worden war ... und wenn sie es sich recht überlege, sollte ich vielleicht doch lieber Paul helfen, der im Umgang mit Pferden nicht eben der Geschickteste war ... auf dem Fest würde doch getanzt, oder? ... ach, natürlich würde getanzt ... auch wenn alles ein bißchen nach Chaos *aussah*, so war doch in Wirklichkeit alles bereit, bis auf ein paar letzte Kleinigkeiten, natürlich ... Vater war höchst aufgeregt, weil er das Fest mit eigenen Augen sehen und mit den Altvorderen würde plaudern können ... wären diese Schuhe wohl die richtigen zum Tanzen? ... ach, woher sollen *Sie* das auch wissen ... und überhaupt, wo ist Vater eigentlich? ...

Während sie unentwegt weiterredete, nahm sie den Kiesel, den ich am Straßenrand gefunden hatte, entgegen und ließ ihn in ihr Retikül fallen, dann streifte sie zum Dank geistesabwesend mit den Lippen meine Wange.

Was mich am meisten freute, war die selbstverständliche Vertrautheit, mit der sie mir diesen Kuß gab.

Als ich in den Stall kam, mühte sich Paul unter Murren und Fluchen linkisch mit dem Pferdegeschirr ab, wobei er versuchte, seine verletzte Schulter zu schonen und dem Tier mit dem weißen Leinenanzug, den er trug, nicht zu nahe zu kommen. Ich lachte und erbot mich, die Sache in die Hand zu nehmen.

»Fühlen Sie sich wie zu Hause, alter Freund. Ich hege keinerlei falschen Stolz auf meine Fähigkeit, die Arbeit eines Stallburschen auszuführen. Schließlich käme auch kein Mensch auf den Gedanken, von einem Stallburschen zu erwarten, daß er auf einem Gartenfest drei antike Damen der Gesellschaft unterhält, gleichzeitig seine Zunge an einem halben Dutzend verbohrter alter Patrizier wetzt und dabei noch eine Schar kichernder und errötender junger Gänse mit einem gelegentlichen Blinzeln oder Achselzucken in Schach hält. *Das* sind die Dinge, die zu leisten ich erzogen wurde. Schuster, bleib bei deinen Leisten. Ich werde jetzt Katya bei der Wahl der Weine helfen. Das ist mehr nach meinem Gusto.« Zum Abschied bedachte er das Pferd mit einem letzten Blick des Abscheus. »Wissen Sie, warum ich Pferde nicht mag?«

»Nein. Warum?«

»Wegen ihres asozialen Drangs, sich beständig zu entleeren. Pferdenarren plappern zwar über diese edlen Tiere, bis einem vor Langeweile die Augen zufallen, doch diese Charakterschwäche scheint ihnen zu entgehen. Eines Tages werde ich ein Automobil besitzen.« Er wandte sich zum Gehen, doch an der Stalltür hielt er inne. »Doch bei meinem sprichwörtlichen Glück wird das verdammte Automobil wahrscheinlich unaufhörlich Eisenspäne aus seinem Hinterteil spucken.«

»Nun gehen Sie schon und helfen Sie Katya bei der Wahl der Weine.«

Als ich schließlich mit der Kutsche am Portal vorfuhr, war alles bereit. Nur Monsieur Treville war unauffindbar. Nachdem sie im ganzen Haus und draußen im Garten nach ihm gerufen hatte, entdeckte Katya ihn schließlich in seinem Arbeitszimmer, wo er mit dem breitkrempigen Panamahut, den er schon für den Ausflug aufgesetzt hatte, am Schreibtisch saß und sich Notizen machte. Er erklärte, er sei nur eben ins Studierzimmer gegangen, um etwas zu holen – was, war seinem Gedächtnis entfallen –, und dabei sei sein Blick an einem Sätzchen in einem der aufgeschlagenen Bücher auf dem Schreibtisch hängengeblieben, mit dem er sich natürlich gleich beschäftigen mußte; dann war ihm eine entsprechende Anmerkung eingefallen, die nach genauerer Überprüfung verlangte; und ehe er sich's versah, war eine Stunde verstrichen und halb Südfrankreich rannte herum und schrie sich die Lunge nach ihm aus dem Leib. Höchst beunruhigend.

Da er bezweifelte, auf der Rückfahrt am späten Abend noch seinen Pflichten gewachsen zu sein, bestand der alte Herr darauf, jetzt gleich die Zügel zu übernehmen. Katya setzte sich neben ihn, Paul und ich nach hinten. Während wir die staubige Landstraße entlang nach Alos fuhren, hielt ich bei Monsieur Treville Ausschau nach Zeichen des Mißmuts über eine neuerliche Verpflanzung seiner Bibliothek, doch war er, soweit ich es beurteilen konnte, gut aufgelegt. Sein häufiges Schweigen sprach eher für Nachdenklichkeit als für düsteres Grübeln. Vielleicht hatte er das Problem für den Augenblick aus seinem Kopf verbannt. Oder vielleicht auch nur ganz einfach vergessen.

Als wolle er seine einzigartige Vergeßlichkeit unter Beweis stellen, erlaubte er dem Pferd zweimal, immer langsamer zu trotten, bis es schließlich fast stehenblieb, dann sah er sich mit einem verwirrten Stirnrunzeln um, bevor ihm schlagartig wieder einfiel, daß *er* ja den Wagen lenkte, die Zügel anzog und das Pferd wieder antrieb.

Als wir allmählich höher in die Berge gelangten, hob Katya ihr Gesicht der Sonne entgegen und atmete, die Augen halb geschlossen, tief und gleichmäßig. Paul hingegen, der voll Abscheu und Mißtrauen gegen die ungehobelte Natur, die ihm da aufgezwungen wurde, in die Landschaft blickte, schien so verkrampft neben mir zu sitzen, als wolle er sich nie mehr entspannen.

»Darf ich mich näher über das Ziel unserer Fahrt erkundigen?« fragte er.

»Alos?« erwiderte ich. »Ach, das ist nur ein kleines Bauerndorf. Sehr bescheiden. Typisch baskisch.«

»Mir ist noch nicht aufgefallen, daß Bescheidenheit typisch baskisch wäre«, sagte er und ließ seinen Blick träge auf mir ruhen. »Nicht, daß Sie nicht jeden Grund hätten, bescheiden zu sein. Und wie weit ist es bis zu diesem bescheidenen kleinen baskischen Bauerndorf?«

»Neun oder zehn Kilometer im Vogelflug.«

»Und wie weit, wenn der Vogel, statt zu fliegen, auf der Rückbank eines Karrens über eine unebene staubige Landstraße holpert?«

»Ach, ungefähr doppelt so weit, schätze ich.«

»Ich verstehe. Zwanzig Kilometer unerbittliche Natur, die uns von allen Seiten mit ihrer Schönheit überfällt. Wie herrlich.«

Katya lachte und drehte sich zu uns um. »Kein Grund zur Verzweiflung, Paul. Wir werden die Fahrt mit einem netten Picknick unterbrechen.«

»Ach, gütiger Gott, ja, das Picknick! Wie konnte ich nur das Picknick vergessen? Nehmen denn diese pastoralen Genüsse nie ein Ende? Ich werde mich vor den sich häufenden Freuden hüten müssen, damit meine Sinne nicht unheilbar übersättigt werden. Und hast du auch ein passendes Plätzchen für unser ergötzliches Picknick gewählt?«

»Natürlich nicht! Es ist doch ein Abenteuer, Paul. Ein Abenteuer läßt sich ebenso wenig planen, wie sich Spontaneität einüben läßt. Wir fahren einfach so lange weiter, bis wir das ideale Plätzchen finden, und dort halten wir dann an.«

»Aha. Und woran erkennen wir dieses ideale Plätzchen?«

»Daran, daß wir dort haltmachen.«

Paul wandte sich mir zu und blinzelte mehrmals, eine perfekte Nachahmung der verwirrten Miene seines Vaters.

Ich zuckte die Achseln. »Für mich hört es sich ganz plausibel an.«

»Hm-m. Das riecht mir nach Verschwörung. Nun gut, Schwesterherz, ich beuge mich deiner Auffassung von Abenteuer. Aber ich hoffe sehr, daß dein ideales Plätzchen bald auftaucht. Je eher dieses Gelage beginnt, desto schneller wird es vorüber sein. Und es war schon immer meine Devise, daß alles, was überhaupt wert ist, getan zu werden, es auch wert ist, schnell und mit Glanz und Gloria getan zu werden. Ein paar Prinzipien im Leben muß ein Mann schließlich haben.«

Ich lachte. »Ach, kommen Sie schon, Paul. Lehnen Sie sich zurück und genießen Sie die Natur in ihrer ganzen Schönheit. Werden Sie eins mit dem Universum.«

Paul schauderte beim bloßen Gedanken daran. »Gottes Wille war es, Mensch und Natur auseinanderzuhalten. Und aus diesem Grund sprach Er am achten Schöpfungstag: Es werden Fenster, Türen, Fensterläden und Vorhänge. Und es geschah also. Und Gott sah, daß es gut war.«

Jetzt, bei der Wiedererschaffung dieser Unterhaltung bemühe ich mich, eine unbeschreibliche Stimmung zu treffen, die den ganzen Nachmittag beherrschte, eine Stimmung schalen Humors und kranker Kameraderie. Unsere Worte hatten zwar Ton und Färbung des Unterhaltsamen, doch die Scherze waren lau, ungeschickt und gezwungen. Jeder von uns versuchte, zum Wohle der anderen den Ausflug so unbeschwert und vergnüglich wie möglich zu gestalten, während uns unmittelbar unter der Oberfläche unangenehme und bedrückende Dinge beschäftigten. So großmütig unsere Absichten auch sein mochten – bei ihrer Realisierung waren wir erbärmlich schlecht.

Die Landstraße folgte dem Lauf der Gave de Salies, die mal dicht neben unseren Rädern im Sonnenlicht glitzerte, mal jenseits eines Feldes ruhig dahinfloß, mal sich hinter einer Gruppe von Bäumen verbarg; und als wir auf einer Anhöhe um eine Kurve bogen, die den Anblick auf zwei anmutige Flußschleifen freigab, entschied Katya, wir hätten das ideale Picknickplätzchen gefunden.

Monsieur Treville nahm seine Verantwortung als pater familias wahr und überwachte das Abladen und Auspacken unseres Mahls, wobei seine Anweisungen und Ratschläge stets erfolgten, wenn alles bereits erledigt war, und seine Vorschläge so leichthin überhört wurden. Als er endlich meinte, alles sei zu seiner Zufriedenheit ausgeführt worden, rieb er sich die Hände und verkündete, er sei fast verhungert, und diejenigen, die nicht mit Überzeugung und einem gewissen Annektionsgeist zugriffen, würden zweifellos leer ausgehen.

Wie sich dann herausstellte, aß er selbst nur wenig, oft in Gedanken ganz woanders, während er ziemlich unbequem auf der Decke saß, die uns als Unterlage diente, und blicklos in die Ferne starrte. Seine Anweisungen, in die er sich mit solch übermäßigem Kraftaufwand gestürzt hatte, waren sein Scherflein zur Aufrechterhaltung einer Atmosphäre von Fröhlichkeit und Lebhaftigkeit gewesen.

Zu unser aller Vergnügen blieb Paul bei seiner Rolle

des mäkelnden Spaßmachers, beklagte sich bitterlich über alles und jedes und versicherte uns, die *raison d'être* der Landschaftsmalerei läge darin, der Menschheit die Schönheiten der Natur nahezubringen, ohne daß sie in physischen Kontakt mit dieser obszönen Realität treten müsse. Darüber hinaus, und viel wichtiger noch: Katya hatte das Salz vergessen!

Das Tuch war schließlich übersät von den Resten unseres Picknicks, und wir ließen eine Viertelstunde in nahezu völligem Schweigen verstreichen, Katya rückwärts auf die Ellbogen gestützt, die Augen geschlossen, das Gesicht der Sonne und dem leichten Wind entgegengestreckt; Monsieur Treville im Irrgarten seiner Gedanken verloren; Paul, flach auf dem Rücken liegend, den Hut übers Gesicht gezogen als Schutz gegen die einsame Fliege, die dem Mahl beigewohnt und, wie auch anders, ihn zum Gastgeber erkoren hatte; und ich mit den Proben zu meiner Rede an Paul beschäftigt. Katya erhob sich schließlich und schlug vor, zum Flußufer hinunterzugehen und Blumen zu pflücken. Paul murmelte schläfrig, er ließe sich lieber vom Blitz erschlagen, und ich gab vor, zu satt und zu faul zu sein; also rappelte sich Monsieur Treville ächzend auf und trottete hinter Katya her, wobei er ihr erklärte, daß viele Blütenpflanzen – unter anderem Gelbwurz, Bilsenkraut, Fingerhut, Sumpfdotterblume –, die heutzutage als giftig galten, im Mittelalter zu Heilzwecken benutzt worden seien. Und es gab sogar gute Gründe zu glauben, daß ...

Sie gingen, Katya sich graziös durch das hohe Gras bewegend, wobei der Wind ihr weißes Kleid bauschte; ihr Vater ein paar Schritte hinterher, in seinem unbeachteten Monolog fortfahrend. Ich sah ihnen nach, bis sie zwischen den Bäumen am Ufer der Gave verschwanden.

»Sie liebt die Natur so sehr«, sagte ich nachdenklich

zu Paul. »Ich bewundere – vielleicht beneide ich sogar – ihre Art, das Leben zu umarmen und sich über einfache Dinge zu freuen.«

»Hm-m-m«, grunzte er unverbindlich unter seinem Hut hervor.

»Es wäre schade, wenn ihr, deren Glück aus solch einfachen Dingen wie Freiheit und Liebe besteht, dieses Glück versagt bleiben sollte ... umgeben von Finsternis und Furcht.«

Er schwieg beharrlich.

»Kann ich etwas mit Ihnen besprechen, Paul?«

»Wenn es unbedingt sein muß«, murmelte er.

Ich faßte mich so kurz wie möglich und erzählte ihm, was ich über den tragischen Vorfall in Paris, der ihrer Flucht nach Salies vorangegangen war, erfahren hatte. Dann brachte ich vor, daß es meiner Meinung nach keinen Zweck hatte, vor den bösen Zungen der Gerüchteköche fortzulaufen, da der Klatsch sie unweigerlich überallhin verfolgen und sie Jahre ihres Lebens im fruchtlosen Bemühen, dem Unvermeidlichen zu entkommen, verschwenden würden.

Er ließ mich ausreden und schwieg dann eine Weile. Da er seinen Strohhut nicht vom Gesicht genommen hatte, konnte ich seinem Ausdruck nichts entnehmen. Er seufzte tief. »Montjean ... wie lästig Sie doch sind, stochern in unserer Vergangenheit herum und überhäufen mich mit Ihren unerwünschten und sinnlosen Ratschlägen.«

»Ich stochere nicht in Ihren Angelegenheiten herum. Und ich betrachte meine Ratschläge nicht als sinnlos ... auf jeden Fall nicht für Katya.«

Er nahm den Hut vom Gesicht, machte die Augen auf und sah mich mit einem Ausdruck von Erschöpfung und herablassendem Mitleid an. »Sie fällen Ihre Urteile vom gefährlichen Standpunkt dessen aus, der ein bißchen was weiß ... aber nicht genug. Ich gedenke, Ihr Wissen abzurunden, weil es nicht erfreulich für Sie sein wird, die Tatsachen zu erfahren, und ich glaube, Sie haben ein wenig Mißvergnügen verdient. Erzählen Sie mir erst einmal, was Ihrer Meinung nach in Paris passiert ist.«

»Was passiert ist? Nun ... ich nehme an, alles hat sich so ereignet, wie Ihr Vater es dargestellt hat – daß er unabsichtlich einen jungen Mann erschoß, den er für einen Einbrecher hielt.«

Paul sah mich ausdruckslos an. »Und was, wenn er ihn nicht *unabsichtlich* erschossen hat?«

»Nicht unabsichtlich?«

»Was, wenn Vater genau gewußt hat, daß der junge Mann kein Einbrecher war?«

»Ich ... ich verstehe nicht.«

»Ach, wirklich? Ich dachte, Sie verstünden alles.« Er schloß die Augen, fuhr jedoch fort zu sprechen, träge und kaum die Lippen bewegend. »Ich will Ihnen eine kleine Geschichte erzählen. Eines Nachts in Paris vor ungefähr zwei Jahren kam ich nach einer Zechtour nach Hause. Zum Haus gehörte ein abgeschlossener Garten auf der Rückseite, und um niemanden aufzuwecken und schon gar niemanden von meinem liederlich späten Heimkommen wissen zu lassen, benutzte ich das Gartentor. Als ich mich mehr schlecht als recht den Pfad entlangtastete, stolperte ich über die Leiche eines jungen Mannes, der Katya seit einigen Monaten den Hof gemacht hatte. Er war erschossen worden, Montjean. Und er war mausetot. Ein sauberer Schuß mitten ins Herz. Können Sie sich das vorstellen?«

Ich vermochte nicht zu antworten.

»Wie Sie sich denken können, wurde ich mit einem Schlag nüchtern. Ich wußte sofort, daß Vater ihn getötet hatte. Warum, kann ich nicht erklären, aber ich war absolut sicher. Er hatte mehrmals seiner Abneigung gegen den jungen Mann Ausdruck gegeben – ein nichtsnutziger Mensch: Katyas nicht würdig ... und so weiter.«

»Aber ... ich kann nicht glauben, Ihr Vater hätte ... Er ist ein sanfter und freundlicher Mann. Ein bißchen verwirrt, aber doch nicht ...«

Paul machte die Augen auf und stützte sich auf einen Ellbogen, um mich direkter anzusprechen. »Mein Vater, Montjean, ist verrückt.«

Die sachliche Art, in der er das sagte, ließ mir einen kalten Schauer über den Rücken laufen.

»Es liegt uns im Blut. Mein Urgroßvater starb in einer Anstalt. Einer meiner Großonkel lebte bis zu seinem Tod eingekerkert im eigenen Haus, heimlich versorgt von zwei Töchtern, die unverheiratet blieben. Ein Cousin von uns brachte sich um, indem er sich vor einen Zug warf. Es hat den Anschein, als würde die Krankheit über die männliche Linie unserer Familie weitervererbt. Das ist der Grund, warum ich nie heiraten, nie Kinder haben darf. Mein eigener Vater war von jeher eine Art Einsiedler und zog es vor, in vergangenen Jahrhunderten zu leben, statt sich der Realität zu stellen. Als er meine Mutter kennenlernte, verliebte er sich so uneingeschränkt, so verzweifelt, daß ihre Freunde sie vor der Heirat warnten, sie hielten Vaters Hingabe in ihrer Intensität für beinahe ungesund. Aber sie nahm seinen Antrag an, und nicht ganz ein Jahr lang lebten sie in einem regelrechten Liebestaumel. Sie wurde beinahe sofort schwanger, und bei der Geburt starb sie. Der Schock brachte meinen Vater völlig aus dem Gleichgewicht. Es bedarf keiner weiteren Erwähnung, daß er sich nie wieder verliebte ... nie wieder eine andere Frau auch nur ansah. Er zog sich völlig in sich selbst zurück und widmete sein gesamtes Gefühlsleben seinen Studien und uns ... Katya und mir.

Ich glaube, ich habe Ihnen bereits erzählt, daß Katya und ich unserer Mutter unheimlich ähneln. Ich habe

Fotografien von ihr gesehen, und die Ähnlichkeit ist geradezu gespenstisch. Wirklich beunruhigend. Ich behaupte nicht, die psychologischen Vorgänge zu verstehen – das fällt eher in Ihr Spezialgebiet –, aber ich glaube, daß es sich folgendermaßen zugetragen hat: Vater schlenderte in den Garten, in Gedanken ganz bei seinen Studien, und erblickte Katya in den Armen eines jungen Mannes. Alles ganz unschuldig, natürlich. Junge Leute, die das Ausmaß ihrer Gefühle, die Grenzen ihrer Liebe entdecken wollen ... so etwas dieser Art. Was Vater jedoch sah, war ... *seine Frau* in den Armen eines anderen Mannes. Er ging in sein Arbeitszimmer zurück, wie vor den Kopf geschlagen und total verwirrt. Katya sagte dem jungen Mann gute Nacht und zog sich in ihr Zimmer zurück. Der Bursche lungerte noch im Garten herum, erfüllt von Träumen der zuckersüßesten Art, wie wir annehmen dürfen. Noch einmal kommt Vater in den Garten. Diesmal hat er eine Waffe – eine meiner Sportpistolen. Und ...« Paul zog die Mundwinkel herab und zuckte mit der Schulter.

Er legte sich auf die Decke zurück und schloß die Augen. Nach einiger Zeit fuhr er fort. »Ich kann natürlich nicht wissen, ob es sich genauso abgespielt hat, aber ich denke schon, daß es so ähnlich war. Auf jeden Fall stieß ich, als ich in der Nacht nach Hause kam, auf den armen Kerl. Damals hatte ich die distanzierte Kaltblütigkeit, die eine meiner anziehendsten Charaktereigenschaften geworden ist, noch nicht perfektioniert. Ich war verschreckt, verwirrt, schockiert – wirklich, ich durchlebte den ganzen den Ereignissen angemessenen Gefühlsmischmasch. Unfähig, klar zu denken, weckte ich Katya auf und erzählte ihr, was geschehen war. Sie können sich ihre Reaktion vorstellen. Wir redeten stundenlang ... bis spät in die Nacht hinein. Was sollten wir tun? Es war undenkbar, zuzulassen, daß Papa ins Gefängnis kam oder, noch schlimmer, in eine Anstalt. Die meiste Zeit über war Katya einem Nervenzusammenbruch gefährlich nahe. Sie klammerte sich so fest an meine Hand, daß sie mir mit den Fingernägeln die Haut aufriß, und wand sich wie im Krampf. Aber sie weinte nicht. Tatsächlich hat sie seitdem nie wieder geweint.

Da wir nicht wußten, was wir tun sollten, kamen wir überein, gar nichts zu tun. Wenigstens nicht bis zum nächsten Morgen. Ich schickte Katya zu Bett – nicht, daß sie hätte schlafen können – und schleifte die Leiche ins Gebüsch, um sie dort zu verbergen, bis ich über mein weiteres Vorgehen Klarheit gewonnen hätte.«

Ohne jede Bewegung saß ich da, unfähig zu begreifen, was ich hörte. Ich weiß noch, daß die Sonne mir heiß in den Nacken schien, doch unter der warmen Haut spürte ich eiskaltes Entsetzen. Die Brise schlug eine Ecke der Decke um und bedeckte damit meine ausgestreckten Beine. Bis zum heutigen Tag ist das Bild der weißen Decke auf meinen Beinen aus mir unerfindlichen Gründen die Quintessenz jenes Moments für mich. Schließlich brachte ich heraus: »Aber welche Wahl blieb Ihnen denn? Gewiß bestand doch Ihr Vater darauf, zu seiner Tat zu stehen und nicht zuzulassen, daß seine Kinder darein verwickelt wurden?«

»Das Schicksal macht sich ein besonderes Vergnügen aus ironischen Schlenkern, Montjean. Vater gestand seine Tat tatsächlich ein, aber das heißt noch lange nicht, daß er dazu stand. Am nächsten Morgen konnte sich Vater an nichts mehr erinnern. An rein gar nichts. Es war seinem Gedächtnis einfach entfallen. Wie ausgelöscht. Der Mann, mit dem ich das Frühstück einnahm, der Mann, der über ein unwichtiges, mittelalterliches Histörchen plapperte, war vollkommen unschuldig, hatte in seinem ganzen Leben keiner Menschenseele etwas zuleide getan, ja, er war nicht einmal imstande, jemandem etwas zuleide zu tun. Er erinnerte sich an rein gar nichts. In der Tat, seit jener Nacht ist Vaters Gedächtnis schwach und unvollständig bis zur Lächerlichkeit, was sogar Ihnen aufgefallen sein muß. Sie können sich gewiß kaum vorstellen, daß dieser vage und zerstreute Kopf, der er heute ist, einst einer der angesehensten Privatgelehrten Frankreichs war. Vor diesem ... Unfall ... waren sein Verstand und sein Gedächtnis glasklar.«

»Aber ich verstehe das nicht. Wenn er sich nicht an den Vorfall erinnerte, wie konnte er ihn dann eingestehen?«

»Mein lieber Freund, wenn ich schon nichts anderes bin, so doch so gescheit, daß man es schon fast gerissen nennen kann. Ich bediente mich mehrerer Halbwahrheiten und all meiner Einbildungskraft, um ihn dazu zu bewegen, vor den Behörden einzugestehen, daß er den jungen Mann erschossen hatte, ohne ihn gleichzeitig dem entsetzlichen Wissen preiszugeben, daß er kaltblütig einen Menschen umgebracht hatte ... ohne ihn mit der Tatsache zu konfrontieren, daß er verrückt war. Zuerst einmal sagte ich ihm geradeheraus, daß der Bursche tot wäre, in unserem Garten erschossen. Dann erfand ich die Geschichte, er hätte versucht, Katya seine Aufmerksamkeiten aufzuzwingen, und sie habe ihn in ihrer Panik erschossen.«

»*Was?*«

»Heben Sie sich Ihr Erstaunen auf, alter Freund. Die Geschichte wird noch verzwickter. Ich konnte Vater davon überzeugen, daß Katya in ihrem Schockzustand nicht mehr die geringste Erinnerung daran hatte, den jungen Mann getötet zu haben. Er stimmte mit mir darin überein, daß es grausam – und möglicherweise sogar schädlich für ihren Verstand – sei, sie die schreckliche Wahrheit wissen zu lassen. Gemeinsam fabrizierten Vater und ich die Geschichte, *er* habe den jungen Mann unabsichtlich erschossen, da er ihn für einen Eindringling hielt. Wie Sie sehen, gab Vater den Mord an dem Jungen zu, ohne jemals zu erfahren, daß er ihn tatsächlich begangen hat. Nach nur oberflächlicher Untersuchung akzeptierte die Polizei unsere Geschichte.«

»Oberflächlich?«

»Wir sind schließlich eine nicht unbedeutende Familie. Die Gerechtigkeit mag zwar blind sein, aber sie entbehrt nicht eines gewissen Gespürs für gesellschaftliche Konventionen. Die Armen werden geröstet und ins Kreuzverhör genommen; die Reichen diktieren ihre Stellungnahmen und achten dabei auf korrekte Orthographie.«

Paul hatte die Ereignisse mit geschlossenen Augen, auf dem Rücken liegend, langsam und monoton, beinahe gelangweilt, hererzählt. Ich fragte mich, ob seine nüchterne Sorglosigkeit seinem gefühllosen Charakter entsprang oder ein Schutzwall war, den er um sich errichtet hatte.

»Und Katya?« fragte ich nach kurzem Schweigen. »Wie hat sie das alles aufgenommen?«

»Das können Sie sich wohl denken. Sie mochte den jungen Mann ... vielleicht liebte sie ihn sogar. Sein Tod war ein Schock für sie; die Art und Weise, wie er umkam – durch die Hand ihres eigenen Vaters –, war erschütternd. Hätte sie außerdem gewußt, daß der Schuß kein Unfall war, daß ihr Vater (oder wohl eher der Irrsinn, der in ihrem Vater steckt) ihn kaltblütig niedergeschossen hatte – ich wage nicht darüber nachzudenken, welche Wirkung das auf sie gehabt hätte. Glücklicherweise hat sie es nie erfahren. Sie sehen also, daß meine Familie bis heute nur in einem dünnen Netz miteinander verwobener Halbwahrheiten überleben konnte. Katya glaubt, daß Vater den jungen Mann irrtümlich erschoß und daß sein Geisteszustand durch das Ereignis empfindlich gelitten hat. Vater glaubt, daß

Katya den Burschen, als er versuchte, ihr Gewalt anzutun, in Panik erschoß. Und beide sind gewillt, alles Erforderliche zu tun – wenn es sein muß, sich entwurzeln zu lassen und bis ans Ende der Welt zu gehen –, nur, um den jeweils anderen zu schützen. Ich hoffe, Sie sehen ein, wie gefährlich es für beide wäre, wenn Ihre Nachforschungen dazu führten, sie mit der Wahrheit zu konfrontieren. Ihre Herumschnüffelei in unseren Angelegenheiten könnte unversehens das fragile Lügengespinst zerreißen, das verhindert, daß mein Vater und meine Schwester die entsetzliche und zerstörerische Wahrheit entdecken.«

»Und Sie sitzen im Zentrum des Netzes. Der Spinnengott, der ihre Schicksalsfäden in der Hand hält.«

Paul stieß einen langen, zitternden Seufzer aus, als wäre er meiner unendlich überdrüssig. Er schwieg eine Weile, dann fuhr er in seinem ausdruckslosen, beinahe lässigen Tonfall fort: »Für Papa hätte es nicht die Guillotine bedeutet. Er wäre in eine Anstalt gekommen. Haben Sie jemals gesehen, Montjean, wie es in einer Anstalt für Wahnsinnige, die ein Verbrechen begangen haben, zugeht? Haben Sie auch nur die geringste Ahnung, wie es dort aussieht?«

»Das habe ich, in der Tat. Bevor ich nach Salies kam, war ich ein Jahr lang Assistenzarzt in Passy.« Ich gab Paul gegenüber nicht zu, daß meine Erfahrungen in Passy mich von meinem Vorhaben abgebracht hatten, mein Interesse an der neuen Wissenschaft der Psychoanalyse weiterzuverfolgen. Ich hatte die Behandlung der Geisteskranken, selbst in einer so fortschrittlichen Einrichtung wie Passy, als brutal, erniedrigend und entsetzlich empfunden. Die Pflegerinnen und Wärter schienen allesamt dem Abschaum der Gesellschaft zu entstammen. Der Fall, der sich meinem Gedächtnis als die Personifizierung der Schrecken solcher Institutionen eingebrannt hatte, war der einer jungen Frau, die ich hier Mademoiselle M. nennen will. Hinter ihrer schmutzigen, in der Tat Abscheu erregenden Fassade war sie jung und sehr hübsch. Das Ereignis, das sie dazu getrieben hatte, sich aus der Realität zu flüchten, hing mit einem Inzest zusammen. Hier auf Einzelheiten einzugehen, führt zu nichts. Mademoiselle M. pflegte über das Gelände von Passy zu spazieren, ihr Gesicht leer und abweisend, ihre sanften Augen ausdruckslos. Das hervorstechendste Symptom ihres Zustandes war ihre Angewohnheit, sich selbst zu besudeln und niemandem zu erlauben, sie zu säubern. Trotz meines natürlichen Ekelgefühls empfand ich besonderes Mitleid mir ihr, und nach vielen Monaten, in denen ich sie behutsam und ganz allmählich dazu gebracht hatte, mir zu vertrauen, erfuhr ich etwas, das mir einen Schock versetzte und mich mit Wut erfüllte. In den ersten Wochen ihres Aufenthalts in Passy war die sanfte und in sich gekehrte Mademoiselle M. das Opfer häufiger und ziemlich exzentrischer sexueller Übergriffe seitens der Wärter und Pfleger geworden, die, wie ich später herausfand, derartige Gelegenheiten als eins der Privilegien betrachteten, die ihre unbeliebte Tätigkeit mit sich brachte. Mademoiselle M. vertraute mir mit dem Ausdruck heimlichen Stolzes an, daß sie, um sich vor solchen Überfällen zu schützen, die Methode ersonnen habe, sich selbst zu besudeln und somit so abscheuerregend zu machen, daß sie nicht mehr begehrenswert wirkte.

Aufgebracht und wütend meldete ich meine Entdekkung dem Krankenhausleiter, der mich davor warnte, dem verdrehten Geschwätz von Personen, die sich per definitionem der Realität entzogen, Glauben zu schenken. Aber er sicherte mir zu, sich der Sache anzunehmen.

Im Laufe der nächsten Monate widmete ich einen großen Teil meiner Zeit Mademoiselle M., die sich, trotz der tiefen Wunde, die ihrer Seele geschlagen worden war, als charmante und sehr intelligente junge Frau entpuppte. Ganz allmählich und nicht, ohne mehrere entmutigende Rückschläge hinnehmen zu müssen, überzeugte ich sie davon, daß die Gefahr für sie vorüber sei und sie es wagen könne, ohne den gräßlichen Panzer aus ihren eigenen Fäkalien zu leben. Ich entsinne mich noch genau der Gefühle von Freude und Stolz über meine Leistung, die mich eines Morgens im Spätfrühling überkamen, als sie frisch und sauber, das Haar gebürstet und mit einem Stück Band zurückgebunden, in den kleinen Sitzungsraum kam. Ich war nicht so töricht, ein großes Theater um ihren Sieg über ihre Ängste zu machen, doch als ich gegen Ende unserer Sitzung beiläufig erwähnte, sie sähe heute morgen ganz besonders nett aus, erntete ich ein Lächeln scheuer Freude.

Bei der nächsten Sitzung blieb sie aus, doch da dies im Laufe unserer Beziehung schon mehrmals vorgekommen war und es nicht unüblich ist, daß sich ein Patient nach Überwindung einer psychischen Schranke für ein oder zwei Tage in sich selbst zurückzieht, war ich nicht sonderlich überrascht. Als sie jedoch auch am folgenden Morgen nicht erschien, machte ich mich auf die Suche nach ihr.

Ich fand sie in ihrer Zelle, wo sich eine mürrische Matrone um sie kümmerte, deren märtyrerhafte «Ich-hab's-Ihnen-doch-gesagt«-Miene ihr überkommenes Mißtrauen gegen meine läppische Methode, die Verrückten zu behandeln – nein, zu verwöhnen –, verriet. Mademoiselle M. hatte sich in einer Ecke ihrer Zelle auf dem Fußboden zusammengerollt, ihr Kleid in Fetzen gerissen, ihre Wangen mit den Fingernägeln blutig gekratzt, stank nach den Fäkalien, die sie sich über die Arme und ins Haar geschmiert hatte, und fauchte mich an wie ein wildes Tier. Mir war sofort klar, was ihr widerfahren sein mußte – wahrscheinlich auf dem Rückweg von unserer Sitzung in ihre Zelle. Weil sie mir vertraut hatte, hatte sie es gewagt, sauber umherzugehen . . . und begehrenswert.

Ich kniete neben ihr nieder und streckte in einer Geste des Trostes die Hand nach ihrer Schulter aus, doch sie schreckte zurück und fauchte mich an. Haß glitzerte in ihren zusammengekniffenen Augen, als sie ihr zerrissenes Kleid hochzerrte, ihr nacktes Geschlechtsteil entblößte und zischte: »Sie sind dran! Sie sind dran! Sie sind dran!«

Ich platzte mit der Forderung nach unverzüglicher Untersuchung und Erteilung der Höchststrafe ins Büro des Krankenhausleiters. Er begegnete mir mit der kalten Gleichgültigkeit eines Beamten, dessen größter Wunsch es ist, unnötige Schwierigkeiten und öffentliche Aufmerksamkeit zu vermeiden. Für mich war es offensichtlich, daß er nicht vorhatte, mehr als eine oberflächliche Befragung durchzuführen, weil, wie er mir mit einem leichten Achselzucken mitteilte, wir nicht vergessen durften, daß die Verrückten dazu neigen, solche Dinge zu erfinden – sogar mit Genuß, wirklich.

Als ich ihm meine Absicht, den kompletten Fall der Presse zu übergeben, ins Gesicht schrie, wurde sein Blick hart, er stand auf und sah mir ins Gesicht. In kaltem, bestimmtem Ton erinnerte er mich daran, daß jedermann in Passy von meiner besonderen Aufmerksamkeit für Mademoiselle M. wisse und unsere Aktivitäten während unserer »Sitzungen« weithin bekannt seien.

Bei meinem ersten Hieb ging seine Brille zu Bruch, beim zweiten seine Nase.

Ich wurde fristlos entlassen, und das Zeugnis, das man mir ausstellte, war dergestalt, daß ich jede Hoffnung aufgeben konnte, jemals in einer guten Praxis angenommen zu werden. Und diese verdammende Beurteilung war der Grund für die Überraschung und Dankbarkeit, die ich empfunden hatte, als Doktor Gros mich aufforderte, während des Sommers in seiner Klinik in Salies zu arbeiten.

Dieser Erfahrungen hatte ich mich erinnert und eine ganze Zeitlang geschwiegen, bevor ich noch einmal zu Paul sagte: »Ja, die Institutionen für Wahnsinnige, die ein Verbrechen begangen haben, sind mir nicht unbekannt.«

»Dann wissen Sie auch, daß sie unbeschreiblich schlimm sind. Als ich versuchte zu entscheiden, was ich tun sollte, wenn Vater jemals einen Rückfall erlitte, habe ich eine dieser Anstalten besucht. Diese armen, sabbernden, auch der geringsten Würde beraubten Insassen! Diese tyrannischen Wärter mit ihren brutalen, gedrungenen Gesichtern, nichts als Geschwätz und Gestank! Ich könnte niemals zulassen, daß ein kultivierter und gebildeter Mensch wie mein Vater einem solchen Schicksal anheimfällt. Nach dem Tod unserer Mutter hat er all seine Zuneigung auf Katya und mich konzentriert. Es war schließlich unsere Geburt, die ihm die Frau nahm, die er mehr liebte, als die meisten Männer überhaupt zu lieben imstande sind. Wir können ihm niemals zurückzahlen, was wir ihm schuldig sind.«

»Aber wenn seine verwirrte Identifikation Katyas mit seiner Frau ihn einmal dazu brachte zu töten, könnte das nicht ein zweites Mal passieren?«

»Das ist nicht auszuschließen. Und deshalb behalte ich ihn aufmerksam im Auge, damit mir auch nicht das kleinste Anzeichen von Verwirrung entgeht.«

»Ich nehme an, diese ›Anzeichen‹ sind wieder aufgetreten?«

Nach einer Weile nickte er.

»Und deshalb haben Sie den plötzlichen Entschluß gefaßt, von Etcheverria zu fliehen?«

Er nickte wieder.

Jetzt verstand ich, weshalb Paul von mir verlangt hatte, die Tatsache, daß ich Katya gern hatte, vor ihrem Vater zu verbergen; weshalb er mich davor gewarnt hatte, sie zu berühren, sie in die Arme zu nehmen. Er sah mich als nächstes Opfer der Geisteskrankheit seines Vaters! Alle seine Handlungen und Beweggründe, die ich einer ungesunden Eifersucht zugeschrieben hatte, waren jetzt klar.

Aber es war nicht Paul, dem meine Sorge galt. »Arme Katya«, sagte ich weich. »Wie ungerecht das Leben mit ihr umgeht! Und sie bemüht sich so sehr, wenigstens ein bißchen Freude an den Schönheiten der Natur zu haben, sich mit ihren albernen Witzen zu vergnügen . . . diesen gequälten Wortspielen. Gütiger Gott, sie darf sich nicht einmal von einem Mann, der sie liebt, in die Arme nehmen lassen!«

»Ja, arme Katya.« Paul setzte sich auf. »Und armer Paul, wenn wir schon dabei sind. Sogar armer Jean-Marc, denke ich. Aber vor allem: armer, armer Papa.«

»Nein. Nicht ›vor allem‹! Ich bemitleide ihn, aber sein Leben ist fast zu Ende gelebt. Sie und Katya sind noch jung. Und indem Sie sich beide opfern, verschwenden Sie Ihr Leben!«

»Wir haben keine andere Wahl. Wir haben das alles besprochen und sind beide der gleichen Meinung. Wie könnte Katya glücklich sein in dem Bewußtsein, ihr Glück auf Kosten ihres Vaters erworben zu haben, der zu sabbernden Irrsinnigen und sadistischen Wärtern gesperrt würde? Was mich betrifft . . .« Er zuckte mit der Schulter. »Verschwenden Sie Ihr Mitleid nicht an mich, Montjean. Ich habe mir mein Leben sorgfältig so eingerichtet, daß ich einem Übermaß an Glück wie auch an Leid entgehe. Ich habe mir eine sichere und kluge Oberflächlichkeit zugelegt. Ich habe Gelüste, aber keinen Appetit. Ich lache, aber ich lächle selten. Ich hege Erwartungen, aber keine Hoffnung. Ich habe

Witz, aber keinen Humor. Ich entwickle Intelligenz, entsage jedoch allem, was wirklich fundiert ist. Ich bin bemerkenswert kühn, aber vollkommen mutlos. Ich bin offen, aber niemals aufrichtig. Charme ziehe ich der Schönheit vor, das Bequeme dem Nützlichen, das Wohlgedrechselte dem Bedeutungsvollen. In allem preise ich die Kunstfertigkeit!« Er machte eine Pause und grinste. »Und manche könnten mich sogar des Selbstmitleids bezichtigen.« Dann zuckte er mit der Schulter. »Auf jeden Fall ist das Leben, das zu verspielen Sie mich beschuldigen, ohnehin nicht soviel wert. Wenn ich tatsächlich spiele, dann ist der Einsatz nur gering.«

»Aber was ist mit Katyas Leben ... und mit meinem? Sie sind es wert, gerettet zu werden. Was sollen wir tun?«

»Was wir tun sollen, ist –« Sein Blick konzentrierte sich auf einen Punkt hinter mir. »– ist, so zu tun, als hätten wir unbeschwert miteinander geplaudert. Denn da sind sie, kommen gerade den Hügel herauf. Und wir müssen alles tun, um ihnen den Tag amüsant und unvergeßlich zu machen. Herrje, verdammt will ich sein, wenn sie nicht einen ganzen Arm voll stinkender Unkräuter anschleppt und sie mir unter die Nase reibt!«

»Hören Sie zu, Paul«, sagte ich rasch. »Bevor sie hier sind. Gewähren Sie mir ein paar Minuten allein mit Katya, wenn wir nach Etcheverria zurückgekehrt sind. Ich stimme zu, daß Sie und ich den heutigen Tag so leicht und vergnüglich wie möglich für sie gestalten, und ich habe nicht die Absicht, während des Festes auch nur ein Wort über das andere zu verlieren. Aber ich bestehe darauf, eine Gelegenheit zu bekommen, bei der ich ihr sagen kann, daß ich jetzt alles verstehe. Ich möchte eine letzte Chance haben, sie zu überreden, mit mir fortzugehen, sich selbst zu retten.«

»Es hat keinen Zweck. Sie wird nicht mit Ihnen gehen. Ihr Familiensinn ist zu stark. Sie liebt ihren Vater zu sehr.«

»Ich muß unbedingt eine letzte Chance haben, sie zu überzeugen! Geben Sie mir eine halbe Stunde! Eine *Viertelstunde*!«

Katya und Monsieur Treville waren nun nahe genug, so daß sie winken und auf die Mengen von Wildpflanzen deuten konnte, die sie trug.

»Paul? Bitte!«

»Es ist zu gefährlich für Sie, mit ihr allein zu sein. Papa könnte Sie sehen.«

»Das Risiko nehme ich auf mich. Ich trage die Verantwortung.«

Er nagte an seiner Lippe. »Nun gut, Montjean. Sie kriegen Ihre Viertelstunde allein mit ihr am Ende des Gartens. Aber um unser aller willen muß ich einen Preis dafür fordern. Sie müssen mir versprechen, daß Sie nach heute nacht nie wieder nach Etcheverria zurückkehren. Ich muß Ihr Wort darauf haben. Wenn Katya es ablehnt, mit Ihnen davonzulaufen – was sie gewißlich tun wird –, dürfen Sie keinerlei Versuch machen, sie wiederzusehen. Es ist zu gefährlich. Nun?«

Monsieur Treville kam auf uns zu, wobei er seinen Panama abnahm und sich mit einem großen Taschentuch den Schweiß von der Stirn wischte. »Das war eine anstrengende Kletterei, ihr jungen Herren! Aber an der Gave unten ist es wunderschön. Ihr hättet mitkommen sollen.«

»Nein, danke«, rief Paul zurück. »Zuviel Schönheit verdirbt den Intellekt – so wie zuviel Zucker die Zähne.« Mit leiser Stimme sagte er: »Nun, Montjean? Habe ich Ihr Wort?«

»Ja«, flüsterte ich. »Ich verspreche es.« Dann fragte ich laut: »Was haben Sie uns mitgebracht, Katya? Gütiger Gott, haben Sie dort unten wenigstens noch eine einzige Blume stehenlassen?«

»Selbstverständlich! Ich habe nur die gepflückt, die mir einsam vorkamen.«

»Nun denn!« sagte Monsieur Treville und rieb sich die Hände. »Laßt uns hier aufräumen und uns auf den Weg zum Fest von Alos machen. Denkt nur! Ich werde mit eigenen Augen das Ritual der Ertränkten Jungfrau verfolgen können! Das wird ein Ereignis! Dazu den Doktor hier als Führer, ein junger Mann aus dem Bezirk. Was für ein Glück!«

»O ja«, sagte Paul in lässigem, nasalem Tonfall. »Was für ein schreckliches Glück.«

*

Da Paul jetzt die Zügel übernehmen wollte und sich nach vorn zu Katya setzte, nahm Monsieur Treville im Fond neben mir Platz. Er gestand mir, sein Bummel am Fluß habe ihm zu Bewußtsein gebracht, bis zu welchem Grade Lage und Wohlergehen mittelalterlicher Dörfer von Wasserwegen bestimmt wurden. »Das düstere Mittelalter war nicht in dem Sinne düster, daß es ihm am Licht der Gelehrsamkeit gemangelt hätte. Nicht, weil es an Erleuchtung fehlte, ist es düster, sondern weil wir, die wir uns damit befassen, manchmal blind sind. Wir wissen viel, aber wir wissen die falschen Dinge. Wir wissen von den Königen, den Kriegen, den Verträgen, vom Auf und Ab der Handelsströmungen. Die kühne Fassade der Epoche ist uns ganz klar, aber wir wissen nicht, was hinter dieser Fassade geschah. Wir haben nur wenig Gespür für die Ereignisse des täglichen Lebens, die Alltagsarbeit, die Ängste und Hoffnungen des gemeinen Mannes. Im großen und ganzen wissen wir zwar, was er tat, aber wir wissen nicht, was er dabei *empfand.* Und für das Verständnis seiner Zeit sind die Gefühle der Menschen des Mittelalters von größerer Bedeutung als die Gefühle des modernen Menschen für das Verständnis der heutigen Zeit, denn in der damaligen Zeit war Aberglaube wichtiger als Wahrheit, Glaube wichtiger als Wissen. Es war das Zeitalter der Mysterien, der Dämonen und Wunder. Deshalb bin ich so versessen darauf, dem Schauspiel von Robert le Diable und dem Ritual der Ertränkten Jungfrau beizuwohnen.«

»Daran bin ich auch interessiert, Papa«, sagte Paul über die Schulter. »Offengestanden, findet der Brauch, alle Jungfrauen zu ertränken, die, sagen wir: älter als zweiundzwanzig sind, meinen Beifall. Er könnte junge Frauen dazu anspornen, ihren Drang nach Keuschheit in Frage zu stellen, der, wenn schon nicht regelrecht egoistisch, so doch zumindest unfreundlich ist.«

»Ist das eine Art, vor deiner Schwester daherzureden?« sagte Monsieur Treville echt entsetzt. »Ich weiß, daß du nur Spaß machst, aber Jungfräulichkeit ist kein Thema, das in Gegenwart von jungen Damen diskutiert werden sollte.«

»Ach? Ich hätte es für das ideale Gesprächsthema gehalten ... im Gegensatz zur Promiskuität, zum Beispiel.«

»Paul!« sagte Monsieur Treville warnend.

Katya wandte das Gesicht ab und unterdrückte ein Lächeln.

»Wie du willst, Vater«, fuhr Paul fort. »Ich werde also nie wieder von Jungfräulichkeit sprechen, noch auch von irgendeiner anderen der sieben Todsünden. Im Grunde genommen habe ich sie von jeher als vereinigten Stumpfsinn betrachtet. Ich darf doch ›vereinigt‹ sagen, nicht wahr? Oder ist Vereinigung ebenfalls ein Tabu?«

Katya zog Paul eine Grimasse und bedeutete ihm, ihren Vater nicht länger zu foppen. »Erzähl uns doch von der Ertränkten Jungfrau, Papa«, sagte sie und lenkte mutig die Unterhaltung in sichere Bahnen.

»Ah, das ist eine faszinierende Geschichte, meine Liebe. Sie wird jedes Jahr beim Fest von Alos, dem wir heute beiwohnen werden, zelebriert. Ich nehme an, Jean-Marc hier kennt die Sage besser als ich, da er in seiner Kindheit sicher jedes Jahr das Fest miterlebt hat.«

»In Wirklichkeit habe ich gar nicht gewußt, daß dem Brauch ein historisches Ereignis zugrunde liegt, Monsieur. Ich erinnere mich lediglich, daß jedes hübsche Mädchen in den drei Dörfern danach trachtete, für die Rolle der Jungfrau erwählt zu werden. Das galt als große Ehre. Das letzte Wort hatte der Pfarrer – und hat es noch heute, nehme ich an.«

»Wer wäre auch besser in der Lage, das zu beurteilen?« fragte Paul.

»O doch«, sagte Monsieur Treville. »Die Tradition ist tatsächlich geschichtlich fundiert. Im Jahre 1170 wurde Sancie, die Witwe Gaston des Fünften von Béarn – ich frage mich, warum sie immer als Jungfrau bezeichnet wird? –, einem der berüchtigten Gottesurteile unterworfen. Sie wurde an Händen und Füßen gebunden und in die Gave geworfen – der Fluß zu eurer Rechten –, um herauszufinden, ob sie des Mordes an ihrem Kind schuldig war, das etliche Zeit nach dem Tode ihres Gemahls geboren wurde. Es war ihr eigener Bruder, der König von Navarra, der diese Methode des Gerichtsverfahrens festsetzte. Man glaubte, wenn sie an der Oberfläche schwämme, so unterstütze Gott sie in ihrer Unschuldsbehauptung; wenn sie jedoch ertränke, so sei dies Gottes Urteil über sie. Ah, sie hatten noch einen richtigen Gott, die Menschen des Mittelalters! Einen Gott, der die Flüsse bewohnte und den Regen, keinen solch distanzierten wie wir heute, der nicht viel mehr als ein Makler für ewige Verdammnis oder Seligkeit ist. In jenen Tagen lebte Gott in jedem Dorf . . . und der Teufel ebenfalls. Ach ja, ich erinnere mich an einen Zwischenfall in Abense-de-Haut im Jahre 1223, bei dem ...«

Während er die Krempe seines Panamahutes festhielt, damit ihn der Wind nicht davontrug, und uns eine Rede über seine verworrene, aber hochherzig humanistische Ansicht über Geschichte hielt, saß ich neben ihm in dem schaukelnden Surrey und konnte verstehen, weshalb Paul seinen Vater nicht für schuldig hielt, den jungen Mann umgebracht zu haben, dessen einziges Verbrechen darin bestanden hatte, Katya zu lieben. Konnte irgend jemand mit vollem Recht behaupten, daß dieser Mann, dessen Gedächtnis nicht die geringste Erinnerung an den Unfall barg, ein Mörder sei? War das Verbrechen nicht von einer anderen Person begangen worden, die sich in ihm verbarg und sozusagen als Monsieur Treville ausgab? Und wäre der Gerechtigkeit denn gedient, wenn er bestraft, in eine stinkende Anstalt gesteckt würde – für eine Tat, von der er keine Kenntnis hatte, an die er sich nicht erinnerte? Ich konnte Pauls Dilemma verstehen; es war auch mein Dilemma. Aber alle rechtlichen Erwägungen wurden dem Gedanken an Katyas Wohlbefinden unterworfen. Ihr Glück ... vielleicht sogar ihr Leben ... durfte nicht formellem Recht geopfert werden. Und war ich denn noch schuldlos, wenn ich mein Glück ebenfalls in die Waagschale warf?

Nein, wahrscheinlich nicht.

»Aber Papa, willst du uns nicht erzählen, was aus der armen Frau geworden ist?« fragte Katya und unterbrach ihren Vater, als er gerade zu einer neuerlichen Abschweifung ansetzte.

»Was für eine arme Frau?« fragte Monsieur Treville verwundert.

»Die an Händen und Füßen gebunden in den Fluß geworfen wurde!«

»Ach so, die. Nun ... sie schwamm!«

»Schön für sie«, sagte Paul. »Kluges Köpfchen. Aber schließlich war es unter diesen Umständen wohl das einzig Vernünftige, denke ich.«

»Ja, ja, sie schwamm. Und nachdem man sie aus dem Wasser gezogen hatte, wurden ihr all ihre vorherigen Güter und Machtbefugnisse zurückgegeben.«

»Und ihr Bruder?« fragte ich. »Was widerfuhr ihm dafür, daß er seine Schwester seinen eigenen Ansichten von Gut und Böse geopfert hatte?«

Paul drehte sich um und ließ seinen ruhigen, stählernen Blick auf mir haften.

»Die Geschichte berichtet, daß er seine lange und ereignislose Regentschaft fortsetzte«, informierte uns Monsieur Treville. »Und das Ereignis wird bis auf den heutigen Tag beim Fest von Alos gefeiert – gütiger Gott! Was ist *das* denn!« Er drehte sich um und hielt nach dem Ursprung der kreischenden Huptöne hinter uns Ausschau. Ein Automobil mit reichlich messingverzierten Scheinwerfern hatte uns eingeholt und signalisierte uns, an den Straßenrand zu fahren, um es vorbeizulassen. Die Insassen, zwei junge Männer und drei junge Frauen, angetan mit sämtlichen Attributen modischer Autofahrerkleidung, schrien und lachten und winkten mit den Händen, während sie näher kamen, mit der Front ihres Gefährts beinahe unser Hinterrad streiften und sich vor Lachen bogen, als unser Pferd bei der ungewohnten Erscheinung der Maschine und dem Lärm in Panik geriet und scheute. Während wir vom Straßenrand in den flachen Entwässerungsgraben schlingerten und die Kutsche beinahe umkippte, konnte Paul das Pferd gerade noch vorm Durchgehen bewahren. Beim Überholen schmetterte die Hupe einen langen, höhnischen Ton, und der junge Mann am Steuer des Automobils brüllte irgend etwas über » . . . das zwanzigste Jahrhundert!«, während sie in einer Wolke aus Staub und beißendem Bezindunst davonpreschten, kreischend vor Lachen über ihren großartigen Spaß.

Wutschäumend, mit weißen Knöcheln, hielt Paul das Pferd in Schach, während wir anderen vorsichtig von der höher stehenden Seite der Kutsche abstiegen, um sie nicht zum Umkippen zu bringen. Katyas erste Sorge galt dem Pferd, das in seiner Panik nach rückwärts glotzte, wobei nur noch das Weiße seiner Augen sichtbar war. Ohne Furcht, es könne sich aufbäumen oder zubeißen, streichelte sie seine Nase und liebkoste es, bis sich seine zuckenden Halsmuskeln beruhigt hatten und es so besänftigt war, daß es auf die Straße zurückgeführt werden konnte.

Obgleich im Sommer 1914 Automobile schon ein gewohnter Anblick waren, stellten sie auf dem Lande noch immer eine Seltenheit dar, und ich hatte noch nie zuvor eines auf den engen Staubstraßen des Baskenlandes gesehen. Den Tonfall, in dem der unverschämte junge Fahrer uns zubrüllte, hatte ich als Pariser Akzent erkannt – der den anderen nicht auffiel, da sie selbst aus Paris stammten und die Worte verstümmelnde, Silben verschluckende Aussprache im Norden für korrekt und akzentfrei hielten. Die gelangweilten jungen Leute befanden sich zweifellos auf Abenteuerfahrt ins unerschlossene Hinterland und machten sich einen Spaß mit den bäuerischen Einwohnern.

Auf unserer Weiterfahrt reflektierte ich darüber, wie charakteristisch für jeden von uns die Reaktionen auf den Zwischenfall waren. Ich hatte mich unverhohlen geängstigt; Monsieur Treville fühlte sich inspiriert, laut über die unvermeidliche Verflachung althergebrachter dörflicher Traditionen als Folge des motorisierten Verkehrs nachzudenken; Katya bemühte sich eifrig um das Pferd; und Paul hatte dem Automobil nachgestarrt, seine Miene schauerlich ruhig, sein Blick kalt und ausdruckslos. Als wir über eine schmale

Brücke in Alos einfuhren, war es später Nachmittag und die Sonne glitt bereits auf die Berge zu, zwischen denen das Dorf eingebettet wie in einen Schoß lag. Der hohe Schrei der *Txitsu*-Flöte und das Klappern der Stocktrommel vom Dorfplatz her sagten mir, daß das Schäferspiel von Robert le Diable gerade im Gange war. Soviel ich mich erinnerte, war dieser Tanz eine endlose und trübsinnige Angelegenheit, so daß ich weniger begierig darauf war, ihn zu sehen, als Katya und Monsieur Treville. Paul schlug vor, sie sollten schon voran gehen, während er und ich uns um das Pferd kümmern würden. Wir würden später zu ihnen stoßen. Sie schlossen sich dem Strom der Familien und Paare an, der sich zum Platz hin ergoß, während Paul und ich wieder über die steinerne Brücke zu dem abseits gelegenen Feld fuhren, das vorübergehend in einen Abstellplatz für Fuhrwerke und Pferde verwandelt worden war, wo die Tiere angebunden und für ein kleines Entgelt gefüttert wurden. Der dafür zuständige Mann kannte mich noch von früher, und so war es unvermeidlich, daß er mich mit einem Schlag auf die Schulter begrüßte und nach einer Menge Leute fragte, an die ich mich kaum erinnern konnte. Da das Gespräch auf baskisch geführt wurde, konnte Paul nicht daran teilnehmen, und während ich mich noch freizumachen suchte, ohne unhöflich zu erscheinen, schlenderte er davon. Der Preis meiner Freiheit war eine Verabredung, später am Abend mit dem Pferdeknecht eine *txikiteo* zu machen, eine Runde durch die Schenken und Schanktische – eine Verabredung, von der ich hoffte, er würde sie vergessen.

Ich fand Paul am Rande einer Gruppe von Bauern und Schafhirten stehen, die Augen abgewandt und vor sich hin lächelnd. Ich folgte seinem Blick und sah das Automobil, das uns beinahe zum Umkippen gebracht hatte. Es war am Rande der Wiese unter einem Baum abgestellt, und seine messingverzierten Scheinwerfer reflektierten das Licht der untergehenden Sonne.

»Sie sind mir ausgeliefert«, sagte Paul ruhig. »Mehr bedarf es nicht, um einem den Glauben an eine göttliche Gerechtigkeit wiederzugeben.«

»Ach, gehen Sie, Paul. Amüsieren wir uns einfach, um Katyas willen. Vergessen Sie es.«

Er lächelte mich an. »Mein lieber Freund, ich habe nicht die leiseste Absicht, es zu vergessen. Nun, Doktor? Sollen wir die anderen ausfindig machen? Ich freue mich auf diesen Abend. Ich muß gestehen, daß ich befürchtete, er würde unerträglich langweilig, aber allmählich schaut es ganz gut aus.«

»Denken Sie an Ihre Schulter. Es wäre gar nicht gut, wenn sie wieder verletzt würde.«

»Was für ein gutmütiger und besorgter Mann Sie doch sind. Vielleicht sollten Sie einmal erwägen, eine Laufbahn als Arzt einzuschlagen? Nun kommen Sie, widmen wir uns der Mühsal, unserem Vergnügen nachzugehen.«

Wir entdeckten Katya und Monsieur Treville in der Menschenmenge auf dem Dorfplatz, von der sie sich durch seinen städtischen Anzug, ihr weißes Kleid und ihre weißen Schuhe abhoben. Sie standen in der ersten Reihe eines Kreises von Zuschauern um die Darsteller des Schäferspiels von Robert le Diable herum, Katya mit liebevoll interessiertem Lächeln, als wären die Darsteller ihre Freunde, ihr Vater ein konzentrierter Beobachter, der hin und wieder mit einem Bleistiftstummel Notizen auf einen Block kritzelte. Der Teufel und das Pferd rissen schlüpfrige Possen, während der Held den Tanz auf dem Glas aufführte, blitzschnelle Entrechats sprang und, auf seinen weichen Tanzschuhen balancierend, auf dem Rande eines dicken Glases landete, das mit Wein gefüllt und vor ihn aufs Pflaster gestellt worden war. Zweimal wurde der Wein verschüttet und einmal zerbrach das Glas, doch jedesmal wurde es, begleitet von ermunternden Zurufen, durch ein neues ersetzt, bis der Tänzer drei *sauts* hintereinander zuwege brachte, ohne den Wein zu verschütten, welche Fertigkeit mit dröhnendem Applaus und dem lauten Wiehern des berühmten *cri basque* seitens begeisterter Zuschauer belohnt wurde, von denen es viele bereits fertiggebracht hatten, vom Wein krumme Nasen zu bekommen, wie man hier zu sagen pflegt.

»Ich nehme an, der Wein steht für Blut«, murmelte mir Monsieur Treville zu. »Vielleicht das Blut des Sakraments. Und ich vermute, der Teufel ist eine der alten vorchristlichen Erdgottheiten. Können Sie mir Genaueres darüber sagen, was das Pferd symbolisiert, Doktor?«

»Ich fürchte nein, Monsieur. Und ich bezweifle, daß es hier überhaupt jemand könnte. Es ist eins jener baskischen Rituale, die einfach deshalb zelebriert werden, weil sie von jeher zelebriert wurden, und niemand hat jemals nach seiner Bedeutung gefragt.«

»Vielleicht stellt das Pferd Fruchtbarkeit dar«, schlug Monsieur Treville vor. »Sehen Sie, wie es der Maid nachstellt, die es schlägt und sich dann hinter dem Teufel zu verstecken sucht?«

Ich nickte zerstreut, mehr daran interessiert, das Mienenspiel in Katyas Gesicht, in dem sich Entzücken und Faszination abwechselten, zu beobachten, als daran, einen symbolischen Unterbau für ein Ritual zu konstruieren, das ich schon so oft gesehen hatte.

»Was sagen sie?« fragte Monsieur Treville.

»Wer, Monsieur?«

»Das Pferd und der Teufel, wenn sie sich anschreien und necken.«

Ich zuckte die Achseln, und vielleicht röteten sich meine Wangen ein wenig. Als Junge war es mir nie in den Sinn gekommen, darauf zu achten, doch die baskischen Scherze, die die beiden Darsteller wechselten, waren dreist unflätig und drehten sich um sexuelle Fähigkeiten und die Größe der Glieder. Ich warf einen unbehaglichen Blick auf Katya und räusperte mich. »Äh ... vielleicht haben Sie recht, Monsieur. Vielleicht soll das Pferd Fruchtbarkeit darstellen.«

»Hm-m. Und was soll jener lange Gegenstand mit der Verdickung am Ende sein, den die Maid ständig dem Helden wegzunehmen versucht?«

Ich blickte hilfesuchend auf Paul, doch er lächelte mich nur höflich an und sagte: »Ja, Jean-Marc, bitte sagen Sie es uns. Was, glauben Sie, soll dieser Gegenstand sein?«

Katya senkte die Lider und lächelte ein gerade noch wahrnehmbares Lächeln.

»Ich ... äh ... um die Wahrheit zu sagen, Monsieur, ich habe noch nie darüber nachgedacht. Sagen Sie, was stellt Ihrer Meinung nach die Person dar, die auf dem Glas tanzt?«

Monsieur Treville hob die Schultern. »Der Held und der Hanswurst ... sie könnten beide gut die Menschheit repräsentieren. Und wie passend das ist, wenn man ein wenig darüber nachdenkt.«

»Wenn ich«, sagte Paul, »die tiefschürfende Symbolhaftigkeit des Ganzen also richtig deute, so geht es um eine packende Geschichte eines Menschen, der auf einem Glas voll Blut tanzt, während der Teufel mit der Fruchtbarkeit plaudert und die Maid dem Helden sein – Verzeihung, Doktor, *was,* sagten Sie, versucht sie ihm zu stehlen?«

Mit einem letzten schrillen Crescendo der Txitsu-Flöte und einem Klappern der Stocktrommel war die Vorstellung zu Ende, und die Menge applaudierte wild und umringte die Darsteller, um sie zu einem Txikiteo einzuladen. Zur Erklärung, wohin die Menge die Schauspieler brachte, hatte ich den baskischen Ausdruck benutzt, und Katya bat mich, ihn zu übersetzen.

»Ein Txikiteo ist eine Runde durch die Schenken, wobei in jeder ein Glas Wein getrunken wird.«

»Und wie viele solcher Schenken gibt es Ihrer Schätzung nach im Dorf?«

»Fünfundzwanzig oder dreißig, wenn man die Schanktische mit einrechnet, die vorübergehend vor jedem Laden aufgestellt werden.«

»Meine Güte, Jean-Marc. Und sie werden eine komplette Runde durch *dreißig* Schenken machen?«

Ich lachte. »Was zählt, ist nicht die Komplettheit, sondern die Hingabe, mit der man sich dieser Anstrengung unterzieht. Die Basken haben außer ihrer Fähigkeit zu tanzen und hart zu arbeiten noch ein paar weitere gute Eigenschaften, die ihnen angeboren sind, doch wenn es ums Trinken auf einem Fest geht, wachsen sie über sich selbst hinaus.«

»Ich habe immer gehört, sie seien ein nüchtern denkendes Volk – sogar ein mürrisches, wenn Sie mir den Ausdruck nicht verübeln wollen«, sagte Monsieur Treville.

»Das sind sie tatsächlich. Die meisten dieser Männer sind Bauern und Schafhirten. Und das ganze Jahr über arbeiten sie jeden Tag hart und lange, mit Ausnahme am Tag des Dorffestes und am Hochzeitstag ihrer Kinder. Bei diesen Gelegenheiten trinken und tanzen sie dann. Und sie nehmen ihre Laster um keinen Deut weniger ernst als ihre Tugenden.«

Wie überall in den Bergen brach die Nacht schnell über uns herein, und die Menschenmenge auf dem Dorfplatz wurde so dicht, daß es schließlich unmöglich war, vorwärts zu kommen, ohne gegen andere Leute gedrängt zu werden. Katya und ich verloren die beiden anderen bald aus den Augen, und ich fühlte mich verpflichtet, meinen Arm um ihre Taille zu legen, damit wir nicht getrennt wurden. Quer über den Platz gespannte bunte Papierlaternen wurden von jungen Männern, die auf den Schultern anderer junger Männer standen, mit glimmenden Fidibussen angezündet, woraus sie ein Turnier machten und aneinander zerrten, um zu sehen, welcher junge Mann sich am längsten auf den Schultern seines Partners halten konnte. Dabei flogen derbe Späße hin und her, und es entstand allgemeines Gepurzel und Geschwanke und Gelächter. Ein- oder zweimal gab es ein Handgemenge, sogleich im Keim erstickt von Freunden, die die Kampfhähne trennten und zu ein, zwei Gläschen Wein davonzogen, aber echte *bagarres basques*, die gewiß noch vor Ende der Nacht ausbrechen würden, ereigneten sich nicht. Zumindest ein großes Schlachtgetümmel würde es noch geben, bei dem die jungen Männer ihre Gürtel und Schnallen als Waffen benutzten. Und es würde wie jedesmal Schnitte und Striemen und ein paar gebrochene Nasen und eingeschlagene Zähne geben. Denn was wäre schließlich ein Fest ohne seinen Krawall? Eine Sache ohne Saft und Kraft.

»Und wird es heute nacht Krawall geben?« fragte Katya.

»Oh, wahrscheinlich. Ängstigt Sie diese Aussicht?«

»Nicht im geringsten.« Ihre Augen glänzten. »Es ist aufregend.«

Akkordeon, Flöte und Trommel stimmten eine alte Weise an, und die Menge nahm den Rhythmus auf und drängte zur Mitte des Platzes. Leute wurden zurückgestoßen und ein Kreis gebildet, den wenige wagemutige Paare durchdrangen, um den Tanz zu beginnen. Katya und ich befanden uns plötzlich am innern Kreisrand, und sie drückte meinen Arm nach vorn.

»Wollen Sie tanzen?« fragte ich.

»O ja, natürlich!«

»Kennen Sie diesen Tanz?« Es war eine einfache

Form des Kax Karot, der mit Paaren beginnt und sich dann zu einem Reihentanz entwickelt, bei dem alle jungen Leute auf ein Signal hin in die Luft springen, wobei die Männer die Arme um die Taillen der Frauen zu ihren Seiten legen und so hoch springen, wie sie nur können, und die Frauen dazu bringen, Schreie auszustoßen vor Furcht, sie könnten das Gleichgewicht verlieren.

»Ich habe ihn noch nie gesehen«, sagte Katya. »Aber ich bin sicher, daß ich es kann.« Sie probierte die einfachen Schritte auf der Stelle und machte beim entsprechenden Takt einen verstohlenen kleinen Sprung. »Ja, ich kann es. Kommen Sie.«

»Nein, warten Sie noch ein wenig. Wir schließen uns später an.« Ich machte mir nicht die Mühe, ihr die komplizierten Anstandsregeln zu erklären, nach denen die Mädchen, die als erste zum Tanz antraten, als ein wenig schamlos und dreist angesehen wurden, ein Stigma, dem sie entgehen wollten, indem sie sich kokett und klagend zurückhielten und von ihren jungen Männern mitgezogen oder von kichernden Freundinnen vorwärtsgestoßen werden mußten, wobei ihre Wangen sich vor falscher Scham und echter Freude röteten. Für eine Nicht-Baskin in einem ziemlich formellen weißen Kleid hätte es sich gewiß nicht gehört, zu den ersten Tänzerinnen zu zählen.

Als ich meinen Blick über die Menge schweifen ließ, blieb er auf den fünf jungen Parisern haften, die uns in ihrem Automobil beinahe umgefahren hätten. Sie standen direkt gegenüber von uns im Kreis; die jungen Frauen sahen interessiert den ersten Tänzern zu, doch die gleichgültige Attitüde der beiden jungen Männer kündete deutlich von ihrer Verachtung für diese bäuerische Belustigung.

Bis der erste Tanz zur Hälfte vorüber war, befanden sich nicht einmal zehn Paare im Kreis, von denen die meisten frisch verheiratet waren oder in Kürze heiraten würden, denn dieser Status befreite die Frauen von jeglichem Verdacht, schamlos zu sein und sich zur Schau stellen zu wollen. Dann schubste ein Bauer mittleren Alters, der schon ein wenig geladen hatte, seine pausbäckige Ehefrau unter dem Hurrageschrei und Gejohle ihrer Freunde in den Kreis und begann sie herumzuschwenken, wobei sie ihr Gesicht in den Händen verbarg. Als sie ihre gespielte Scheu und Verwirrung schließlich aufgab und eifrig zu tanzen begann, war es das Zeichen für alle Mädchen, daß sie nun tanzen durften, ohne daß ihr Ruf Schaden nähme. Sofort hallte der Platz vom Geschrei und Gelächter der Tänzer aus dem Kreis der Zuschauer wider, der sich durch ihren Abgang erweiterte. In diesem Moment schob ich Katya vorwärts, und wir tanzten unbemerkt in der Menge.

Das Trio der Musikanten beendete die erste Weise und stimmte sofort die nächste an, um die Tänzer festzuhalten, bevor sie in den Kreis zurückkehren konnten. Paare schlossen sich zu Vierer- und Sechserreihen zusammen, dann reihten sie sich aneinander und bildeten am Ende zwei ungleichmäßig lange Schlangen, die sich gegenüberstanden. Zwei Hüpfschritte vor, zwei zurück, dann ein Sprung, so hoch man nur konnte, und die Frauen mit schrillen Schreien und wirbelnden Röcken absetzen. Ich war überrascht, wie leicht mir die vergessenen Tanzschritte fielen. Vielleicht stimmt es ja, daß der Drang zu tanzen – und besonders zu den kraftvollen *sauts basques* – eine genetisch bedingte Eigenschaft des baskischen Mannes ist. Der Tänzer, der Katyas Taille mit mir teilte, war ein kräftiger Schäfer, der hüfthoch springen konnte, und die Frau, um die ich meinen anderen Arm gelegt hatte, war ein dralles Mädchen mit frischer Gesichtsfarbe und erstaunlicher Behendigkeit. Bald waren die Sprünge in der Mitte unserer Reihe beachtlich höher als an den Enden und sogar noch höher als die der Leute unmittelbar vor uns, so daß wir sie wegen ihres Mangels an Kraft und Willen schalten. Grinsend und nickend nahmen die Männer gegenüber unsere Herausforderung an und begannen, ihre jammernden Partnerinnen bei ihren Sprüngen immer höher zu schwenken, bis die fröhlichen Schreie der Frauen einen Beiklang echter Furcht annahmen.

Das Trio, das die Wettkampfstimmung aufnahm, begann immer schneller zu spielen, und der Leiter der Gruppe lachte und rief uns zu, unser Bestes zu geben. Ältere und Unsportlichere gaben keuchend und kopfschüttelnd auf, und bald bestanden die beiden Reihen nur noch aus einem Dutzend Paare, mit Katya und mir in der Mitte unserer Mannschaft. Wir keuchten und uns zitterten die Beine, doch beide Seiten waren fest entschlossen, nicht vor der anderen aufzugeben. Das Tempo steigerte sich noch. Ich war vollkommen untrainiert und stand gerade im Begriff aufzugeben, als beide Reihen einstimmig begannen, den Musikanten zuzurufen: *Naikua! Naikua!* – Jetzt reicht's! Das Trio spielte uns zum Hohn eine letzte Strophe in einem unmöglichen Tempo, und der Tanz endete, da alle Teilnehmer aus dem Rhythmus kamen und keuchend in völligem Wirrwarr strauchelten.

Es gab Gelächter und Geschrei, die Männer hieben sich gegenseitig auf die Schultern, und der kräftige junge Schäfer, Katyas zweiter Partner, umarmte sie lebhaft und lobte ihre Ausdauer und Energie in der typisch widerwilligen Art aller Basken: Für eine Ausländerin gar nicht so schlecht . . .!

Um Luft ringend und mit schmerzenden Lungen führte ich Katya aus dem Zuschauerkreis hinaus zu einem ruhigeren Eckchen des Platzes in der Nähe der Häuser und außerhalb des Lichtkreises der Papierlaternen. Ich war so wackelig auf den Beinen, daß ich mich an eine Hauswand lehnen mußte, um wieder zu Kräften zu kommen.

»Herrlich!« sagte sie, und ihr Gesicht glühte vor Freude und Aufregung über den Tanz.

»Ja . . .« Ich versuchte, gleichmäßig zu atmen, und schluckte mit ausgetrockneter Kehle. ». . . Herrlich. Aber ich sollte Sie warnen, daß . . . ich jeden Moment mit einem Herzinfarkt tot umfallen kann.«

»Ach, Unsinn!« Sie tupfte mir die feuchte Stirn mit ihrem Taschentuch ab. »Die Männer müssen zwar das meiste leisten. Aber so gehört es sich schließlich auch.«

Unfähig zu sprechen, nickte ich. Als das Blut aufhörte, in meinen Schläfen zu hämmern, fragte ich sie, ob sie etwas trinken wolle.

»Nein, danke«, sagte sie spontan; dann nahm sie meinen erschöpften, ausgetrockneten Zustand wahr und verbesserte sich: »Ja, das wäre nett. Vielen Dank.«

Genau in diesem Moment klapperte die Stocktrommel und die Txitsu-Flöte stieß einen zitternden Schrei aus. Die Menge verstummte, und jedermann auf dem Platz und vor den Schanktischen verharrte wie gebannt auf der Stelle und wandte sich nach einer engen Gasse auf der anderen Seite um.

»Was ist das?« fragte Katya flüsternd.

»Die Ertränkte Jungfrau. Passen Sie auf.«

Unweit der Gassenmündung wurde ein Feuerwerkskörper gezündet, und sein flackerndes, sprühendes Licht tauchte die Häuserwände in ein lebhaftes Rot. Dann stimmte die Stocktrommel eine Begräbnisweise an, in deren Tempo ein Zug in Trauerkostümen aus der Häuserschlucht auftauchte und seinen langsamen Marsch über den Platz antrat. Die Menschenmenge wich feierlich beiseite, um ihm den Weg freizumachen. Zuerst kamen zwei ganz in Weiß gekleidete Kinder, die Gesichter maskenhaft und kreideweiß geschminkt, die Augen und Münder schwarz hervorgehoben. Hinter ihnen schritt ein vornehm kostümierter Mann (vermutlich der Bruder der beschuldigten Frau), der schwere

Büßerketten hinter sich herzog, die über das Kopfsteinpflaster rasselten. Dann folgten zwei junge Männer in Flicken und Lumpen, von denen jeder einen schweren Stein schleppte, der mit einem Loch durchbohrt war, wodurch man ein Seil gezogen und zusammengeknotet hatte – die Gewichte, mit denen die beschuldigte Frau beschwert und in den Fluß geworfen worden war. Am Ende des Zuges wurde die Jungfrau, ein Mädchen von ungefähr fünfzehn Jahren, das seiner Schönheit wegen unter den jungen Mädchen des Bezirkes ausgewählt worden war, auf den Schultern von sechs jungen Männern getragen, die, drei rechts, drei links, in genau aufeinander abgestimmtem Gänsemarsch gingen. Die Jungfrau lag stocksteif auf ihren Schultern und hatte den Kopf zurückgeworfen, so daß ihr Haar bis zu den Hüften der beiden ersten Träger herabfiel. Ihr weißes Kleid aus dünnem Stoff war durchnäßt vom Wasser und klebte so eng an ihrem Körper, daß man die dunklen Brustwarzen darunter erkennen konnte. Ihr langes Haar war in Öl getränkt und zu einem starren, grausigen Vorhang gekämmt worden, aus dem das Öl aufs Kopfsteinpflaster tropfte.

Der schwankende Trauerzug kam ganz nahe an uns vorbei, und beim Anblick der Ertränkten Jungfrau packte Katya meinen Arm und grub ihre Fingernägel hinein. Ich spürte, wie sie zitterte.

Als sich die Trauernden der engen Gasse direkt gegenüber jener näherten, aus der sie aufgetaucht waren, wurde ein zweiter roter Feuerwerkskörper gezündet, und sie verschwanden in einer Hölle, gleich der, aus der sie gekommen waren. Danach herrschte absolute Stille, die den Moment zu einer kleinen Ewigkeit dehnte.

Dann brachen die Männer in der Menge in schrille Schreie aus, in den langgezogenen, gellenden *cri basque*, der jenen, die ihn noch nie gehört haben, das Blut gefrieren läßt.

Unvermittelt stimmten die Musikanten einen neuen Kax Karot an, und um uns herum wurde wieder gelacht, getanzt und getrunken.

»Was hat das zu bedeuten?« fragte Katya mit gedämpfter Stimme.

»Ach, nichts. Überhaupt nichts. Das ist nur ein altes Ritual. Soll ich uns etwas zu trinken holen?«

»Nein, gehen Sie nicht weg!« Sie faßte meinen Arm fester. Dann, in etwas ruhigerem Ton: »Tanzen wir. Ich möchte tanzen.«

Als wir schließlich am Ende des Kax Karot die letzten wilden Sprünge taten, alle lachten und uns gegenseitig auf die Schultern klopften, glaubte ich, meine Lungen müßten bersten und meine Beine unter mir wegknicken. Katya hatte auf das bestürzende Schauspiel der Ertränkten Jungfrau noch aufgeregter und lebhafter reagiert als zuvor. In ihrem Tanzen und Lachen lag sogar eine Art Kraft der Verzweiflung, die mich ein wenig beunruhigte.

Wiederum zogen wir uns in die kleine Nische nahe der Häuser zurück, damit ich wieder zu Atem kommen konnte. »Zu viele Jahre ... nur studiert in der Stadt ...«, keuchte ich. »Ich bin dem nicht mehr gewachsen. Ich muß unbedingt ... etwas zu trinken haben ..., sonst sterbe ich auf der Stelle ..., unbemerkt und unbeweint.«

Sie lachte. »Sie armes, schwaches Kerlchen! Nun ja, einverstanden.«

Es war nicht üblich, daß Frauen eine Schenke betraten, daher bot ich ihr an, sie bei ihrem Vater oder Bruder zu lassen, während ich mich durch die Menge kämpfte, um uns etwas zu trinken zu holen.

»Wissen Sie, wo sie sind?«

»Nein, aber wir werden sie finden.« Ich ließ meinen suchenden Blick über die Köpfe der Leute um uns durch die Menge schweifen.

»Nein, ich bin hier ausgezeichnet aufgehoben.«
»Allein?«
»Was sollte mir schon zustoßen? Und sollten Sie sich Sorgen um meinen Ruf machen – ich habe so ein Gefühl, daß eine Nicht-Baskin ohnehin keinen Ruf besitzt, der es wert wäre, gewahrt zu werden.«
Ich lachte und gestand, daß sie die Meinung der Basken über Ausländer – jene armseligen Geschöpfe, denen der göttliche Hauch fehlt – sehr scharfsinnig einschätze. Nach kurzem Zögern drückte ich zum Abschied ihre Hand und schob mich mit den Schultern voran durch die wogende Menge auf die Tür eines der Cafés zu, in dem sämtliche Tische von alten Männern umringt waren, die mit rotgeäderten, von Wein und Fröhlichkeit leuchtenden Gesichtern vor ihren Gläsern saßen. Als ich mich zur verzinkten Theke durchdrängte, erhaschte ich einen Blick auf Monsieur Treville, der inmitten bejahrter baskischer Bauern an einem der Tische saß, auf dem eine beinahe leere Flasche Izarra, jener köstliche, teure und sehr starke baskische Likör, der nach Bergblumen schmeckt, stand. Es war klar, daß Monsieur Treville die Getränke bezahlte und die alten Basken seine Gastfreundschaft mit der Beantwortung seiner Fragen nach Sitten und Gebräuche entlohnten, wobei jeder in gebrochenem Französisch eine Rede schwang, bis ihm ein anderer mit (sowohl weitschweifigen als auch unerheblichen) Einwänden und Erläuterungen ins Wort fiel, denn zu den Listen des verschlagenen baskischen Charakters gehört es, den Kopf des Gesprächspartners mit einer Überfülle peinlichst genauer Einzelheiten einzunebeln – mit dem Ziel, die Wahrheit hinter Fakten zu verstecken. Ich erwog, Monsieur Treville vor der trügerischen Wirkung des Izarras zu warnen, doch weder sah er mich in der dichtgedrängten Menge noch hatte es irgendeinen Sinn, ihm etwas zuzurufen, da sich meine Stimme in

dem Lärm und Lallen verloren hätte. Einen Moment bevor mir die Sicht auf seinen Tisch verstellt wurde, sah ich ihn die Aufmerksamkeit des gehetzten Kellners auf sich ziehen und eine neue Flasche Izarra bestellen, eine Geste, die die alten Männer mit feierlichem Nikken begrüßten. Das war genau das richtige, das, was man von einem anständigen Ausländer erwartete. Mir war klar, daß die Alten bald jenes Stadium ihrer Trunkenheit erreichen würden, in dem sie es für ihre Pflicht erachteten, mit ihren hohen, verzerrten Stimmen einen Gesang voller ausgefallener Harmonien anzustimmen. Lächelnd fragte ich mich, ob Monsieur Treville wohl mitsingen würde.

Es gelang mir, ein Glas Roten für mich und eine verkorkte Flasche Zitronenlimonade für Katya zu ergattern, doch bevor ich noch mein Wechselgeld einsammeln konnte, wurde ich schon von der Theke weggedrängt und mußte mir mit ausgestrecktem Arm Platz machen, um mein Weinglas leeren zu können, bevor es umgestoßen wurde. Der Wein war gut, herb und streng, wie ich ihn noch in Erinnerung hatte, und spülte ein gut Teil Trockenheit aus meiner Kehle. Bald zog mich der natürliche, unwiderstehliche Strudel der Menge mit, und ich fand mich vor der Schenke wieder, zwar ohne mein Wechselgeld, doch im Besitz des Glases – kein schlechter Tausch, zumal ich bezweifelte, daß Katya ihre Limonade gerne aus der Flasche trinken würde.

Unter den bunten Papierlaternen war der Tanz in vollem Gange, und mutwillige Kinder faßten sich bei den Händen, schlängelten sich paarweise durch die Menschenmenge und liefen, zum Ärger der Großen, die mit Gelächter und halbherzigen Klapsen auf ausweichende Hinterköpfe reagierten, den Tänzern in den Weg. Um die größten Menschenknäuel zu umgehen, bahnte ich mir meinen Weg entlang der Häuser am

Rande des Platzes, wo sich der eine oder andere Betrunkene in einer Passage erleichterte und Liebespärchen in dunklen Torgängen einen Hafen fanden. Eine Zeitlang stand ich eingekeilt an einem der zum Fest vor den Läden aufgestellten Schanktische, einer einfachen Konstruktion aus zwei rohen Planken quer über zwei Fässern, wo ein Mann, ohne einmal abzusetzen, aus einer großen Flasche Wein in mehrere Reihen bauchiger Gläser schwappte, bis sie mehr oder weniger gefüllt auf den begossenen Planken standen. Geschickt fing er die Münze auf, die ich ihm über den Kopf des vor mir Stehenden hinweg zuwarf, an dem vorbei ich mir ein Glas schnappte, das ich mit zwei Schlucken leerte, bevor ich es auf die Planken zurückstellte, wo es nachgefüllt wurde, ohne die Schmach erleiden zu müssen, in der Öffentlichkeit gewaschen zu werden.

»... Katya?« Durch das Gewirr von Geschwätz und Musik hörte ich ihren Namen, drehte mich um und entdeckte Paul, der nicht weit entfernt in einem der Torgänge stand. »Wo ist Katya?« rief er noch einmal mit deutlicher Aussprache, um sich über das Getöse hinweg verständlich zu machen.

Ich deutete in die Richtung, in der ich sie zurückgelassen hatte; dann hob ich die Limonadenflasche, um anzudeuten, warum ich sie alleingelassen hatte.

Er winkte mir, zu ihm zu kommen, und ich zwängte mich durch die Menschenmasse, bis ich neben ihm im Torgang stand. Erst da bemerkte ich, daß er eine junge Dame bei sich hatte, gekleidet nach der neuesten Mode, die ganz und gar nicht zu den farbenfreudigen, handgefertigten Kleidern der baskischen Frauen paßte. Ich erkannte in ihr eines der Mädchen aus dem Automobil, das uns von der Straße gedrängt und beinahe zum Umkippen gebracht hatte. Paul legte seinen gesunden Arm um sie und drückte sie ein wenig rauh an sich, während er uns vorstellte. »Dr. Montjean, ich möchte Ihnen Mademoiselle ... Ich nehme an, du hast einen Namen, meine Liebe?«

»*Selbstverständlich* habe ich einen Namen«, kicherte sie.

»Verrate ihn nicht. Wahre den Reiz des Geheimnisvollen. Doktor, darf ich Ihnen Mademoiselle Diese-oderjene vorstellen, ein hinreißendes Luderchen ohne einen einzigen Gedanken in ihrem Köpfchen.«

Mit ihrer behandschuhten Hand hätschelte und tätschelte die junge Frau kokett seine Brust, eine Geste, die seine Einschätzung ihrer intellektuellen Fähigkeiten bestätigte und gleichzeitig verriet, daß sie ein wenig beschwipst war. Sie hatte eines jener hübschen, leeren Gesichter, die nichts verbergen, weil es nichts zu verbergen gibt. Kleine runde Augen, Stupsnase, kecker Mund, volle rosige Wangen – ein dekorativer Typ, der sich nicht lange hält, was glücklicherweise auch nie von ihm verlangt wird. Sie war offensichtlich hingerissen von Pauls unleugbar gutem Aussehen und seinem zungenfertigen, verwegenen Unsinn.

»Entzückt«, sagte ich unbestimmt.

»Erfreut«, sagte sie mit einer dünnen, atemlosen Stimme im Dialekt des Nordens.

»Mademoiselle Niemand kommt aus der großen Welt von Paris und stattet uns einen Besuch ab«, erklärte Paul. »Sie und ihre Freunde haben das feine Automobil eines ihrer reichen Väter geliehen, um von dem relativ zivilisierten Vorposten Biarritz aus diese Reise ins Hinterland zu machen. Ihre Fahrt hierher war staubig und ereignislos, von einem einzigen Späßchen abgesehen, den sie hatten, als sie ein paar hiesige Provinzler von der Straße scheuchten, indem sie ihre Pferde erschreckten ... stimmt's, Mademoiselle Na-und?«

Sie kicherte und erkannte offensichtlich weder Paul noch mich wieder.

»Und dieser Bursche dort drüben« – Paul deutete

unbestimmt auf einen athletisch aussehenden jungen Mann, der uns aus dem Schutz des nächsten Torwegs anstierte – »war der Fahrer des fraglichen Vehikels. Wir dürfen außerdem annehmen, daß er davon ausging, für Mademoiselle Nichts den Begleiter – wenn nicht sogar mehr – zu spielen und in diesem Augenblick auf höchst erfreuliche Weise geradezu glüht vor Eifersucht. Oder etwa nicht, du abgeschmackte kleine Zauberin?« Er drückte sie an seine Seite, und sie sah mich mit rollenden Augen an, als wolle sie fragen, ob ich in meinem ganzen Leben je einen unverschämteren Schelm getroffen hätte.

Ich setzte ein Lächeln auf, als ich fragte: »Wird es Schwierigkeiten geben?«

»Ganz sicher, wenn ich auch nur das geringste Glück habe.«

»Denken Sie an Ihre Schulter.«

Er lachte. »Mein lieber Freund, ein Kickboxer benutzt seine Schulter allenfalls zu einem Schulterzukken, wenn alles vorbei ist.«

»Soll ich mich in der Nähe halten?«

»Und mir den Spaß verderben? Wo ich zum erstenmal seit Jahren anfange, mich zu unterhalten? Nicht wahr, Mademoiselle Vogelhirn?« Er küßte sie auf die Wange, und ich konnte beinahe hören, wie der junge Mann aus Paris mit den Zähnen knirschte.

»Glauben Sie, ich bringe diesen Tanz zuwege?« fragte Paul.

Auf dem Platz formierten sich soeben zwei gegnerische Reihen zu einem neuen Kax Karot. »Ich denke schon. Er ist ganz einfach«, sagte ich.

»Schön! Komm, Strohkopf, gehen wir tanzen!« Und Paul zerrte sein ihn anbetendes Flittchen mit sich in die Menge.

Als ich mich zu der Stelle durchdrängte, wo ich Katya zurückgelassen hatte, holte mich der junge Mann aus Paris ein und ließ seine Hand schwer auf meine Schulter fallen.

»Monsieur?« fragte ich, wobei ich mich umdrehte und meine Limonadenflasche fest beim Hals packte, denn der Bursche war größer als ich und noch viel größer als Paul.

»Wer war dieser Mann?« verlangte er zu wissen.

»Welcher Mann?« fragte ich und betrachtete höflich die Menge. »Hier sind ziemlich viele.«

»Der, mit dem Sie gerade geredet haben, verdammt noch mal!«

»Ach so, der. Ich habe keine Ahnung. Er fragte mich, ob mir auf dem Fest irgendwelche rotznasigen Pariser Stutzer über den Weg gelaufen seien, und ich sagte ihm, ich bezweifle, daß so einer es wagen würde, sich hier blicken zu lassen.« Ich lächelte breit und gab seinen Blick spöttisch zurück; eigentlich hätte ich mich schämen sollen, daß ich so rasch wieder in die typische, infantile Streitsucht der Basken verfiel.

Der junge Mann stierte mich einen Moment lang an, dann warf er hochmütig den Kopf zurück, als sei es unter seiner Würde, sich mit mir abzugeben, und verschwand.

Als ich den Platz bis zu der Stelle umrundet hatte, an der Katya zurückgeblieben war, stand sie nicht mehr dort. Doch fast sofort entdeckte ich ihr wirbelndes weißes Kleid im Kreis der Tanzenden und drängte mich vor, um zuzusehen, wie sie die schnellen, schwierigen Schritte der Porrusanda ausführte, eine feurige Version des Fandango, die mit erhobenen Armen und graziös über dem Kopf gebogenen Händen getanzt wird, wobei die Füße rasche, stampfende Schrittchen vollführen. Sie tanzte die Porrusanda, als wäre sie dazu geboren; ihr Gesicht strahlte, ihre Augen leuchteten, ihr ganzer Körper drückte helle Freude aus über diese Gelegenheit, sich auszutoben. Während ich ihr zusah, lächelte ich mit der Freude des Besitzers und verspürte nicht den leisesten Stich der Eifersucht angesichts des hübschen jungen Basken, der vor ihr hertanzte. Er trug die weißen Tuchhosen und das weite weiße Hemd eines Jai-alai-Spielers, und die rote Schärpe um seine Hüften verriet, daß seine Mannschaft den nachmittäglichen Wettkampf an den Dorfgiebeln gewonnen hatte. Die Übereinstimmung der beiden in der Farbe der Kleidung und in ihrer außergewöhnlichen Kraft und Grazie verlieh ihrer Erscheinung den Anstrich eines professionellen Tanzpaares inmitten der bunten Menge, und mehrere der Umstehenden äußerten murmelndes Lob, während sie zum Takt der Musik mit den Händen klatschten.

Die Melodie klang in einem Tremolowirbel der Txitsu-Flöte aus, und der Jai-alai-Spieler geleitete Katya zu meinem Platz und gab sie mit einer extravaganten und leicht spöttischen Verbeugung wieder in meine Obhut.

»Sie sehen zauberhaft aus beim Tanzen«, sagte ich zu ihr.

»Dankeschön. Ich tanze sehr gerne. Ist das für mich?«

»Was? Ach, ja. Bitte sehr.« Ich öffnete die Limonade und schenkte ihr ein.

Das Trio stimmte eine langsamere Melodie an, zu der die Älteren einen *passo* tanzen konnten und Frauen eines gewissen Alters von Freunden und Familienangehörigen auf die Tanzfläche gebeten wurden. Nachdem sie sich, wie es sich gehörte, eine Weile lang geweigert und gleichgültig getan hatten, ließen sie sich schließlich überreden und tanzten überaus nüchtern – Frauen mittleren oder auch ziemlich fortgeschrittenen Alters; Witwen und alte Jungfern, die sonst auf dem Hof einer glücklicheren, da verheirateten Schwester in der Küche das Gemüse putzten; ein paar schwerfällige alte Männer mit ihren zehn- oder elfjährigen Enkelinnen, die die Menge verstohlen mit den Augen nach Bekannten absuchten, um sicherzugehen, daß sie auch gesehen wurden, wie es sich gehörte. Wer mit dem Ablauf baskischer Feste auf dem Land vertraut war, wußte, daß dieser Tanz für die älteren Frauen und kleineren Kinder das Ende markierte, da es beinahe zehn Uhr abends war. Schließlich würde es im nächsten Jahr, so Gott wollte, wiederum ein Fest geben, und man sollte nicht das ganze einem vom Schicksal zugewiesene Vergnügen auf einmal erleben. Die Oberhäupter der *etche*-Haushalte, verantwortungsvolle Männer mittleren Alters, würden mit ihren Freunden eine letzte Txikiteo durch die Schenken machen, dann würden auch sie sich allmählich zu ihren Karren und Kutschen begeben, gemächlich zu ihren abgelegenen Höfen fahren und vor dem Schlafengehen noch einmal nach den Tieren sehen. Dann würden nur noch die jungen und ganz alten Männer übrigbleiben und bis Mitternacht weiterfeiern; die jungen, weil sie schier barsten vor Energie und Lebenslust und die Jugend nur ein flüchtiger Gast im Leben ist, wohingegen einem das hohe Alter, wie ein Verwandter auf Besuch, bis zum Tode erhalten bleibt; und die alten, weil sie lange Jahre schwerer Arbeit abgeleistet und es verdient hatten, die wenigen ihnen verbleibenden Jahre in dem Bewußtsein auszuspannen, daß jede Stunde eine Wunde mehr ist und die letzte tötet.

Ich bot Katya den Arm und wir schlenderten durch die nun nicht mehr so dichte Menschenmenge der Brücke dem tiefergelegenen Ende des Dorfes zu. Sie vernahm mit Freude, daß ich ihren Vater ins Gespräch mit alten Hiesigen vertieft gesehen hatte, bei denen er vermutlich Volkstümliches für seine Studien sammelte.

»Und die Männer haben ihn akzeptiert, obwohl er ein Außenseiter ist?«

»O ja«, sagte ich. »Er ist ein aufmerksamer Zuhörer

– eine Seltenheit in einem Land, das berühmt ist für seine unermüdlichen Geschichtenerzähler. Außerdem hält er den Tisch mit Izarra frei, und das kann nicht verfehlen, die Zuneigung der Basken zu gewinnen. Ihren Izarra lieben sie fast ebenso sehr, wie sie es hassen, sich von einem Sou zu trennen.«

»Und Paul? Haben Sie Paul auch gesehen?«

»Äh-em-m . . . ja.«

»Amüsiert er sich gut?«

»Äh-em-m . . . ja. Wahrhaftig, da ist er ja. Dort drüben!«

»Wo? Ich kann ihn nicht – Oh, ja, dort ist er! Was für ein hübsches Mädchen . . . das, mit dem er gerade tanzt. Moment mal, war sie nicht in dem Automobil, das . . .?«

»Ja, das war sie.«

»Und diese beiden muskulösen jungen Männer dort, die Paul nicht aus den Augen lassen, sind das nicht die beiden, die uns von der Straße gedrängt haben?«

»Das sind sie.«

Ihr Gesicht drückte Beunruhigung aus. »Ich hoffe sehr, daß es keine Unannehmlichkeiten gibt. Paul kann manchmal ein klein wenig . . . provozierend sein.«

»Ach, wirklich? Das ist mir gar nicht aufgefallen. Aber ich dachte, Sie freuten sich auf einen kleinen *bagarre basque*?«

»Aber doch nicht mit meinem Bruder als einem der Urheber! Warten Sie. Hören Sie.« Wir blieben vor der Tür einer Kaffee- und Weinschenke stehen, in der eine Gruppe alter Männer mit klagenden, hohen Trillern ein typisch baskisches Lied voller unheimlicher Harmonien sangen. »Was für eine traurige Melodie«, sagte sie, nachdem sie eine Weile lang gelauscht hatte.

»Alle baskischen Lieder enden in Moll.«

»Kennen Sie das Lied?«

»Ja. Es ist eine alte Ballade, ›Maritxu Nora Zoaz‹.

Ich sollte Ihnen nicht verschweigen, daß es als ein wenig gewagt gilt.«

»Ach? Wie geht der Text?«

Ich mußte erst nachdenken, denn ich hatte noch nie aus dem Baskischen übersetzt. Wenn ich Baskisch sprach, so dachte ich auf baskisch, und es kam mir schwierig vor, französische Entsprechungen für – nein, nicht die Worte, die waren einfach genug, sondern für die Bedeutung und den tieferen Sinn der Worte zu finden. »Nun ja, wörtlich übersetzt wird in dem Lied gefragt: Marie, wohin gehst du? Und sie antwortet: Zum Brunnen, Batholomeo. Wo Weißwein fließt. Wo wir trinken können, soviel wir wollen.«

»Und das ist alles?«

»Das ist alles.«

»Das klingt mir nicht sonderlich gewagt.«

»Vielleicht. Aber jeder Baske weiß, daß der Brunnen kein Brunnen und der Wein in Wirklichkeit kein Wein und der Akt des Trinkens ... nun ja, nicht der Akt des Trinkens ist.«

»Ihr seid ein verschlagenes Volk, ihr Basken«, sagte sie mit humorvollem Stirnrunzeln.

»Wir selbst betrachten uns eher als lobenswert gewitzt.«

Wir waren inzwischen am Dorfrand angekommen und näherten uns nun der Brücke, die zu der Wiese führte, auf der Karren und Kutschen die sich in einem dünnen, aber stetigen Strom auf den Heimweg machenden Festteilnehmer erwarteten. »Wollen wir den Fluß überqueren und auf die Wiese gehen?« fragte ich.

Sie lachte. »Nur, wenn die Brücke eine Brücke, die Wiese eine Wiese und der Spaziergang ein Spaziergang ist.«

Der spät aufgegangene, fast volle Mond hing pausbäckig und käsefarben über den Berggipfeln und tauchte die Wiese in ein sanftes Licht wie am frühen Morgen, doch mit eher silbernem als goldenem Schein. Ich hatte, vielleicht angeregt von den Liebespärchen auf dem Dorfplatz, meinen Arm um ihre Taille gelegt – eine gedankenlose Geste, zu der ich, hätte ich sie absichtlich gemacht, niemals den Mut aufgebracht hätte. Ich paßte meinen Gang dem ihren an, so daß wir im Gleichschritt gingen, und war mir heiß der aufregenden Tatsache bewußt, daß wir uns zwanglos berührten. Langsam umrundeten wir den Kreis der Pferde, die schläfrig in den Deichseln standen – dickleibige Arbeitspferde, denn die Bauern hier konnten sich nicht den Luxus erlauben, ein Tier zu halten, das ausschließlich zum Spazierenfahren und Angeben diente. Katya summte die Melodie von Maritxu Nora Zoaz, hielt mitten im Takt plötzlich inne und verfiel ins Grübeln.

Zum erstenmal an jenem Abend – abgesehen von jenem eiskalten Augenblick, da uns die Ertränkte Jungfrau beinahe gestreift hätte – gestattete ich mir, in Gedanken an die düsteren Ereignisse zu rühren, die die Trevilles von Paris nach Salies vertrieben hatten und jetzt auch von hier vertrieben. An Monsieur Treville als an einen des Mordes fähigen Verrückten zu denken, war ich noch immer nicht imstande. Dieser gutmütige alte Pedant, der im gleichen Augenblick mit baskischen Bauern Izarra trank und ihre weitschweifigen Sagen in sich aufsog, ein Mörder? Wie war das möglich?

Unter meiner Handfläche spürte ich Katyas warme Taille, und mir fiel ein, daß ich – als Gegenleistung für Pauls Erlaubnis, später an diesem Abend mit ihr zu sprechen und einen letzten Versuch zu machen, sie zu überreden, bei mir zu bleiben und ihren Vater und Bruder allein fliehen zu lassen – versprochen hatte, sie nie mehr wiederzusehen.

»Was ist los?« fragte sie. »Warum so schweigsam?«

»Ach«, sagte ich mit einem Achselzucken, »es ist

nichts weiter. Sie amüsieren sich doch wirklich, nicht wahr?«

»Oh, ja. Ich habe noch nie so viel Spaß gehabt, seit . . . ach, ich glaube, ich hatte noch nie so viel Spaß an etwas. Es ist ein großes Glück für Sie, Baske zu sein, wissen Sie. Sie müssen stolz darauf sein.«

Ich lächelte. »Nein, ich bin nicht stolz darauf. Ich habe es niemals als Vorteil betrachtet. Ganz im Gegenteil sogar: Früher habe ich mich meines Dialektes geschämt, vor allem, wenn sich andere darüber lustig machten. Und außerdem haben die Basken auch ihre Schattenseiten. Sie neigen zu Engstirnigkeit, Eifersucht, Aberglauben und Geiz. Und wenn sie sich von jemandem ungerecht behandelt fühlen, verzeihen sie es ihm nie. Niemals.«

»Aber sie haben eine solche Liebe zum Leben!«

»Das stimmt. Und zum Grundbesitz. Und zum Geld.«

»Ach, hören Sie auf! Für Sie ist es ein großes Glück . . ., *jemand* zu sein. Die meisten von uns sind doch aus dem gleichen Holz geschnitzt. Wir sind modern erzogene Franzosen . . . alle gleich . . . alle mit dem gleichen Wissen aus den gleichen Büchern . . . alle in den gleichen Ängsten und Vorurteilen verhaftet. Wir sind austauschbar . . . identisch, selbst noch in der gemeinsamen Überzeugung, wir seien etwas Besonderes und Einzigartiges. Aber Sie – selbst wenn Sie nicht stolz darauf sind –, Sie stammen von jemandem ab. Sie *sind* jemand. Sie haben Teil an Traditionen und Charakterzügen, die tausend Jahre alt sind.«

»Tausend? Oh, *weit* mehr als tausend!«

Sie sah mich fragend an. »Und Sie sind ganz bestimmt nicht stolz darauf?«

Ich lachte. »Hereingefallen, bei Gott! Ja, ich denke, es ist etwas dran an dem, was Sie sagen, aber ich – Oho! Was haben wir denn hier?«

»Was gibt es?«

Wir gingen gerade an dem Baum vorbei, unter dem das Automobil abgestellt war. Auf dem gepolsterten, mit Knöpfen versehenen Ledersitz lagen vier schimmernde Messinggegenstände: die Scheinwerfer, die aus ihren Fassungen gerissen, abgebrochen und schließlich fein säuberlich in einer Reihe nebeneinander abgelegt worden waren.

Katya schwieg einen Moment lang, dann sagte sie: »Paul?«

»Ich fürchte, ja. Vielleicht sollten wir zum Fest zurückkehren.«

Als wir wieder an der Brücke ankamen, war der Mond mittlerweile hoch über die Berge gestiegen und kleiner, weißer, kälter geworden; doch noch immer leuchtete er bis zum Rande des Dorfplatzes, der im buntscheckigen Licht der Papierlaternen lag. Als wir näher kamen, brachen die Musikanten ihr Spiel mitten in einer Tanzweise plötzlich ab, und aus der Menge erhob sich aufgeregtes Gemurmel. Ich faßte Katya am Arm und zog sie mit mir in die vorderste Reihe der Zuschauer.

Bei der ersten Störung hatten die Tanzenden den Kreis verlassen, in dessen Mitte Paul stand, mit hochnäsig lässiger Körperhaltung, ein leichtes Lächeln auf den Lippen. Auf dem Pflaster vor ihm lag einer der jungen Männer aus dem Automobil, schüttelte den Kopf und stieß sich schwerfällig vom Boden hoch. Der andere umklammerte mit der Faust eine Weinflasche und umkreiste Paul zaghaft und katzenartig. Paul, um ihn im Auge zu behalten, drehte sich langsam um sich selbst, unentwegt sein höhnisches Lächeln lächelnd. Durch die jungen Männer in meiner Nähe ging eine Bewegung, und ich vernahm das Zischen gezogener Gürtel, die auf Baskenart in die Luft geschleudert und dabei am anderen Ende um die Fäuste gewickelt wurden, bis nur noch die Schnalle und etwa zwanzig Zentimeter Riemen als eine Art Dreschflegel übrigblieben. Ihre Haltung kündete eher von Aufregung als Aggressivität, und ich wußte, daß sie sich auf den obligatorischen *bagarre* freuten, ohne den ein Fest als laue Angelegenheit galt.

»Das ist mein Freund!« rief ich auf baskisch. »Der Kampf ist eine Ehrensache!«

Unbestimmtes Murren war die Antwort, und so fügte ich hinzu: »Was bedeuten uns schon diese Ausländer? Sollen sie es doch auf ihre Weise austragen! Uns kann es doch nur freuen, wenn sie sich gegenseitig verdreschen!« Ich hatte den richtigen Ton gefunden, um die fremdenfeindlichen Basken zu überzeugen. Unter zustimmendem Gemurmel senkten sich die gewappneten Fäuste.

Paul hatte unterdessen den Mann mit der Flasche nicht aus den Augen gelassen und stand nun mit dem Rücken zu dem anderen, der sich vom Boden erhob. Der Flaschenbewehrte tat einen Sprung vorwärts, und Paul trat ihm mit der tänzerischen Grazie eines Meisters im Kickboxen in die Rippen. Kaum hatte der Pariser gestöhnt und die Hand gesenkt, um seine geprellten Rippen zu schützen, wirbelte Paul auch schon herum zu dem zweiten, der sich vom Pflaster erhob. Der Bursche bot sein Gesicht einem empfindlichen Tritt geradezu dar, doch Paul nutzte den benommenen Zustand seines Gegners nicht aus. Statt dessen legte er seinen Fuß an dessen Schulter und stieß mit so viel Kraft dagegen, daß der junge Mann zu Boden ging und über das Pflaster rollte, worauf sich Paul sofort wieder umdrehte und dem anderen die Flasche aus der Hand stieß. Die ganze Zeit über ließ er seine Arme leger herabhängen – eine lässige Haltung, die beinahe den Eindruck erweckte, als kämpfe er mit den Händen in der Hosentasche. Zu unserer Rechten erhob sich ein schriller Schrei, und als ich mich umdrehte, sah ich das Mädchen aus Paris, mit dem Paul geflirtet hatte, ihr Gesicht in die Schulter einer ihrer Freundinnen vergraben, womit sie jedermann wissen ließ, daß der Kampf um sie ging.

Katyas Finger lagen steif auf meinem Arm, und ich sagte zu ihr: »Keine Angst. Paul schafft das ohne jede Hilfe. Er ist ausgezeichnet.«

Mit den kurzen, gleitenden Schritten eines angreifenden Fechters bewegte sich Paul vorwärts und teilte abwechselnd mit dem linken und rechten Fuß leichte Stöße aus, die den Flaschenkämpfer zu beiden Seiten des Kopfes trafen, so daß er zurücktaumelte, eher konfus und bestürzt als verletzt, aber unfähig, aus Pauls Reichweite zu kommen. Es war klar, daß Paul mehr daran lag, seine Gegner zu demütigen, als ihnen ernsthaft Schaden zuzufügen. Verwirrt und gereizt über die Wirkungslosigkeit seiner größeren und kräftigeren Statur griff der Bursche aus Paris Paul brüllend und mit gesenktem Kopf an. Paul trat anmutig beiseite und gab ihm einen klatschenden Schlag auf den Hintern, der die Zuschauer hell entzückte.

Offenbar war der erste Tritt gegen den Mann, den Katya und ich, als wir hinzukamen, bereits am Boden vorgefunden hatten, so heftig gewesen, daß er ihn kampfunfähig gemacht hatte. Er stand unsicher auf und trollte sich torkelnd in den Kreis der Zuschauer, wo er mit höhnischem Johlen empfangen wurde.

Der andere ging jetzt vorsichtig, die großen Fäuste in konventioneller Boxermanier vors Gesicht gehoben, auf Paul los.

»Weißt du, wer ich bin?« fragte Paul und glitt rückwärts, um sich auf Distanz zu halten. »Ich bin derjenige, den du mit deinem lächerlichen Automobil von der Straße abgedrängt hast.«

Der Pariser sprang vor und schlug zu, doch Paul

stieß seine Faust mit einem Fuß beiseite und traf, nach einem blitzschnell ausgeführten Wechselschritt, den Kerl mit dem anderen Fuß so hart im Gesicht, daß dessen Zähne aufeinanderschlugen.

»Jetzt habe ich dir eine kleine Lektion in Benimm erteilt«, sagte Paul. »Und wenn du willst, betrachte ich sie als gelernt und erledigt.«

Der andere jedoch, wütend und frustriert, weil es ihm nicht gelang, einen Hieb bei Paul zu landen, griff weiterhin an.

»Ich kann nicht ewig mit dir herumspielen, Bürschchen«, sagte Paul warnend und versetzte ihm einen raschen Tritt in den Magen, der gerade kräftig genug war, ihn aufstöhnen zu lassen. »Du bist ein großes Vieh, und es braucht mehr als einen Glückstreffer, dich fertigzumachen. Sollen wir den Kampf für beendet erklären?«

Ich hatte das Gefühl, daß der junge Mann den aussichtslosen Kampf gerne aufgegeben hätte, wären da nicht die jungen Damen gewesen, vor denen er sich nicht blamieren wollte. Wenn Paul sich human verhalten wollte, blieb ihm nur eine Möglichkeit.

Und er nutzte sie schon in den nächsten Sekunden. Mit einem Schrei der Verzweiflung und mit den Armen um sich schlagend stürzte sich der junge Mann auf Paul. Er bekam Pauls Jackenärmel zu fassen und zerriß ihn an der Schulter. Paul riß sich los und stieß ihn mit einem raschen Tritt in den Magen, der den Mann schnaubend zusammenknicken ließ; dann wirbelte er herum und trat ihm mit aller Kraft gegen den Kopf. Der junge Mann rollte über das Pflaster und blieb bewegungslos liegen.

Lob und Zustimmung kamen aus den Reihen der Zuschauer, als Paul mit gespielter Gleichgültigkeit davonschlenderte, mehr an seinem zerrissenen Ärmel als an sonst etwas interessiert, und halbwüchsige Jungen, die auf die umliegenden Balkone geklettert waren, um der Darbietung besser folgen zu können, stießen begeisterte *cri basques* aus. Die drei Pariser Mädchen eilten auf den Platz und spielten Florence Nightingale bei ihrem geschlagenen Verehrer, der jetzt benommen auf dem Pflaster saß und nichts sehnlicher wünschte, als vom Schauplatz seiner Niederlage verschwinden zu können. Ich zog Katya mit mir fort, und unweit eines der Schanktische holten wir Paul ein.

»Darf ich Ihnen ein Glas spendieren?« fragte ich.

Mit noch vor Eifer glänzenden Augen wandte sich Paul um. »Selbstverständlich, Montjean! Jungen Flegeln Manieren beizubringen, ist eine Arbeit, die durstig macht.«

»Und du hast sie schrecklich gern getan!« warf ihm Katya streng vor. »Daß Männer doch nie richtig erwachsen werden!« Aber in ihrer Besorgnis über Pauls Wohlergehen schwang ein Hauch von Stolz mit.

»Nun schau dir bloß mein Jackett an! Ich frage mich, ob mein Beitrag zur Erziehung dieses Spießers das Opfer eigentlich wert war. Ah, danke schön, Montjean!« Er nahm das Glas, das ich ihm brachte, und leerte es auf einen Zug. »Also, *das* ist vielleicht ein schauderhaftes Zeug! Aber vermutlich spricht es für kluge Sparsamkeit, den gleichen Grundstoff für Wein und Schafsdesinfektionsmittel zu verwenden. Nichtsdestotrotz, sollten Sie in Spendierlaune sein, so trinke ich noch ein Glas.«

»Kann ich auch eins bekommen?« fragte Katya.

»Aber ja, natürlich.« Ich war gar nicht auf den Gedanken gekommen, ihr von dem herben hiesigen Wein anzubieten, aber ich nahm an, daß sie nach der Ungewißheit und Spannung von Pauls Kampf das Bedürfnis danach verspürte.

Da es um den Helden ging, der soeben zur Unterhaltung beigetragen hatte, weigerte sich der Mann, der am

Schanktisch Wein in die Gläser schwappte, eine Bezahlung für meine drei Glas anzunehmen – eine seltene und bedeutsame Geste für einen Basken, dem die Tugend der Mäßigkeit mehr gilt als Reinlichkeit, trotz ihrer engen Verwandtschaft mit der Rechtschaffenheit.

Auf den ausgetretenen steinernen Kirchenstufen fanden wir ein Plätzchen für uns, wo ich meinen Mantel ausbreitete, damit Katya sich daraufsetzen konnte, und wo wir langsam unseren Wein tranken, wobei wir einem Grüppchen Jungen zusahen, die in Nachahmung der Heldentaten, die sie soeben vorgeführt bekommen hatten, sich gegenseitig mit Fußtritten bearbeiteten. Der Junge, der Pauls Rolle spielte, führte ausgefallene Pirouetten auf und stolzierte affektiert herum, wobei er sein Gesicht zu einer Maske angestrengten Hochmuts verzog, die für alle anderen aussah, als rümpfe er die Nase über einen Schweinestall. Jedesmal, wenn er zutrat, machte ein anderer Junge in der Nähe einen ungeschickten Salto rückwärts und landete als komisch verrenktes Häufchen auf dem Boden.

»Habe ich tatsächlich so ausgesehen?« fragte Paul und runzelte amüsiert die Stirn.

»Der Junge untertreibt ein bißchen«, spottete Katya, »aber im wesentlichen hat er deine Einstellung erfaßt.« Dann wurde sie plötzlich ernst. »Du hast mich zu Tode geängstigt, Paul. Wenn dich nun der mit der Flasche getroffen hätte?«

»Ich hatte selber Angst«, sagte Paul, ein Eingeständnis, das mich ziemlich überraschte. »Sie waren zu zweit, und dazu ziemlich kräftig. Deshalb trat ich, um wenigstens einen von ihnen sofort auszuschalten, zuerst etwas zu heftig zu.« Er sah mich von der Seite an. »Ein Mann, der mit dem Rücken zur Wand steht und Angst hat, kann überaus gefährlich sein. Er kann es nicht wagen, maßvoll anzugreifen.«

Ich nickte. »Warum haben Sie mit dem zweiten so lange herumgespielt?«

»Mein lieber Freund, es ging mir nicht darum, ihn zu bestrafen. Es ging mir darum, ihn zu demütigen. Ich kenne diesen Typus: Die zweite Generation von Kaufleuten, die es zu etwas gebracht haben, und nun Sprache und Benehmen der ihnen Überlegenen – Leute wie ich – nachäffen, wobei ihnen jedoch der angeborene Panasch fehlt, der dazu nötig ist. Paris ist voll von ihnen. Und bei Männern meines Standes ist es ein beliebter Sport, sie zu demütigen. Was die Strafe angeht, so hatte ich die bereits vollzogen. Ich habe gewisse Bestandteile des Automobils, auf das sie so stolz waren, umgruppiert.«

»Ja. Wir haben das Ergebnis Ihrer Instandsetzung gesehen.«

»Hm-m. Nun ja, ich gebe zu, daß ich technisch unbegabt bin. Aber ich habe ihnen alle Einzelteile hinterlassen, so daß sie sich jemanden Geschickteren holen können, der meine kleinen Fehler ausbügelt.«

»Du Teufel!« sagte Katya, und wiederum war ihr Vorwurf gespielt. Dann legte sie ihre Hand auf meinen Arm. »Wußtest du, daß Jean-Marc eine kleine Rede gehalten und dadurch verhindert hat, daß aus deiner kleinen Schau das wurde, was wir einen *bagarre basque* nennen?«

»Was *wir* einen *bagarre* nennen?« neckte Paul. Er wandte sich an mich. »Waren Sie das, der in dieser komischen Imitation einer Sprache herumgebrüllt hat?«

»Richtig.«

»Aha, ich verstehe. Als ich aus dem Augenwinkel diese Gürtelschnallen hochzischen sah, dachte ich schon einen Moment lang, ich säße ganz schön in der Patsche. Vermutlich kam es mir zugute, daß diese jungen Hampelmänner ebenfalls Ausländer waren.«

»Ganz recht.«

Die Musikanten, die sich Pauls Kampf zunutze gemacht und in einer der Schenken erfrischt hatten, stimmten nun einen sehr schnellen Kax Karot an, und bald schon tanzten und sprangen zwanzig oder mehr Paare auf dem Platz herum. In den Papierlaternen waren die meisten Kerzen niedergebrannt, doch der ausgebeulte Mond hoch droben beschien den Platz mit seinem bleichen Licht.

Paul erhob sich und bot Katya die Hand. »Bist du gewillt, mit deinem Bruder zu diesem primitiven Herumgehopse anzutreten?«

Sie stand auf und deutete einen Knicks an. »Bei uns heißt das Kax Karot.«

»Ach, so heißt das bei uns, ja? Sie entschuldigen uns doch, Doktor?«

Sie mischten sich unter die Tanzenden, und als sich die gegnerischen Reihen zum Wettkampf im Springen formierten, kamen Paul seine starken, vom Kickboxen durchtrainierten Beine gut zustatten. Ich sah ihnen zu und war erneut betroffen von der großen Ähnlichkeit der Geschwister, die nicht nur in ihrer äußeren Erscheinung zutage trat, sondern auch in ihrer Energie und Ausdrucksweise, in der Sprache ihrer Bewegungen.

Mir fiel ein, dies könne der richtige Zeitpunkt sein, nach Monsieur Treville zu sehen, der sich womöglich von den alten baskischen Bauern in seiner Gesellschaft dazu hatte verführen lassen, mehr zu trinken, als er gewöhnt war. Ich fand ihn noch in derselben Schenke, die jetzt jedoch längst nicht mehr so überfüllt war; viele Festbesucher waren schon auf ihre Höfe heimgekehrt. Auf dem Tisch, von dem sich nicht einer der Alten gerührt hatte, stand eine fast volle Flasche Izarra. Ein Baske und gehen, wenn der Izarra umsonst ist? Unvorstellbar. Ich konnte nur hoffen, daß dieser einen nicht allzu viele andere Flaschen des heimtückischen Likörs vorangegangen waren. Der Redestrom floß jetzt andersherum, nun hielt Monsieur Treville einen Vortrag über irgendein geheimnisvolles Thema, dem keiner der Basken sonderlich aufmerksam zu folgen schien. Das minderte seinen monologisierenden Eifer erst, als er mich an der Tür stehen sah und mir bedeutete, mich zu ihnen an den Tisch zu gesellen, wo er mich der Runde vorstellte. Ich staunte, daß er die Namen der Männer alle behalten hatte und sogar leidlich richtig aussprach. Abgesehen davon, daß seine Augen vor Heiterkeit glänzten, schien er durch den Alkohol keinen größeren Schaden genommen zu haben und somit auch kaum in Gefahr, sich mehr Izarra abschwatzen zu lassen, als er freiwillig bestellte, so daß ich das Gefühl hatte, unbesorgt zu Katya und Paul zurückkehren zu können, doch durfte ich nicht gehen, ohne der gesamten Runde feierlich die Hände geschüttelt zu haben. Einer der Alten kannte meinen Namen und teilte mir mit, er sei mit einem meiner Onkel ziemlich gut bekannt gewesen und müsse darauf bestehen, daß ich ein Glas Izarra mit ihm trinke – ganz offensichtlich war die Flasche Allgemeingut geworden, ein Geschenk Gottes. Ein anderer Bauer ergriff die Gelegenheit, weitere Trinksprüche auszubringen, beim Schopf und enthüllte, er sei einst mit dem Vetter meiner Mutter zusammen auf einer hochgelegenen Bergweide Schafhirte gewesen und müsse daher darauf bestehen, daß ich auch mit ihm ein Gläschen trinke.

Ich leerte mein zweites Glas und fragte dann im Scherz, ob einer von ihnen je einen Schäferhund besessen habe, der der Abkömmling einer Hündin im Besitz des Sohnes des Vetters meines Onkels gewesen sei, und daher das Bedürfnis verspüre, einen Toast auf ihn auszubringen. Der älteste der Männer wußte genau, wie ich es gemeint hatte, und humorvolle Nachsicht glitzerte in seinen Augen, als er sagte: »Nichts gegen Ihre Familie, junger Mann, aber wir dürfen nicht übersehen, daß die Hunde des Sohnes des Vetters Ihres Onkels nicht der besten Abstammung waren; mit Izarra auf sie zu trinken, wäre daher sicher verschwenderische Gier.«

Ich grinste ihn an und nickte, entzückt über die verschnörkelten Raffinessen des baskischen Geistes. In Wirklichkeit hatte ich gesagt: Nutzt die Großzügigkeit dieses meines Freundes nicht im Übermaß aus. Und der Alte hatte in Wirklichkeit gesagt: Wer tut schon so etwas?

Wie soll man eine solche Sprache übersetzen können?

Als ich auf den Dorfplatz zurückkam, sah ich Katya einen langsamen *passo* mit dem jungen Jai-alai-Spieler tanzen, der schon einmal ihr Partner gewesen war. Sie kamen an mir vorbei, und der junge Mann lächelte und nickte mir zu auf eine Weise, die besagte, er wisse, daß diese Frau zu mir gehöre und werde sie mir nicht streitig machen. Ich lächelte zurück und hob den Daumen zum Mund, womit ich ihn einlud, später ein Gläschen mit mir zu trinken. Er nickte wieder und tanzte vorbei. Mag sein, daß es nur am Izarra lag – aber in jenem Moment fühlte ich mich meinem baskischen Erbe so nah und so verbunden wie seit Jahren nicht mehr, und plötzlich überfiel mich die Scham darüber, daß ich mir soviel Mühe gegeben hatte, meinen Dialekt zu unterdrücken und meine Herkunft zu leugnen, nur, um an der Universität nicht ausgelacht zu werden. Natürlich hatte ich nicht wissen können, daß ich nach dem Krieg schließlich den Rest meines Lebens als Landarzt in diesem Dorf verbringen würde.

Ich ließ mich am Rande des Zuschauerkreises entlangtreiben und sah Paul mit einem hübschen Mädchen tanzen, einer Baskin, die mir vage bekannt vorkam, doch es dauerte mehrere Minuten, bis mir dämmerte, daß sie diejenige war, die die Rolle der Ertränkten Jungfrau gespielt hatte. Da ich keine Lust darauf verspürte, Rücken an Rücken mit Paul in einem Wirrwarr schwirrender Gürtelschnallen zu enden, machte ich mir einen Moment lang Sorgen darüber, daß sich Paul ausgerechnet das Mädchen zum Tanz geholt hatte, das als die Schönste im Dorf angesehen wurde. Aber er war klug genug, sie anschließend zu einem Grüppchen von Freunden zu geleiten und sie mit so distanzierter und komisch übertriebener Höflichkeit zu behandeln, daß es ihm eine Einladung eintrug, ein Gläschen mit ihnen zu trinken.

Im Laufe der nächsten Stunde tanzte ich mehrmals mit Katya, einmal mit irgend jemandes Großmutter und einmal mit irgend jemandes altjüngferlicher Tante. Und Katya tanzte mit einem halbwüchsigen Jungen, der, errötend und stammelnd, von seinen Freunden auf sie zugeschubst wurde; und sie tanzte mit einem alten, einigermaßen weinseligen Mann, der unentwegt grinste und all seinen Freunden zuwinkte, damit ihnen seine kühne Eroberung auf keinen Fall entginge; dann tanzte sie noch einmal mit dem jungen Jai-alai-Spieler, nachdem wir alle drei ein Glas Wein miteinander getrunken hatten. Paul tanzte nicht mehr, wurde jedoch von einem Häuflein junger Männer auf eine triumphale Txikiteo durch die Schenken entführt. Sie bestanden darauf, er müsse baskisches Blut in den Adern haben, um sich so wacker schlagen zu können. Als ich ihn das nächste Mal sah, hatte er irgendwo seine Krawatte verloren.

Nach einem letzten Kax Karot stiegen die Musikanten von ihrem Podium herab, und das Fest war zu Ende; nur die jungen Männer würden noch gemeinsam ein Morgen-Omelette in einem nahegelegenen Bauernhaus zu sich nehmen. Katya und ich suchten Paul, und zu dritt gingen wir zu der Schenke, wo es sich ihr Vater den ganzen Abend lang hatte wohl sein lassen. Just als wir eintraten, stimmten die alten Männer *Agur Jaunak* an, den Abgesang jedes baskischen Festes, und ihre verzerrten Falsettstimmen zitterten vor Sentimentalität und Alter. Ich stimmte in die klagende Melodie ein, überrascht und ein wenig peinlich berührt, als ich bemerkte, daß sich meine Augen mit Tränen füllten.

Als wir den Platz überquerten und uns wieder der Brücke näherten, mußten wir feststellen, daß Monsieur Treville der Izarra doch nicht so gut bekommen war, wie ich ursprünglich angenommen hatte. Zweimal stolperte er und beschwerte sich über das unebene Pflaster, auf dem es nicht leicht sei, das Gleichgewicht zu wahren.

»Was sagen deine Kameraden zu Pauls Darbietung?« fragte Katya und legte ihren Arm um ihn. Es sah aus wie eine plötzliche Aufwallung von Zärtlichkeit, diente jedoch in Wirklichkeit dazu, ihm Halt zu geben.

»Was für eine Darbietung?« fragte Monsieur Treville und runzelte verwirrt die Stirn.

»Ist doch egal«, sagte Paul und tat, als stolpere er. »Verdammtes Kopfsteinpflaster!«

Wir waren gerade mitten auf der Brücke, als hinter uns vom Dorfplatz her ein *cri basque* ertönte, gefolgt von Rufen und Lauten, die von einem Handgemenge herzurühren schienen.

»Aha«, sagte ich, »ich fürchtete schon fast, das Fest müsse dieses Mal darauf verzichten . . .«

»Verzichten? Auf was?« fragte Monsieur Treville.

»Auf seinen *bagarre*. Eine von der Zeit geadelte Tradition.« Monsieur Treville blieb unvermittelt stehen. »Eine Tradition? Los, gehen wir zurück und sehen uns das an!«

»Oh, lieber nicht, Papa«, erwiderte Paul. »Für heute nacht haben wir genug von ländlichen Sitten und Gebräuchen.«

»Oh, vielleicht . . . vielleicht ja.« Monsieur Trevilles Stimme klang plötzlich schwer und müde.

Auf der Rückfahrt über die unbefestigte Landstraße, die im Lichte des Mondes zu glimmen schien, kam er wieder zu sich. Auf dem Kutschbock war nun ich an der Reihe, und er saß zusammen mit Paul hinter mir und erfreute uns mit seltsamen und faszinierenden Einzelheiten, die er über die Gebräuche der Menschen dieses Gebiets in Erfahrung gebracht hatte. Dann – er hatte den Gedanken, den er formulierte, kaum zu Ende gebracht – hörte er unvermittelt auf zu sprechen. Ich drehte mich um und sah, daß er an der Schulter seines Sohnes eingeschlafen war. Paul lächelte, schüttelte den Kopf und zog seinem Vater den Mantel zurecht, um ihn vor der Nachtluft zu schützen.

Die Rückfahrt nach Etcheverria ging langsam vonstatten und dauerte zwei Stunden. Niemand sprach ein Wort; die einzigen Laute waren der Schlag der Pferdehufe im Staub und das Rattern der Kutsche, die über die holperige Straße schaukelte wie ein Boot über ein von den dunklen Silhouetten des Riedgrases gesäumtes Wasser, in dem das Mondlicht fließt. Obwohl ich es ihr angeboten hatte, ruhte Katya nicht an meiner Schulter. Versunken in Wachträume und Erinnerungen, schien sie das Alleinsein zu genießen. Zweimal summte sie leise Passagen von Melodien, nach denen sie getanzt hatte, vor sich hin, und beide Male erstarben die Töne auf ihren Lippen, als ein flüchtiger Traum ihre Gedanken wohl abschweifen ließ. Erst als ich in den Pappelweg einbog, der nach Etcheverria hinaufführte, fuhr Monsieur Treville ein wenig erschrocken aus seinem Schlaf und fragte, wo wir seien.

»Wir sind zu Hause, Papa«, sagte Paul.

»Zu Hause? Wirklich? Wir sind wieder zu Hause?« Seine Stimme klang verwirrt und erregt, doch dann merkte er, daß mit »zu Hause« die Villa im Baskenland gemeint war. »Ach so«, sagte er kleinlaut.

Ich ließ sie an der Tür aussteigen und fuhr weiter

zum Stall, um das Pferd abzuschirren und zu versorgen. Bis ich zurückkam, war eine Viertelstunde verstrichen und Monsieur Treville in sein Zimmer hinaufgegangen; Paul und Katya saßen im Salon, wo nur eine Lampe brannte und kein Feuer im Kamin.

»Papa läßt Ihnen Gute Nacht wünschen«, sagte Paul. »Und er bat mich, Ihnen dafür zu danken, daß Sie uns zu dem Fest begleitet haben.«

»Ja«, fügte Katya hinzu, »ich kann mich nicht erinnern, daß er sich schon einmal so sehr amüsiert hätte. Es war nett von Ihnen, Jean-Marc.« Ihre Worte hatten den hohlen Klang gesellschaftlicher Floskeln, und sie wirkte besorgt und distanziert.

Paul erhob sich. »Nun, ich denke, ich gehe jetzt auch hinauf.« Er unterdrückte ein Gähnen. »Ich hoffe sehr, daß der schlechte Wein, den ich getrunken habe, allen nützlichen Folgen dieser Übung in Volkstümlichkeit entgegenwirken wird. Halten Sie sie nicht mehr zu lange auf, Montjean.« Er legte seine Hand auf Katyas Schulter. »Ich habe Katya erzählt, daß Sie alles über Papa und sein . . . Problem wissen. Und ich habe sie gebeten, sich anzuhören, was Sie zu sagen haben, bevor sie sich entscheidet, ob sie mit uns gehen oder hierbleiben will.«

Katya hatte die Augen niedergeschlagen und wirkte in ihrer ganzen Haltung niedergeschlagen und wie mit einer Bürde beladen.

Paul streckte mir seine linke Hand hin. »Ich nehme an, ich sehe Sie nicht wieder, Montjean. Ich würde Ihnen gerne sagen, daß die Bekanntschaft mit Ihnen ein Quell reiner Freude für mich ist, aber Sie kennen mich ja: sklavisch der Wahrheit ergeben.« Er winkte kurz und verschwand die Treppe hinauf.

Das war das letzte Mal, daß ich Paul lebend sah.

Ich wandte mich Katya zu, die noch immer die Augen abgewendet hielt. Die ganze Energie und Lebensfreude, die sie auf dem Fest zur Schau gestellt hatte, schien aufgebraucht. Ich schwieg einen Moment lang, dann fing ich an: »Katya –«

»– Es war wirklich nett von Ihnen, uns zu diesem Tag einzuladen, Jean-Marc.« Sie sprach hastig, als wolle sie mich mit ihrem Wortschwall von meinem Vorhaben ablenken. »Papa hat es so genossen, und heute morgen noch war ihm das Herz schwer bei dem Gedanken, daß er wieder mit seinen Büchern würde umziehen und das gewisse Chaos, bei dem er so gut arbeiten kann, würde zerstören müssen. Das Picknick ... das Fest ... das war ein Tag, den man nicht vergißt. Ich hoffe, Sie haben nicht die Absicht, jetzt alles zu verderben.«

»Sehen Sie mich an, Katya.«

»Ich kann nicht ... Ich ...« Ich sah, daß in ihren abgewendeten Augen Tränen standen.

Ich seufzte schwer. »Sollen wir zum Gartenhaus hinunter gehen?«

»Wenn Sie wollen.« Sie erhob sich, noch immer meinen Blick meidend, und ging vor mir durch die Terrassentür.

Sie setzte sich in den abgewetzten Korbsessel unter dem Gitter des Häuschens, und ich lehnte mich gegen den Türbogen. Kaltes Mondlicht fiel schräg durch das dichte Blattwerk und malte Flecken aus Schwarz und Silber auf den Boden, während in den Bäumen über uns der Nachtwind säuselte.

Wir schwiegen eine Zeitlang, dann hub ich an: »Ich möchte mit Ihnen über Ihren Vater sprechen.«

Sie gab keine Antwort.

»Ich bin sicher, Sie wollen das alles hier nicht wirklich verlassen ... mich nicht verlassen.«

Sie sprach mit ruhiger, tonloser Stimme. »Was ich will, hat nichts damit zu tun. Ich habe keine andere Wahl.«

»Das ist nicht wahr. Sie haben eine andere Wahl, und Sie müssen Sie treffen. Vielleicht hat Paul keine andere Wahl mehr. Sein Lebenshunger ist ohnehin nicht sehr groß. Aber Sie, Katya . . . als ich Sie tanzen sah . . . wie sie aussahen, als sie vom Flußufer zurückkamen, die Arme voller Blumen . . . Katya, Ihre Lebensfreude spricht aus jeder Faser Ihres Körpers!«

»Ich kann meinen Vater nicht verlassen! Paul und ich . . . wir sind für Papa verantwortlich. Wir können ihm niemals zurückzahlen, was wir ihm schulden.«

»Das ist Unsinn. Alle Kinder glauben, sie stünden auf ewig in der Schuld ihrer Eltern, aber das stimmt einfach nicht. Wenn es denn eine Schuld gibt, so die der Eltern, die ihr Kind dafür entschädigen sollten, daß sie es, nur um eines momentanen Genusses willen, in eine Welt gesetzt haben, die aus Leid und Krieg und Haß besteht.«

»In unserem Fall ist es anders. Papa liebte unsere Mutter schrecklich –«

»Wahnsinnig?«

Sie überhörte meinen Einwurf. »Er war ihr vollkommen ergeben. Sie war sein Leben, sein ganzes Glück. Sie war eine sehr schöne Frau, sehr zart. Zu zart sogar. Sie war schmächtig und zerbrechlich . . . und wir waren Zwillinge. Die Geburt war sehr schwer. Entweder konnte man der Mutter das Leben retten oder aber den Kindern. Und nur, damit Paul und ich leben konnten, mußte Papa sein Liebstes drangeben . . . seine ganze Welt. Wie könnten wir ihn da jetzt im Stich lassen?«

Eigentlich wollte ich sie nicht mit der schmerzlichen Wahrheit konfrontieren, doch jetzt ging es für mich um alles oder nichts. »Katya? Ich weiß Bescheid über den jungen Mann in Paris.«

»Ja. Paul hat mir gesagt, daß er gezwungen war, Ihnen davon zu erzählen.«

»›Gezwungen‹ ist nicht ganz der richtige Ausdruck, aber lassen wir es dabei bewenden. Tatsache ist, daß ich besser als Sie weiß, was in Paris passiert ist. Sie werden es nicht gerne hören, aber wenn Sie eine kluge Entscheidung fällen wollen, müssen Sie die Wahrheit kennen. Paul ließ Sie in dem Glauben, daß Ihr Vater den jungen Mann zwar erschoß, aber daß es ein –«

»– Sie wollen mir sagen, daß der Unfall *kein* Unfall war, nicht wahr?« sagte sie ruhig.

»Das *wissen* Sie?«

Den Kopf noch immer gesenkt, den Blick noch immer auf ihre gefalteten Hände geheftet, sagte sie: »Ich habe es von Anfang an gewußt. Ich stand vor der Tür von Vaters Arbeitszimmer, als Paul am nächsten Morgen mit ihm redete. Es ist nicht schön, an Türen zu lauschen, aber ich wollte verzweifelt gerne wissen, was zu tun sei, wie Vater geschützt werden konnte ... nicht nur vor einer Bestrafung, sondern vor allem vor der Erkenntnis dessen, was er getan hatte. Als ich Paul sagen hörte, *ich* hätte den jungen Mann erschossen, war ich verwirrt und entsetzt. Er log natürlich – ich weiß genau, wann Paul lügt; dann liegt eine gewisse herzliche Aufrichtigkeit in seinem Tonfall, die ihn unweigerlich verrät. Er klingt nämlich immer nur dann aufrichtig, wenn er lügt. Dann verstand ich plötzlich, warum er es tat; er hatte sich einen Weg ausgedacht, Vater zum Eingeständnis seiner Tat zu bringen, ohne ihn mit der fürchterlichen Wahrheit zu konfrontieren, daß er wahnsinnig war. Später an jenem Vormittag kam Paul zu mir und wir hatten eine lange Unterredung. Ich hatte erwartet, daß er mir die Fabel beichten würde, die er benutzt hatte, um Vater zu schützen. Statt dessen jedoch erzählte er mir, Vater hätte Marcel durch Zufall erschossen, weil er ihn für einen Einbrecher hielt. Paul sprach wieder in jenem ernsthaften, aufrichtigen Tonfall – das sichere Zeichen für eine Lüge. Und wiederum verstand ich, warum er das tat. Er versuchte, mir die Erkenntnis zu ersparen, daß Vater wahnsinnig war.«

In dem Versuch, dieses Gewebe aus Lügen und Halbwahrheiten zu verstehen, drückte ich die Fingerspitzen gegen meine Stirn. »Und seitdem lebt Paul in dem Glauben, daß Sie seine Geschichte über den Zufallsschuß geschluckt haben?«

»Ja.« Zum erstenmal sah sie mir in die Augen, ein schwaches, trauriges Lächeln auf den Lippen. »Sie sehen also: Indem ich so tue, als glaubte ich Pauls Geschichte, lüge ich auf gewisse Weise ebenfalls. Jeder von uns dreien lügt, jeder, um den anderen die Wahrheit zu ersparen.«

»Und Sie sind die einzige, die diese Wahrheit kennt?«

»Ja.«

»Sind Sie auch sicher, daß Sie die *ganze* Wahrheit kennen? Wissen Sie, *warum* Ihr Vater den jungen ... diesen Marcel erschoß?«

»Ich glaube schon. Ich habe viel darüber nachgedacht, und ich glaube, ich verstehe es. Der Schock über den Tod meiner Mutter hat ihn aus dem Gleichgewicht gebracht. Jahrelang verbarg er seinen Kummer, indem er sich in seinen Studien vergrub, indem er versuchte, seinen Schmerz mit Arbeit zu betäuben. Und die ganze Zeit über nagte der unausgesprochene Kummer an ihm. Dann, eines Nachts, in einem Moment der Unwachsamkeit und Schwäche ... vielleicht hatte er gerade an sie gedacht, in seinem Studierzimmer gesessen und sich erinnert ... vielleicht geweint. Er trat in den Garten, um frische Luft zu schnappen ... er sah seine Frau in den Armen eines anderen Mannes ... Ich sehe meiner Mutter sehr ähnlich, wissen Sie. Ja, Jean-Marc, ich glaube, ich weiß, wie es passierte.«

»Dann müssen Sie auch sehen, daß seine Gefühle für Sie pathologisch sind. Das *sehen* Sie doch, nicht wahr?«

»Diese Gefühle gelten nicht mir. Seine Gefühle gelten seiner Frau.«

»Trotzdem sind sie pathologisch. Und es gibt nicht den geringsten Grund anzunehmen, daß er nicht wieder den Sinn für die Realität verlieren, nicht einen anderen jungen Mann töten wird, dessen einziges Verbrechen darin besteht, Sie zu lieben und in seinen Armen zu halten.«

»Genau! Und deswegen müssen wir von hier weggehen, Jean-Marc! Sehen Sie das nicht ein?«

Ich fuhr mir mit den Fingern durchs Haar. »Aber Sie dürfen nicht gehen! Ich darf Sie nicht verlieren! Ich liebe Sie, Herrgott noch mal!«

Abrupt hielt ich inne, als ich hörte, wie heftig ich die entscheidenden Worte hervorgestoßen hatte. Dann wiederholte ich sanft:

»Ich liebe Sie, Katya.«

Besorgt fixierte sie mich; dann starrte sie in den mondhellen Garten hinaus, sie schien über ein geheimes Problem nachzugrübeln. Als sie nach langem Schweigen schließlich sprach, klang es, als käme ihre Stimme aus weiter Ferne. »Ich bin sechsundzwanzig Jahre alt, Jean-Marc. Sechsundzwanzig Jahre alt. Als meine Mutter starb, war sie gerade erst zwanzig. Es ist ein sehr seltsames Gefühl, älter als die eigene Mutter zu sein. Denken Sie nur einmal nach. Ich bin *sechs Jahre älter* als meine ...« Ihre Stimme erstarb, verlor sich in Träumerei.

»Katya? Da ist etwas, das ich Sie fragen muß. Ich glaube, ich kenne die Antwort schon, weil ein Liebender genau spürt, was in dem Menschen vorgeht, den er liebt, und all die kleinen Anzeichen und Andeutungen versteht. Aber Sie haben es nie in den berühmten drei Worten gesagt. Katya ... lieben Sie mich?«

Sie schwieg einen Moment, bevor sie sagte: »Sie wissen, daß ich Sie sehr gern ...«

»– Ich rede nicht von Gernhaben oder Mögen oder Freundschaft. *Lieben* Sie mich?«

Sie lächelte schwach und ein wenig traurig. »Mein wild entschlossener, leidenschaftlicher Baske.«

»Lieben Sie mich?« fragte ich beharrlich, und mein Puls beschleunigte sich, während sich ein unerwarteter Zweifel wie ein kalter Schatten in mir zu regen begann.

Sie berührte meine Wange mit den Fingerspitzen, dann bedeckte sie sie mit ihrer Hand. Der Blick, mit dem sie mir in die Augen sah, war sanft und, wie ich befürchtete, voller Mitleid. Sie senkte die Lider und zog ihre Hand zurück. »Nein, Jean-Marc«, sagte sie leise. »Ich liebe Sie nicht.«

Die Erde schien unter mir wegzugleiten. Eine Sekunde lang war ich wie betäubt. Dann setzte der Schmerz mit einem Stechen hinter den Augäpfeln ein. Ich mußte schlucken, um meine Tränen und den Kloß in meiner Kehle zu ersticken.

Beinahe flüsternd sprach sie weiter. »Ich werde Ihnen nicht erzählen, wie gern ich Sie mag, Jean-Marc, weil ich weiß, daß das Ihren Schmerz nur vergrößern würde. Aber, bitte, glauben Sie mir. Es tut mir sehr leid, daß ich Sie nicht liebe. Ich kann nicht erklären, warum das so ist. In meinen Tagträumen habe ich mir vorgestellt, Sie zu lieben. Ich *möchte* Sie lieben. Ich habe sogar das Gefühl, ich *sollte* es. Aber . . .«

Ich wandte mich ab, damit sie mein Gesicht nicht sehen konnte. Als ich sprach, klang meine Stimme verzerrt und dünn. »Und der Mann in Paris . . . Ihr Marcel . . . Haben Sie ihn geliebt?«

Sie schwieg eine ganze Weile lang. »Ich war jung und romantisch genug, um den Gedanken, verliebt zu sein, herrlich zu finden, aber . . . nein. Nein, ich bin zu der Erkenntnis gekommen, daß ich niemals lieben werde. Nicht jeder Mensch ist dazu imstande, wie Sie wissen. Sie sehen also, daß ich, selbst wenn es nicht um Papa ginge, nicht bei Ihnen bleiben könnte. Ich könnte nicht ... Weinen Sie? Bitte, weinen Sie nicht.«

»Ich weine nicht.« Ich wandte mein Gesicht noch weiter ab, und während die Tränen hochschossen und über meine Wangen strömten, bemühte ich mich, nicht zu schluchzen. »Bitte ... sehen Sie mich nicht an. Warten Sie eine Minute. Dann habe ich mich wieder gefangen. Verzeihen Sie.«

Sie war feinfühlig genug, mich allein zu lassen, mich nicht trösten zu wollen, solange ich das erste Aufwallen von Schmerz und Leere niederkämpfte.

Nach mehreren Minuten war ich wieder imstande, gleichmäßiger zu atmen, und der Tränenstrom versiegte. »Es tut mir leid«, sagte ich und wischte mir mit den Fingern die Tränen aus den Augen. »Diese letzten beiden Tage waren anstrengend. Es tut mir leid.«

»Es braucht Ihnen gar nichts leid zu tun«, sagte sie leise.

»So!« Ich rieb mir die Wangen mit den Handflächen, drehte mich zu ihr um und lächelte mit tränenfeuchten Augen. »Das hätten wir. Der kindische Anfall ist vollkommen vorbei. Meine Güte! Sie dürften sich nicht ganz wohl fühlen, junge Dame. Sie sehen völlig abwesend aus. An der Medizinischen Fakultät werden wir darauf gedrillt, geistige Abwesenheit als ernstzunehmendes, aber nur selten lebensgefährliches Symptom zu erkennen für ... es fällt mir gerade nicht ein, für was.« Meine forcierte Munterkeit muß genauso falsch und hohl geklungen haben wie sie war.

Als sie antwortete, hatte ihre Stimme einen liebevollen Klang, ähnlich den beschwichtigenden Lauten, mit denen wir ein Kind trösten, das hingefallen ist und sich das Knie aufgeschürft hat. »Sie verdienen es, glücklich zu sein, Jean-Marc, und ich weiß, daß Sie es eines Tages sein werden. Sie sind so feinfühlig ... so lieb. Und Sie sind sehr tapfer.«

»Tapfer? Ja . . . doch. Das ist ein Trick von uns Basken, mein Fräulein. Wir verstecken unseren Mut hinter Tränen. Das verleitet unsere Feinde zu dem Glauben, wir seien Schwächlinge.«

»Lieber, lieber Jean-Marc.«

Ich saß mit dem Rücken zu ihr auf den Stufen des Gartenhauses und sah zu den dunklen, wie mit silbernem Mondlicht durchflochtenen Ästen auf. Soeben hatte sie mir gesagt, sie liebe mich nicht, und ich glaubte ihr – mein Verstand glaubte ihr. Herz und Seele jedoch konnten es nicht hinnehmen, ja, nicht einmal verstehen. Ich hatte mir die Liebe nie als ein Gefühl vorgestellt, das ein Mensch für einen anderen empfindet. Ich hatte sie immer als einen Zustand begriffen, als etwas außerhalb der beiden Beteiligten Existierendes, als eine Art Zufluchtsort für zwei, worin sie Trost und Stärke finden konnten. Wie kam es also, daß ich eine so umfassende und heftige Liebe empfand, wohingegen sie . . .?

Auch die Möglichkeit, sie könne mich eines Tages doch noch lieben, bot mir keinerlei Trost. Jung und romantisch, wie ich war, konnte ich die Liebe nicht als etwas betrachten, in das man hineinwächst, als einen Vertrag, dessen Einzelheiten man Punkt für Punkt miteinander aushandelt. Entweder war die Liebe etwas Totales und verschlang einen mit Haut und Haaren – oder aber es war keine Liebe. Dann war es etwas anderes. Etwas Vernünftigeres, Ruhigeres vielleicht, auf seine Weise auch recht Nettes . . ., aber etwas, das ich nicht wollte.

Nach einiger Zeit holte ich tief Luft und sprach mit ruhiger, aber schwacher und tonloser Stimme zu Katya. »Nun gut. Ich muß akzeptieren, daß Sie mich nicht lieben, Katya. Aber ich liebe Sie. Zwar beabsichtige ich nicht, Sie mit meiner Liebe zu belasten, doch leugnen will ich sie auch nicht. Sie besteht nun einmal.

Und weil ich Sie liebe, kann ich nicht zulassen, daß Sie Ihr Leben ruinieren, indem Sie ewig vor Ängsten und Schatten davonlaufen.«

»Es ist sinnlos, mich überreden zu wollen. Ich liebe meinen Vater ... genauso, wie Sie sagen, daß Sie mich lieben.«

»Ihn lieben? Nun ja, vielleicht. Aber Sie haben keine Achtung vor ihm!«

»Das ist nicht wahr! Wie können Sie so etwas sagen?«

»Glauben Sie wirklich, ihr Vater würde Sie Ihre Jugend und Ihre ganze Zukunft für ihn opfern lassen, wenn er davon wüßte? Sie und Paul treffen Entscheidungen für ihn, die er selbst niemals treffen würde. Sie behandeln ihn, als wäre er ein dummes Kind.«

»Jean-Marc, mein Vater ist ...« – sie mußte sich das Wort geradezu abringen – »... wahnsinnig.«

»Wahnsinnig, ja. Aber nicht unvernünftig. Er ist imstande zu lieben, Gefühle zu empfinden, Entscheidungen für sich selbst zu treffen.«

Ihre Stimme wurde hart. »Sie denken doch nicht etwa daran, ihm die Wahrheit zu sagen, oder?«

»Doch, ich habe es erwogen. Ich habe jedes Mittel in Betracht gezogen, mit dem Sie gerettet werden könnten. Aber nein, ich habe nicht die Absicht, ihm die Wahrheit zu sagen. Das steht mir nicht zu. Ihnen steht es zu, Katya. Oder Paul.«

»Ich könnte es niemals tun. Und wenn Sie es täten, so würde ich Sie bis in alle Ewigkeit dafür hassen.«

Ich lächelte bitter. »Ich hatte gehofft, heute nacht das Eingeständnis Ihrer Liebe zu mir zu hören. Statt dessen höre ich nur Bedingungen, unter denen Sie mich bis in alle Ewigkeit hassen würden. Ich mache meine Sache nicht sonderlich gut, nicht wahr?«

Sie kam die Stufen herab und setzte sich neben mich, ließ ihre Hand in meine Armbeuge gleiten und legte ihren Kopf an meine Schulter. »Es tut mir so leid, Jean-Marc.«

Ich nickte und drückte mit dem Arm ihre Hand an mich. Ihre Berührung und Wärme freuten mich zwar, schwemmten aber gleichzeitig den allzu leicht gebauten Damm gegen meine Tränen fort, die wieder hinter meinen Augäpfeln zu brennen und zu stechen begannen. Mit zusammengepreßten Lippen erhob ich mich und trat ein paar Schritte beiseite, um sie nicht sehen zu lassen, daß ich weinte.

Aber sie kam mir nach, nahm mich in die Arme, drückte sich an mich und wiegte mich sanft, als wäre ich ein Kind, dem man wehgetan hat. Verzweifelt klammerte ich mich an sie, meine Wange an ihrem Ohr, damit sie mir nicht ins Gesicht sehen konnte. Ihr Haar war weich und warm und bald auch feucht von meinen Tränen. Mit meinen Lippen streifte ich ihr Haar, dann ihr Ohr, ihren Nacken, ihren Hals ... und mein Mund fand den ihren. Ich spürte, wie ihr Körper nachgiebig wurde und mit meinem verschmolz. Sie preßte ihren Unterkörper so stark an mich, daß ich ihre Knochen fühlte, und ich drückte sie ebenfalls mit aller Macht, als wolle ich die beiden Hautschichten durchbrechen, die unser Fleisch trennten. Sie rieb sich an mir; ein unterdrücktes, wimmerndes Keuchen kam aus ihrer Kehle, und sie umklammerte meinen Rücken mit den Fingern; sie wurde steif und hielt mich mit solcher Kraft, daß ihre Muskeln bebten ...

... Ihr Körper wurde schlaff in meinen Armen; unser Kuß wurde sanfter, zu einer leichten Berührung der Lippen; dann lösten sich unsere Lippen voneinander, und ich sah ihre Augen, feucht und unendlich sanft. Plötzlich stand Verwirrung und Furcht in ihrem Blick, sie stemmte ihre Hände gegen meine Brust und entzog sich mir, und all die warmen Stellen, an denen wir einander berührt hatten, schienen mit einem Male kalt zu werden. Nervös strich sie sich ein paar Haarsträhnen mit den Fingerspitzen aus der Stirn, ihr Blick vermied ängstlich den meinen.

»Oh, Jean-Marc«, sagte sie atemlos. »Es tut mir leid. Das war schrecklich von mir. Es ist mir nie zuvor passiert – dieses ... Gefühl. Ich kannte es nicht! Aber ... es hat sich nichts geändert. Das heißt nicht, daß ich Sie liebe. Und deshalb war es schrecklich von mir, dies zu tun ... dies zu fühlen. Bitte verzeihen Sie mir.«

»Katya ...« Ich streckte die Hand nach ihr aus.

»Nein!« Sie wich zurück, die Augen geweitet vor Furcht. Dann wiederholte sie ruhiger: »Nein, Jean-Marc. Nein. Ich ... ich muß jetzt ins Haus zurückgehen.«

»Bitte verlaß mich nicht.«

»Ich muß!«

»Katya, wissen Sie, daß ich Paul versprochen habe, nach dieser Nacht nie wieder den Versuch zu machen, Sie zu sehen?«

Sie senkte die Lider und nickte. »Ja. Und es ist bestimmt das beste so.« Ihr Atem ging noch immer flach. »Ja, das ist das beste. Jetzt muß ich gehen.«

Mich verlangte danach, ein Wort zu sagen, das sie bleiben ließe. Ich wollte sie in die Arme nehmen und die kalt gewordenen Stellen wieder erwärmen. Aber was hatte das für einen Zweck?

Ich holte tief Luft. »Nun ... dann adieu, Katya.«

Sie blickte nicht auf. »Adieu, Jean-Marc«, sagte sie leise. Sie drehte sich um und schritt den Pfad nach Etcheverria hinauf.

Ich sah ihr nach, sah, wie bleiches Mondlicht ihr weißes Kleid sprenkelte und kräuselte, bis sie zwischen den wild wuchernden Pflanzen verschwunden war.

*

Ich kann nicht sagen, wie lange ich in ihrem Korbsessel saß. Zehn Minuten? Eine Stunde? Unmöglich zu sagen. Die Knie gegeneinandergepreßt, die Augen blicklos auf den Boden des Gartenhauses geheftet, fühlte ich mich unendlich einsam und ahnte, daß ich mein Leben lang einsam bleiben würde. In dieser Erkenntnis lag keine Bitterkeit, nur eine Art stiller Hoffnungslosigkeit.

Und selbst jetzt noch, Jahre später, da ich dies beschreibe, fliegt mein Herz dem verlorenen und verlassenen jungen Mann zu, der in meiner Vorstellung dort sitzt. Den Schmerz spüre ich nicht mehr. Aber ich habe ihn noch in Erinnerung ... in lebhafter Erinnerung.

Die Vernunft sagt mir, daß das, was ich nun berichten werde, sich nicht so abgespielt haben kann, wie ich es in Erinnerung habe. Ich kann die Ereignisse und Eindrücke nicht objektiv wiedergeben. Ich kann nur unter Ausschöpfung meiner ganzen handwerklichen Begabung beschreiben, woran ich mich erinnere, wobei ich hinnehmen muß, daß meine Erinnerung nur eine verzerrte Reihe traumatischer Erlebnisse enthält.

Dort saß ich also – wie lange, spielt keine Rolle, da mein Leid zeitlos war –, bis endlich der Boden des Gartenhauses wieder in mein Blickfeld rückte und ich erkannte, daß ich in der feuchten Kühle der späten Nacht schauderte. Ich stieß einen langen, zitternden Seufzer aus, bei dem meine Lungen schmerzten. Es wäre besser, nach Salies zurückzukehren. Warum auch nicht? Was war zu gewinnen, wenn ich hier herumsaß? Benommen stieß ich mich aus dem Korbsessel hoch und begann, die Stufen hinunterzugehen. Da fühlte ich einen Schock, als wäre ich gegen eine Mauer gelaufen, und in meiner rechten Seite brannte ein höllischer Schmerz. Ich kann mich erinnern, rotes Licht aufblitzen gesehen zu haben, aber ich glaube, das war hinter, nicht vor meinen Augen. Ich entsinne mich keines Geräusches, keines Knalls, aber ich wußte mit der tödlichen Sicherheit, die man in Alpträumen hat, daß mich ein Schuß getroffen hatte. Der Garten kippte nach der Seite weg, und ich klammerte mich an den Türrahmen des Gartenhauses. Mein Mund muß dagegen gepreßt worden sein, denn ich erinnere mich an das Knirschen von Farbpartikeln zwischen den Zähnen. Es war, als hätte sich mein Magen mit Eis gefüllt. Eis in den Beinen. Zitternde Schwäche das ganze Rückgrat hinunter. Und die Erde raste mir entgegen, als ich stürzte – nicht *auf* die Erde, sondern *durch sie hindurch.* Hindurch . . . und hinunter, hinunter, torkelnd in einem Chaos aus schwarzen Echos. Während ich dies schreibe, spüre ich wieder die Übelkeit, und meine Hand, die den Federhalter führt, wird schwach. Hinunter und immer weiter hinunter. Flecken trüben Lichts erschienen unter mir und rasten aufwärts an mir vorüber. Und in meinen Ohren dröhnte ein Geräusch wie ein langgezogener, tiefer Orgelton. Mit furchtbarer Ruhe erkannte ich, daß ich starb. Ich sterbe. Ich war ein wenig überrascht, sterben zu müssen, aber doch ganz heiter. Ich sterbe. Wehr dich nicht. Kämpfe nicht dagegen an. Laß es kommen.

Nein! brüllte das Tier in mir. Lebe! Lebe!

Ich raste einem weiteren trüben Lichtklecks entgegen und wußte mit einer über jede Logik erhabenen Sicherheit, daß dies das letzte bißchen Licht war und mich danach nur noch Schwärze erwartete. Ich konzentrierte mein ganzes Verlangen darauf, und der Schimmer wurde größer. Er verwischte sich und verschwamm, dann nahm er Gestalt an. Mondlicht. Ein Baum aus Gras dicht vor meinen Augen. Ein Stiefel. Die Spitze eines Männerstiefels. Ich streckte die Hand aus und griff nach dem Stiefel, um meinen Sturz in die endlose Tiefe aufzuhalten. Doch der Stiefel wurde meinem Zugriff entrissen. Ich mußte meine ganze Kraft zusammennehmen, um aufzusehen, und da war, weit über mir, schwellend und wogend wie eine Spiegelung im Wasser, Monsieur Trevilles Gesicht.

»Bitte ... bitte ...«, stammelte ich mit schwerer Zunge.

Sein Gesicht drückte Entsetzen aus, und er schreckte vor mir zurück.

Hohl und wie aus weiter Ferne hörte ich seine Stimme: »Oh, mein Gott! Mein Gott!«

In mir breitete sich wieder Schwärze aus. Ich spürte, wie ihr kalter Schatten in meinem Innern anschwoll. »Bitte? ...«

Und ich stürzte wieder ins Leere. Endlose Schwärze ... kein Laut ... kein Licht ... taumelnd ... treibend ...

... treibend ... auf etwas Weißes zu ... mit weißen Linien ... Streben ... Rechtecken ... ein Fenster. Ein Fenster in einer Wand, ganz weiß.

Die weißen Wände der Klinik in Salies? Was? Die Klinik?

»Schön, schön. Wie Lazarus steht er, wenn auch nicht gerade von den Toten, so doch von den Schwerverwundeten auf. Hier, trinken Sie das aus.« Doktor Gros hob meinen Kopf an und hielt mir ein Glas an die Lippen. »Ex, wie die Can-Can-Mädchen sagen.« Der letzte Schluck geriet mir in die falsche Kehle, ich mußte husten, und der Krampf löste einen brennenden Schmerz in meiner rechten Seite aus. »Schmeckt scheußlich, das Zeug, ich weiß. Aber meine Patienten hielten es für wirkungslos, wäre es wohlschmeckend. Sollte mich nicht wundern, wenn es was mit dem christlichen Postulat zu tun hat, daß Lust vom Bösen ist und Leid Erlösung bringt. Nein, nein, versuchen Sie nicht zu sprechen. Sie haben eine Menge Blut verloren und einen gehörigen Schock erlitten. Aber es ist kein lebenswichtiges Organ getroffen. Sie werden noch ein hübsch hohes Alter erreichen – nicht, daß der Ärztestand Grund zur Freude hätte über diese Aussicht.«

»Was ... was geschah mit ... wo? ... wo? ...« Ich konnte keinen klaren Gedanken fassen.

»Sie sollten wirklich Ihre Konversationstalente etwas aufpolieren, Montjean. Sinnloses Geschwätz ist etwas für Politiker und Priester. Aber es wäre mir lieber, Sie sprächen vorerst nicht. Ich werde Ihnen einiges erklären, damit Sie sich beruhigen. Der junge Treville brachte Sie in ihrer Kutsche. Er sagte etwas von einem Unfall, der sich ereignete, als er Ihnen seine Sportpistolen zeigte. In Anbetracht dessen, was wir über die Geschichte dieser Familie wissen, schließe ich nicht aus, daß das eine Lüge war. Natürlich habe ich erwogen, die Gendarmerie zu verständigen, doch unter Berücksichtigung Ihrer Beziehungen zu dieser Familie hielt ich es für besser, damit zu warten, bis Sie das Bewußtsein wiedererlangt hätten. Und Sie haben sich ganz hübsch Zeit dazu gelassen. Mittlerweile ist es Morgen geworden. Ich habe die ganze Nacht an Ihrem Bett gesessen. Zweifellos werden Sie einen Rückfall erleiden, wenn Sie meine Rechnung sehen. Nun? Ist es eine Angelegenheit für die Gendarmerie?«

Ich schüttelte schwach den Kopf.

»Hm-m-m. Ich weiß nicht, ob das sehr klug ist. Aber ich räume gern ein, daß das Ihre Sache ist. Ich habe fast die ganze Nacht darüber nachgedacht – hatte nicht viel anderes zu tun, Sie verstehen. Ich nehme an, der alte Mann hat auf Sie geschossen?«

»Ich ... ich habe es nicht gesehen.«

»Nun ja, es wäre logisch, oder? Schließlich und endlich hat er sich mit solcherart Ausschweifungen einen Namen gemacht.«

Ich ärgerte mich über seine unangebrachten Witzeleien, war jedoch zu kraftlos und ausgepumpt, um sie ihm zu verweisen.

»Der Bruder kann es kaum gewesen sein. Dann wären Sie, wenn sein Ruf als ausgezeichneter Schütze gerechtfertigt ist, jetzt von allem Elend befreit – könnten den Himmlischen Heerscharen ärztliche Dienste leisten, welcher immer sie bedürfen mögen. Linderungsmittel gegen Langeweile wahrscheinlich. Oder Wiederbelebungsmittel nach dem Schock des Zusammentreffens mit Freunden und Familienangehörigen, von denen sie glaubten, sie wären sie endgültig losgeworden.«

Ich drehte den Kopf zum Fenster. »Es ist schon Morgen?«

»Ja. Sie waren die ganze Nacht über bewußtlos. Ich stand am Fenster und sah zu, wie der Tag anbrach – etwas, das ich schon seit Jahren nicht mehr getan habe und hoffentlich in Zukunft vermeiden kann. Es sieht leider so aus, als würde es ein weiterer wunderschöner Tag, so gut Ihnen das auch tun mag.«

»Bitte ... bitte helfen Sie mir aufzustehen.«

»Seien Sie nicht töricht! Wissen Sie, mir ist gerade etwas eingefallen. Ich frage mich, ein wie guter Schütze der Treville-Junge wohl *wäre*, zieht man in Betracht, daß er mit der *linken* Hand schießen müßte. Wäre eine Überlegung wert, hm? Stoff zum Nachdenken.«

»Dr. Gros? Ich muß nach Etcheverria. Katya ...«

»Hören Sie, mein Sohn. Ihre Wunde ist noch ganz frisch. Die Kugel hat Sie direkt an der Seite gestreift. Sie haben mehr Glück, als Sie verdienen. Sie profitieren von Gottes Vorliebe für Narren, Trunkenbolde und Liebende. Aber Sie haben eine Menge Blut verloren.«

»Ich muß nach Etcheverria!«

»Seien Sie kein Esel, Montjean. Das war Laudanum, was ich Ihnen gerade gegeben habe. In ein paar Minuten sind Sie bewußtlos und in Sicherheit. Es ist sinnlos, darüber zu streiten.«

Ich spürte bereits, wie sich mein Hirn sanft umnebelte. Obwohl ich wußte, daß es aussichtslos war, konnte ich doch nicht anders als mich dagegen wehren. Katya brauchte mich. Als mich das Schlafmittel endlich überwältigte, versank ich in einem übelkeiterregenden Tumult aus Widerstand und Entsetzen.

Als ich wieder ins Bewußtsein tauchte, war ich allein im Zimmer, in Schweiß gebadet und so schwach, daß es einer angestrengten Konzentration bedurfte, den Kopf zu heben und zum Fenster zu sehen. Der Stand der Sonne sagte mir, daß der Nachmittag zur Hälfte vorüber war. Zitternd vor Anstrengung setzte ich mich auf und schlüpfte übervorsichtig mit den Beinen aus dem Bett. Ein Schwindelanfall ging vorüber und hinterließ pochende Kopfschmerzen. Ich zog mein Nachthemd hoch und riß das Pflaster von meiner Wunde, um sie zu untersuchen. Sie war trocken und rot, und dort, wo Doktor Gros sie vernäht hatte, zogen sich zwei häßliche schwarze Fäden durch das Fleisch, aber ich war nur oberflächlich verwundet und blutete nicht. Ich klebte das Pflaster wieder darüber; dann wagte ich den Versuch, mich neben das Bett zu stellen. Schwindel und Schmerz überkamen mich, aber ich konnte auf den Füßen stehen. Meine Kleider hingen an einem Wandhaken am anderen Ende des Zimmers, und vorsichtig zog ich mich an, wobei ich mich jedesmal, wenn mich eine Woge von Benommenheit überrollte, an die Wand lehnte. Meine Kleider waren schmutzig und das Hemd auf der rechten Seite hart von geronnenem Blut, aber ich wagte nicht, zum Umziehen in meine Pension zu gehen, aus Angst, Doktor Gros könne mein Verschwinden entdecken und Alarm schlagen. Unbemerkt schlich ich zum Hinterausgang hinaus und schlug mich zum Stall durch, wo ich den Jungen auf einem Heuhaufen dösend fand. Er spannte die Stute für mich ein, und bald hatte ich Salies hinter mir gelassen und befand mich auf dem Weg nach Etcheverria. Das Schütteln des Einspänners war zuerst qualvoll, aber meine Steifheit löste sich allmählich, und die kühle Brise und die Limonensonne brachten mir Erfrischung und neue Stärke.

Ich wagte nicht, mir vorzustellen, was mich in Etcheverria erwartete. Tatsächlich hatte ich nur eine höchst unbestimmte Vorstellung davon, was ich dort tun konnte; aber ich hatte das Gefühl, daß Katya mich brauchte, und nichts auf der Welt hätte mich von ihr fernhalten können.

Die Pappeln am Rande des Weges, der zum Haus hinaufführte, hielten die Brise ab, und als ich an der zerfallenen Mauer des wildwuchernden Gartens entlangfuhr, klang das Hufeklappern der Stute auffallend laut in der Stille. Ich kletterte vom Einspänner herunter und blieb einen Moment lang im kiesbestreuten Hof stehen. Die Haustür stand weit offen, und das Klagen des Windes hoch oben in den Baumwipfeln war der einzige vernehmbare Laut. Eine undefinierbare, doch beinahe greifbare Aura der Verlassenheit lastete auf dem Haus. Kalte Furcht sträubte meine Nackenhaare, und instinktiv wußte ich, daß ich zu spät kam. Zu spät für ... Ich wußte nicht, wofür.

Ich betrat die Haupthalle und rief Katyas Namen. Keine Antwort. Ich warf einen Blick in den Salon. Kein Mensch. Das Speisezimmer war leer. Ich ging den kurzen Flur zu Monsieur Trevilles Arbeitszimmer entlang und klopfte an die Tür. Keine Reaktion. Ich stieß sie auf und trat ein. Der Schreibtisch war bepackt mit unordentlichen, wackeligen Bücher- und Papierstapeln, wie ich sie noch in Erinnerung hatte, und der Fußboden übersät mit offenen Schachteln und Bücherhaufen, als wäre der alte Gelehrte nur kurz hinausgegangen und käme jeden Moment zurück, um beim Packen für einen neuerlichen Umzug fortzufahren.

Am Fuß der Treppe rief ich hinauf: »Katya?« Keine Antwort. »Katya!« Stille. Ich stieg leise die Treppe hoch und kam in den oberen Flur, in dem ich noch nie zuvor gewesen war. Die Wände des Treppenaufgangs waren hell erleuchtet von dem breiten Sonnenstrahl, der durch die offene Haustür unten fiel, doch der Flur war dunkel und alle Zimmertüren waren geschlossen. Ich hatte keine Ahnung, welches Zimmer Katya gehörte. Ich klopfte an die nächstgelegene Tür, und als keine Antwort kam, drückte ich sie auf und spähte hinein. Die Fensterläden waren halb geschlossen, und das einzige Licht, das durch die sich sanft bauschenden Vorhänge drang, ein glühender Streifen Sonnenlicht, blendete mich in der ansonsten herrschenden Dunkelheit. Auf dem Bett konnte ich undeutlich eine Figur erkennen . . . einen Mann . . . voll bekleidet. »Paul?« rief ich leise. »Monsieur Treville?« Die Figur rührte sich nicht. Stumm näherte ich mich dem Bett.

Es war Monsieur Treville, mit dem Rücken auf der Steppdecke liegend, und ich registrierte, daß er seine Stiefel immer noch anhatte. »Monsieur Treville? Monsieur?« Der Windhauch drückte die sonnendurchglühten Vorhänge nach draußen, und ganz kurz wurde das Antlitz deutlich sichtbar, dann versank es wieder in der Düsternis.

Schockiert und von Abscheu erfüllt, wandte ich rasch den Blick. In der rechten Schläfe war ein kleines schwarzes Loch, und das obere Drittel seiner linken Gesichtshälfte war völlig zerstört. Eine Welle von Übelkeit stieg in mir auf und ich spürte, wie meine Knie nachgaben. Ich mußte mich am Bettgestell festhalten und blieb dort stehen, bis die Schwäche vorüber war; dann taumelte ich aus dem Zimmer und blieb im Flur stehen. Mir war schwindelig. In dem lähmenden Entsetzen, das mich befiel, klammerte ich mich an einen einzigen Gedanken: Ich muß Katya finden! Die beiden anderen Türen, die vom Flur abgingen, waren geschlossen. Ich zwang mich, zur nächsten zu gehen und meine Hand auf den Knauf zu legen. Ich fürchtete mich vor dem, was ich drinnen finden würde, und mußte meine ganze Willenskraft zusammennehmen, um den Knauf zu drehen.

»Das ist Katyas Zimmer, Montjean.«

Ich japste nach Luft und wirbelte herum. In dem tiefen Schatten am Ende der Treppe stand Paul, schwer zu erkennen vor dem hellen Hintergrund der Wand.

»Sie darf nicht gestört werden.« Die Stimme klang eigenartig ... hart ... verzerrt. »Sie hat etwas Entsetzliches erlebt. Lassen Sie sie ruhen.«

Durch das Dunkel des Flurs sah ich angestrengt zu ihm hinüber. Seine Erscheinung war seltsam unordentlich; die Kleider hingen schlaff an ihm herunter; seine Frisur hatte einen eigenartigen Schnitt und wirkte zerzaust. Und die Sportpistole, die er in der Rechten hielt, baumelte hin und her.

Aber das Gesicht, in der Finsternis kaum erkennbar ... Die sanften, empfindsamen Augen ...

Vor Grauen bekam ich eine Gänsehaut. »Katya?« stieß ich hervor.

»Sie ruht, ich sagte es Ihnen doch schon. Ich lasse nicht zu, daß sie gestört wird.« Sie quetschte ihre Stimmbänder, um ihrer Stimme einen etwas tieferen Klang zu geben. Das Ergebnis war ein gespenstisch rauher Tonfall, der mich erschaudern ließ.

Ich mußte unbedingt nachdenken! Ich durfte meine Gefühle nicht mit mir durchgehen lassen. Brauchte Ruhe und Zeit zum Nachdenken. »Darf ich ... darf ich zu ihr hineinschauen, ... Paul? Nur eine Sekunde lang?«

Sie starrte mich eine ganze Weile lang an. »Na gut. Aber wecken Sie sie nicht auf. Sie braucht ihre Ruhe. Sie ist erschöpft ... so sehr erschöpft ...« Ihr klagend mitleidiger Tonfall stand in unheimlichem Gegensatz zu ihrer makaber rauhen Stimme.

Mit klopfendem Herzen und angsterfüllter Seele stieß ich die Tür ein Stück auf. Auch dieses Zimmer lag im tiefen Schatten, der durch den Kontrast mit dem Sonnenlicht, das durch die Vorhänge flimmerte, noch stärker wirkte. Leise schloß ich die Tür hinter mir und ging zum Bett. Paul lag auf dem Rücken, die Arme zu beiden Seiten ausgestreckt, die Beine gerade und steif. Er war tot. Sie hatte ihn mit einem ihrer weißen Kleider zugedeckt, den Kragen unter seinem Kinn festgesteckt, die Ärmel sorgfältig über seine Arme gebreitet, so daß der Eindruck entstand, er trüge das Kleid. Und sein Gesicht, im Schlaf dem ihren so ähnlich, verlieh der Täuschung einen grotesken Hauch von Wirklichkeit.

»O mein Gott«, stieß ich hervor.

Ich schlug das Kleid zurück und entdeckte einen dunklen Blutfleck auf seiner Hemdbrust, in dessen Mitte sich ein kleines schwarzes Loch fand. Er war mitten ins Herz getroffen worden. Doch auf der Steppdecke, auf der er lag, war kein Blut. Er war anderswo erschossen und zu ihrem Schlafzimmer hinaufgetragen worden – eher wohl geschleift. Mich schauderte bei der Vorstellung, welch schreckliche Mühe es sie gekostet haben mußte, seinen schlaffen Körper die breiten Stiegen hinauf in ihr Zimmer zu ziehen und zu zerren. Und auf das Bett zu hieven . . .

Behutsam breitete ich das Kleid wieder über ihn und trat zurück in den Flur, wobei ich die Tür hinter mir schloß.

Sie hatte sich nicht vom Ende der Treppe weggerührt, wo sie vor der sonnenglühenden Wand des Aufgangs wie eine schattige Silhouette stand. »Schläft sie?« fragte sie mich.

Ich holte tief Luft. »Ja. Sie . . . ruht.«

»Gut«, sagte sie mit ihrer gepreßten, tiefen Stimme. Einen Moment lang herrschte Schweigen.

»Ich ... Paul? Kann ich kurz mit Ihnen sprechen?« fragte ich zögernd.

In Pauls überheblicher Manier zog sie eine Augenbraue hoch. »Wenn es unbedingt sein muß, alter Freund.« Sie drehte sich um und ging mir voran die Treppe hinunter. Während ich hinter ihr her ging, sah ich, daß sie sich das Haar ungeschickt kurzgeschnitten und versucht hatte, es mit Wasser glatt am Kopf anzukleben.

Eine Ertränkte Jungfrau?

Monate später, als ich die Ereignisse mit klarerem Kopf überblicken konnte, fiel mir auf, daß ich mich selbst nicht bedroht gefühlt hatte. Gewiß, ich hatte Angst, aber nicht um mich. Ich erkannte, daß Katya ganz und gar wahnsinnig war. Ich nahm an, daß sie ihren Bruder und vielleicht auch ihren Vater mit der Sportpistole, die sie so lässig in der Hand hielt, umgebracht hatte. Es gab keinen Grund zu glauben, sie könnte mich verschonen. Dennoch – im Wirrwarr meiner Gefühle war kein Raum für Furcht. Vielleicht besaß die Vorstellung, tot zu sein, alles hinter sich zu haben, eine gewisse Anziehungskraft für mich.

Mein stärkstes Gefühl war Mitleid ... Liebe und Mitleid, die mein Herz zu ihr hinzogen. Mit ihrem schmalen, zerbrechlichen Körper in Pauls Anzug, der an ihr schlotterte, mit ihren nassen, vom Kopf abstehenden Locken wirkte sie so sehr wie ein tragikomischer Clown, halb grotesk, halb erschütternd, daß ich mich danach sehnte, sie in die Arme zu nehmen und zu trösten. Aber mir war klar, daß ich – wenn auch nur die geringste Aussicht bestand, sie in die Wirklichkeit zurückzuführen – ihr gestatten mußte, die Rolle, die ihr eine gewisse Sicherheit gab, eine Art Zuflucht vor den Stürmen, die in ihrer Seele tobten, zu Ende zu spielen.

Wir betraten den Salon, wo sie sich mir mit einem Ausdruck von Hochmut zuwandte und in Pauls gelangweiltem, schleppendem Tonfall fragte: »Ich vermute, Sie können einen Cognac gebrauchen? Schließlich passiert es nicht alle Tage, daß sich einer in einem Garten beim Werben um eine junge Dame anschießen läßt. Ein solches Ereignis muß gebührend gefeiert werden.«

Ich nahm den angebotenen Cognac; für sich selbst hatte sie keinen eingeschenkt. »Wollen wir ihn auf der Terrasse trinken?« fragte sie. »Heute ist wieder einer dieser langweilig schönen Tage, über die Katya ewig ein solches Getue macht. Wir können uns ebenso gut seiner unsäglichen Schönheit aussetzen.«

Ich folgte ihr auf die Terrasse hinaus, und wir nahmen mit Blick auf den wildwuchernden Garten Platz. Sie saß mit zusammengepreßten Knien und gekreuzten Knöcheln, und ihre anmutige Haltung bildete einen seltsamen Kontrast zu ihrer Kostümierung.

Wie sollte ich beginnen? Was sollte ich sagen? Ich ertappte mich dabei, wie ich in die Rolle des vorsichtigen, wachsamen und ein wenig väterlichen Gesprächsleiters schlüpfte, wie ich es in der Anstalt in Passy gelernt hatte. In der Hoffnung, herauszufinden, wie weit sie sich der Geschehnisse in ihrer Umgebung bewußt war, begann ich: »Wie geht es Ihrem Vater?«

Sie warf mir einen raschen, mißtrauischen Blick zu. »Sie kamen gerade aus Vaters Zimmer, als ich Sie im Flur fand. Sie wissen ganz genau, daß er tot ist.«

Ich nickte. »Ja, es tut mir leid. Wie ist er gestorben?«

»Mein lieber Freund, ich habe mir immer eingebildet, ein ausgebildeter Mediziner, selbst ein so unerfahrener wie Sie, sei imstande, den einfachen Schluß zu ziehen, daß er sich selbst erschoß . . . den Ausweg des Ehrenmannes beschritt.«

»Den Ausweg woraus?«

»Als er Sie im Garten fand, da –« Mitten im Satz hielt sie plötzlich inne und starrte mich, die Augen voller Verwirrung und Zweifel, an. Als sie wieder sprach, war der rauhe Ton verschwunden. Das war Katyas Stimme. »Ich verstehe nicht ... Sie wurden ... Wurden Sie nicht ...?« Mit den Fingerspitzen faßte sie sich an die Stirn.

»Ja, auf mich wurde geschossen, aber ich bin nur verwundet. Nichts Ernsthaftes.«

»Nur verwundet? Ja, aber ...« Sie nahm die Wirklichkeit wahr und ihr Gesichtsausdruck war unbestimmt. »Ja, aber ... Ich ...«

»Sie sagten, Ihr Vater *fand* mich im Garten«, half ich nach. »Aber es war doch er, der auf mich schoß, oder?«

»Papa? Wie können Sie so etwas glauben? Papa war so sanftmütig. Er hätte nie jemandem etwas zuleide tun können.«

»Hören Sie –« Ich sehnte mich danach, ihre Hand in meine zu nehmen und sie zu beruhigen, aber ich konnte nicht sagen, wo sie sich gerade befand in dem unsicheren Terrain zwischen ihrer eigenen Persönlichkeit und ihrer Rolle als Paul, und Paul wäre vor meiner Berührung zurückgewichen. Ich brauchte nicht lange, bis ich die schwachen, aber theatralischen Anzeichen ihres Persönlichkeitswandels deuten konnte: das heisere Senken ihrer Stimme, der leer werdende Blick, das Zusammenkneifen des Mundes zu Pauls gewohnt verächtlichem Ausdruck. In diesem Augenblick jedoch mußte ich raten, wer gerade mit mir sprach. »Hören Sie ... Paul? Gestern haben Sie mir erzählt, was in Paris passierte. Bitte erzählen Sie es mir noch einmal.«

Sie legte die Pistole in den Schoß und sah über den Garten hinweg in die Ferne. Ihre Stimme war tonlos. »Wahrscheinlich habe ich Ihnen gestern nicht die Wahrheit gesagt ... jedenfalls nicht die ganze Wahrheit.«

Das Wort »wahrscheinlich« zeigte mir, daß sie sich wieder in Paul zurückgezogen hatte, sein Gedächtnis ihr jedoch fehlte. In ihrem unentschiedenen Zustand zwischen zwei Persönlichkeiten legte sie eine natürliche Klugheit an den Tag.

»Nun, dann sagen Sie mir eben jetzt die ganze Wahrheit. Fangen Sie mit Paris an, kurz bevor Sie nach Salies zogen.«

Ihr Blick wurde hart, ihre Nasenflügel weiteten sich ein wenig, und als sie sprach, hatte ihre Stimme wieder den forcierten, rauhen Klang, bei dem es mir kalt über den Rücken lief. »Ach, es hat schon vorher angefangen, alter Freund. Schon lange vorher. Es fing an, als die arme Katya noch ein junges Mädchen war, gerade an der Schwelle zur Frau. Als sie noch die linkische, fohlenhafte Hortense war.«

Blitzartig ging mir ein Licht auf. »Als sie fünfzehneinhalb war?«

»Ja. Genau fünfzehneinhalb.« Sie sah mich an und lächelte dünn. »Ich nehme an, Sie denken dabei an ihr Gespenst?«

»Ja, richtig. Was ist Katya zugestoßen, als sie fünfzehneinhalb war?«

Sie schien vor der Erinnerung zurückzuschrecken und runzelte die Stirn. »Das ist keine Sache, an die man gerne denkt. Es ist eine häßliche ... schändliche ...«

Meine Intuition sagte mir, daß Katya nicht fähig sein würde, über das Vorgefallene, was immer es sein mochte, zu berichten. Ich würde es von Paul erfahren müssen. »Bitte erzählen Sie es mir ..., Paul.«

Sie schwieg eine Zeitlang; dann begann sie zu sprechen, den Blick auf einen nicht allzu weit entfernten Punkt irgendwo in dem ungepflegten Garten gerichtet. »Ich hatte einen Freund, der in jenem Sommer einen Monat lang bei uns zu Besuch war – ein hübscher Schurke, ein paar Jahre älter als ich, der mich in die

Freuden der Spielhöllen und anderer zivilisierter Vergnügungsstätten einführte. Wir gingen beinahe jeden Abend aus, und wenn wir nicht gerade Karten spielten, dann brachten wir die Straßenmädchen von St. Denis in . . . eine erheiternde Lage. Alles in allem typisch für junge Männer meines Standes. Stießen uns die Hörner ab und dergleichen. Schöne schmutzige Späße.

Dieser Bursche hatte die Gewohnheit, Katya auf neckische Weise den Hof zu machen, so wie zwanzigjährige Männer eben mit halbwüchsigen Mädchen umgehen, sie finden ihre Scheu und Unbeholfenheit köstlich. Sie pflegten gemeinsam ein wenig im Garten herumzuschlendern oder beim Abendessen angeregt miteinander zu plaudern. Wie nicht anders zu erwarten, fühlte sie sich durch seine Aufmerksamkeiten sowohl angezogen als auch geschmeichelt. Er war ein eleganter Wüstling, und sie schwebte – nein, schwankte zwischen den Empfindungen eines jungen Mädchens und denen einer jungen Frau. Ich habe nie viel darüber nachgedacht. Ja, ich habe sogar mitgespielt, sie mit ihrer Vernarrtheit geneckt, wie Brüder es eben tun.

Dieser Mann neigte zur Grausamkeit, wie sich im Umgang mit den Mädchen von St. Denis offenbarte. Aber es kam mir nie in den Sinn, mir über sein Betragen Katya gegenüber Gedanken zu machen. Schließlich waren wir *gentilhommes* der gleichen gesellschaftlichen Klasse, und Katya war meine Schwester. Damals war sie natürlich noch nicht Katya. Sie war immer noch Hortense. Die scheue, errötende Hortense . . .« Sie senkte den Blick und schien sich in einer Träumerei zu verlieren.

Nach kurzem Schweigen sagte ich: »Und?«

Ihre Hände lagen verschränkt in ihrem Schoß auf der Pistole, und sie grub die Fingernägel der einen Hand in die Fläche der anderen. »Er . . . er hat sie vergewaltigt.« Mit unstetem Blick sah sie mich an, als wollte sie fragen, ob etwas derart Entsetzliches überhaupt möglich wäre. »Er hat Hortense vergewaltigt! Er hat Hortense vergewaltigt!«

Mit wachsender Furcht hatte ich es kommen sehen, doch bei ihren Worten, ausgestoßen in einem Ton verzweifelten Mitleids für die seit langem tote Hortense, fror ich innerlich. Ich wollte sie halten, sie trösten; statt dessen drängte ich sie fortzufahren, in der Hoffnung, ihre Seele von dem Entsetzen befreien zu können, indem ich sie dazu brachte, darüber zu sprechen, dem Entsetzen ins Auge zu sehen, die Wunde der heilsamen Wirkung des Verstehens auszusetzen. Absichtlich sprach ich mit neutraler, tonloser Stimme, als ich sie ermutigte: »Ja. Er hat Hortense vergewaltigt.«

Sie holte mehrmals tief Luft, bis ihr Atem ruhiger ging, und sprach dann in schroffem Tonfall weiter. »An jenem Abend kamen dieser Bursche und ich spät nach Hause, wie gewöhnlich, doch etwas betrunkener als gewöhnlich. Ich fiel nur noch in mein Bett und schlief schon in der nächsten Minute wie ein Toter. Er muß sich aus seinem Zimmer geschlichen und an ihre Tür geklopft haben. Er schlug vor, im Mondschein durch den Garten zu schlendern. Es war eine milde, schöne Nacht, und sie war, wie jedes halbwüchsige Mädchen, erfüllt von der zaghaften Erregung einer ersten Romanze. Zweifellos besaß das Wagnis, sich hinauszuschleichen und mit einem Mann durch einen mondbeschienenen Garten zu spazieren, etwas Erregendes.« Katya lächelte und warf mir einen fast koketten Blick zu, mit Augen rund vor Mutwillen und Schelmerei, wobei sie die Unterlippe zwischen die Zähne nahm und mit den Schultern zuckte. »Ich war verwirrt und beunruhigt über meine Erscheinung. Mein Nachthemd war so ein langes, unförmiges Flanellding – ganz und gar unweiblich. Und ich hatte mein Haar für die Nacht gelöst und es war vollkommen wirr und . . .« Sie berührte ihr Haar, und ihre Miene wechselte von lebhafter Aufgeregtheit zu Unsicherheit und Furcht ...

Einen kurzen Moment lang und zum ersten und einzigen Mal hatte ich Hortense gesehen. Das gutartige Gespenst im Garten.

... Während ihre Finger vor der Berührung mit dem schlechtgeschnittenen und mit Wasser festgeklebten Haar zurückzuckten, änderte sich ihre Miene. Verwirrung umwölkte ihren Blick. Dann spannten sich ihre Kinnmuskeln und sie sprach wieder mit Pauls Stimme. »Ich sagte bereits, daß der Mann einen Hang zur Grausamkeit besaß. Zu seinen Vergnügungen gehörte es, die Prostituierten in St. Denis zu verletzen. Außerdem war er betrunken. Er ... er warf Hortense zu Boden, in den Schmutz eines Blumenbeets, und er schlug sie mit seinen geballten Fäusten ... Er schlug sie! ... Ihre Lippen waren aufgesprungen ... und er schlug sie in den Magen ... mit aller Kraft ... wieder und immer wieder!«

»Sie müssen mir das nicht erzählen, wenn es zu qualvoll für Sie ist.«

»... Er preßte seine Finger in ihre Augen! Und er sagte zu ihr, wenn sie schrie, dann würde er ihr die Augen ausstoßen – wie Trauben, die aus der Haut spritzen – das hat er ihr ins Ohr geflüstert – wie Trauben, die aus der Haut spritzen! Er drückte so stark zu, daß sie Sterne sah! Und die Schmerzen erst! Dann hat er ... Dann hat er ...!«

»Sie müssen es mir nicht erzählen, Katya!«

»Oh, Jean-Marc! Was er mir angetan hat!« Sie weinte und brachte die Worte kaum heraus.

Doch als ich aufstand, um sie in die Arme zu nehmen und zu trösten, gefror ihre Miene zu Eis. Dann wurde ihr Gesicht ausdruckslos, die Lippen schmal und ihr Blick, noch tränenfeucht, wurde hart. Ich legte meine Hand auf ihre Schulter und tätschelte sie, so wie man einem männlichen Freund auf die Schulter klopft, der in Gefühlsbedrängnis ist. Als sie wieder sprechen konnte, hatte sie aufs neue Pauls leichtes, tonloses Genäsel angenommen. »Ich weiß bis heute nicht, warum, aber an jenem Morgen erwachte ich trotz meines hochkarätigen Katers beim ersten Lichtschimmer. Ich beschloß, im Garten ein wenig frische Luft zu schnappen, um einen klaren Kopf zu bekommen. Dort fand ich sie ... in der Gartenschaukel sitzend ... vollkommen nackt. Ihr Gesicht war ... war zerschunden und verschwollen. Sie saß bloß da, wiegte sich vor und zurück, starrte vor sich hin, summte immer wieder ein und denselben Ton. Ich legte ihr meinen Bademantel um und brachte sie ins Haus. Willig ging sie mit. Ich glaube nicht, daß sie mich auch nur zur Kenntnis nahm. So gut ich konnte, wusch ich sie und brachte sie zu Bett und häufte Federdecken über sie. Zwar widersetzte sie sich nicht, rührte aber selbst keinen Finger. Sie war wie ein Körper ohne Seele. Stundenlang saß ich an ihrem Bett, strich ihr übers Haar und sagte ihr, alles würde wieder gut ... alles würde wieder gut. Sie lag einfach nur da und starrte blicklos zur Zimmerdecke. Ich bezweifle, daß sie verstand, was ich sagte, aber allein der Klang einer menschlichen Stimme mag ihr ein winziger Trost gewesen sein. Endlich ... am späten Nachmittag ... schlief sie ein. Plötzlich schlossen sich ihre Lider und sie fiel in einen tiefen Schlaf ..., so tief, daß ich einen Moment lang schon befürchtete, sie sei tot.«

Katya hörte auf zu sprechen und konzentrierte sich darauf, ihre Handfläche dort, wo sich die Fingernägel hineingegraben und tiefe rötliche Male hinterlassen hatten, leicht zu massieren. Ich nahm meine Hand von ihrer Schulter und setzte mich wieder, wobei ich meinen Stuhl näher an sie heranrückte. »Aber sie starb natürlich nicht«, sagte ich. »Sie hat es überlebt.«

Ihr Lächeln war dünn und bitter. »Nein, sie starb nicht. Aber sie hat es auch nicht überlebt. Um Katyas

Schande vor der Dienerschaft zu verbergen – genauso dachte ich! Ich hielt es für *ihre* Schande! Herrgott, Montjean, wie können Männer bloß so denken?!« Sie schloß die Augen und holte tief und zitternd Luft, bevor sie weitersprach. »Um ihre Schande vor der Dienerschaft und der Außenwelt zu verbergen, erfand ich die Geschichte, sie hätte Pocken und müsse in Quarantäne liegen. Da ich die Pocken schon gehabt hatte und immun dagegen war, konnte sie niemand außer mir pflegen. Zwei Wochen lang saß ich Tag und Nacht bei ihr. Ich hatte ein Feldbett in ihrem Zimmer aufgestellt, wo ich schlief; ich fütterte sie von einem Tablett, das uns heraufgeschickt und vor die Tür gestellt wurde; und Stunde um Stunde redete ich auf sie ein, indem ich einen Strom tröstlichen Unsinns fließen ließ, sie an alberne Sachen erinnerte, die wir als Kinder gemacht hatten, ihr von meinen Plänen nach ihrer Genesung erzählte – alles mögliche, nur um das Schweigen zu durchbrechen. Denn sehen Sie – sie sprach kein Wort. Sie lag einfach nur im Bett oder saß in einem Sessel am Fenster. In sich gekehrt. Schweigend. Sie sah mir nie in die Augen. Mit der Zeit verheilten ihre Wunden, aber sie blieb weiterhin unansprechbar und irgendwie ... abwesend.«

»Das muß für Sie ebenfalls eine qualvolle Zeit gewesen sein, Paul. Schließlich waren Sie selbst noch sehr jung.«

Sie nickte. »Ja. Für mich war es dieser schwer zu beschreibende Sommer zwischen Schulabschluß und Studienbeginn. Ich war meinen Altersgenossen um zwei Jahre voraus, verstehen Sie.« Sie sah mich auf Pauls schalkhaft gelangweilte Art an. »Auf meine eigene oberflächliche Art war ich ein recht begabter Bursche. Frühreif. Und mit meinem neuen Freund sammelte ich gewissermaßen meine ersten Erfahrungen. Männer haben es eben gut. Ich wünschte, Katya wäre als Junge geboren. Oh, wie sehr hat Katya sich gewünscht, als Junge geboren worden zu sein! Wenn *sie* doch nur der Junge gewesen wäre! Männer werden nicht vergewaltigt, verstehen Sie! Es ist nicht gerecht!«

»Ich verstehe.«

»Es ist nicht gerecht! Ein Mann zu sein, ist so viel sicherer!«

Ich berührte sie am Arm. »Sie haben recht. Es ist nicht gerecht. Es ist ungerecht.«

»Wie wollen *Sie* das wissen?« fauchte sie.

Haß blitzte in ihren Augen auf; dann milderte sich ihr Blick und drückte hoffnungsloses Mitleid aus. »Ja . . . Katya hätte der Junge sein sollen.«

Nach kurzem Schweigen sagte ich: »Paul, vorhin sagten Sie, Hortense sei zwar nicht gestorben, hätte aber auch nicht überlebt. Was haben Sie damit gemeint?«

»Genau was ich sagte. Hortense hat sich nie wieder erholt. Nur Katya. Eines Tages kam ich nach kurzer Abwesenheit in ihr Zimmer zurück und fand sie zum erstenmal wieder voll angekleidet. Sie begrüßte mich mit einer Flut von heiterem Geplapper und steckte voller Pläne und Tatkraft. Sie wollte wissen, ob wir in den Park gehen könnten; vielleicht könnten wir unterwegs in einer *pâtisserie* einkehren; sie sei kurz vorm Verhungern und hätte ganz besonderen Appetit auf Gebäck – je süßer und klebriger, desto besser; und sie wollte Unmengen von Kleidern kaufen. Sie sagte, das Kleid, das sie trüge, sei das einzige, das ihr gefiele. Es war ein weißes Kleid, für Feste im Grünen reserviert. Vielleicht ist Ihnen aufgefallen, daß sie nur Weiß trägt – die Farbe der Keuschheit?« Die letzten Worte fielen in Pauls ironischstem Tonfall. »Ich war erleichtert und gleichzeitig entzückt, daß sie wieder zu Kräften gekommen und lebenslustig war, und ich sagte ihr, wir würden durch sämtliche Parks in Paris spazieren, die Regale der *pâtis-*

serie leeressen und mit einer Kutsche voller Kleider nach Hause kommen – alle weiß, wenn dies ihr Wunsch sei. Dabei nannte ich sie einmal beim Namen, doch sie runzelte die Stirn und teilte mir mit, sie sei nicht mehr Hortense. Sie hätte einen neuen Namen. Katya. Sie fragte, was ich davon hielte. Ich sagte, das sei ein ganz wunderschöner Name für eine wunder-wunderschöne junge Dame.

In den folgenden Wochen war sie voller Fröhlichkeit und Gesang, voller Leben. Auch voller Begeisterung für – leider, muß ich sagen – ihr neues Steckenpferd, nämlich die niederste Stufe des Humors, das Wortspiel – ein Spiel mit Worten, Doppeldeutigkeiten, reinen und manchmal auch nicht ganz so reinen Reimen. Ich pflegte mich über diese schwachsinnigen Witze zu beschweren, bis mir klar wurde, daß Wörter mit zweierlei Bedeutung, Symbole, die zweierlei Wirklichkeit widerspiegeln, für sie ganz besonders faszinierend waren. Schließlich hatte ihr Körper zwei völlig verschiedene Persönlichkeiten beherbergt; ›Katya‹ und ›Hortense‹ waren für sie Synonyme; sie war eine Art lebendes Wortspiel. In jenen ersten Wochen versuchte ich mehrmals, so indirekt wie möglich auf das zu sprechen zu kommen, was ihr zugestoßen war. Ich wollte, daß sie sich frei genug fühlte, mit mir darüber zu sprechen; ich wollte sie wissen lassen, daß es nicht ihre Schuld, nicht ihre Schande war. Einmal ging ich sogar so weit, den Namen des Mannes zu erwähnen. Nur ganz kurz, natürlich, ganz beiläufig. Ihre Reaktion war eine Witzelei – er käme gar nicht mehr zu uns und sie frage sich, ob ihn ihre unverhohlene Schwärmerei für ihn vertrieben hätte. Ich erkannte, daß die Erinnerung weg war, verschwunden, die entsetzliche Episode aus ihrem Gedächtnis gelöscht. Hortense konnte mit der Erinnerung an die Vergewaltigung nicht leben, also trat Katya an ihre Stelle, deren Vergangenheit mit keinem derartigen

Makel behaftet war.« Sie sah mich mit der ihr eigentümlichen Mischung aus Neugier und Amüsement an. »Und das war auch schon alles, verstehen Sie? Die Erinnerungen waren verschwunden. Alle verschwunden.« Sie lächelte und zuckte mit der Schulter.

»Sind Sie sicher, daß sie alle verschwunden waren?« fragte ich.

In ihrem Blick, der sich zu dem Katyas gemildert hatte, vollzog sich beinahe unmerklich ein Ausdruckswechsel. Er wurde leer und spröde. Sie sprach wieder mit Pauls schroffer, gutturaler Stimme. »Ach ja, natürlich tauchten von Zeit zu Zeit Fetzchen davon auf, wie Treibgut nach einem Schiffbruch. Da waren ihre weißen Kleider zum Beispiel. Ihr plötzliches Interesse an der Anatomie. Ihre Begeisterung für die Schriften dieses Österreichers – Freud. Ich nehme an, daß sie, ohne sich dessen bewußt zu sein, den Versuch machte, zu verstehen, was mit ihr geschehen war . . . und warum. Doch lange Zeit verging, bis das Gift wirkte. Eine lange Zeit. Viele Jahre.« Ihre Stimme erstarb, während ihr Geist den Gedanken, welche immer das sein mochten, freien Lauf zu lassen schien. Sie blickte auf die Pistole in ihrem Schoß und runzelte die Stirn, als bemerke sie sie zum erstenmal. Dann hob sie sie an die Brust und drückte sie an sich, wobei sie über den Garten hinweg in den wolkenlosen Himmel sah.

»Paul?« sagte ich unruhig. »Kann ich die Pistole haben?«

»Was?« Mit einem Stirnrunzeln heiterer Ungläubigkeit starrte sie mich an, als wäre dies die dümmste Frage, die sie je gehört hatte. »Ganz gewiß nicht, alter Freund! Was für eine Idee!«

Ein angstvoller Schauder lief mir das Rückgrat hinunter. Ich stand auf und reckte mich. »Hätten Sie etwas dagegen, wenn wir beim Reden ein paar Schritte gingen? Mir wird die Seite steif vom Herumsitzen.«

»Wie Sie wünschen.« Sie ging mir den Pfad hinunter voran mit kecken Schritten, die mich an Pauls lässiges Stolzieren nach seinem Kampf auf dem Fest von Alos erinnerten.

Auf dem Weg hatte ich Zeit, meine Gedanken zu sammeln und mir über manches klarzuwerden. Ich erkannte, daß Katyas Flucht aus der Wirklichkeit ein klassisches Symptom war, ähnlich jenen Fallstudien, die ich gelesen hatte, bevor meine Erlebnisse in Passy mich veranlaßt hatten, jeden Gedanken an eine Spezialisierung auf Geisteskrankheiten aufzugeben. Die Vergewaltigung hatte die Gefühle der halbwüchsigen, romantisch veranlagten Hortense so grausam getroffen und verwundet, daß sie nicht überleben konnte. Also starb Hortense ... wurde ein blasses Gespenst, das auf immer und ewig fünfzehneinhalb Jahre alt blieb und auf immer und ewig durch einen Garten geisterte. An ihre Stelle war Katya getreten, neugeboren und daher jungfräulich. Katya, stets in Kleidern von keuschem Weiß. Katya mit ihrem auffallenden Interesse für Anatomie und Psychologie. Katya, die, als ich sie hielt und küßte, erstarrt war und sich in einen Tagtraum geflüchtet hatte, der uns trennte; die sozusagen aus einem Körper geschlüpft war, der vielleicht schamlos auf das Verlangen nach körperlicher Liebe reagierte. Wie groß mußten ihr Schreck und Ihre Verwirrung am Abend zuvor gewesen sein, als sie zu sehr mit unserem Abschiedskummer beschäftigt gewesen war, um rechtzeitig aus ihrem Körper schlüpfen zu können, bevor die Wonnen der Liebe sie mitgerissen hatten! Was für ein gedankenloser Narr war ich doch!

Und jetzt konnte sie aus irgendeinem Grunde die Rolle Katyas nicht mehr spielen und stand im Begriff, Paul zu werden. Aber der Übergang war noch nicht vollzogen. Sie schien zwischen zwei Persönlichkeiten hin- und herzuflattern, vor und zurück, niemals ganz

Katya, niemals ganz Paul zu sein. Warum blieb sie weiter in dieser zwielichtigen Ungewißheit zwischen zwei Wesen hängen? Vielleicht, weil sie von diesem günstigen zwiefachen Standpunkt aus am besten untersuchen und verstehen konnte, was mit ihr geschehen war? Sie hatte mir manches erklärt – Motive ebenso wie Ereignisse –, das weder Katya noch Paul hätten allein verstehen können, das jedoch klar wurde, sobald man es unter zwei verschiedenen Blickwinkeln betrachtete, dem auf äußerliche Vorgänge gerichteten der einen und dem auf innere Vorgänge gerichteten der anderen Person. Solange sie sich in diesem ungewissen Niemandsland aufhielt, konnte sie ihre eigenen Erlebnisse und Erinnerungen mit Pauls unbeteiligten Gefühlen untersuchen. Doch was würde geschehen, wenn die Untersuchung beendet war? Würde sie einen Schritt weitergehen und Paul werden? Oder würde sie zu Katya zurückkehren?

Ich ging hinter ihr den Pfad hinunter. Die hastig kurzgeschnittene Frisur gab den Blick auf ihren Hals frei, der in Pauls zu weitem Kragen dünn und zerbrechlich wirkte. Ich mußte ihr helfen, verstehen zu lernen, was sie so gern verstehen wollte. Wenn sie jemals wieder zu der Katya werden wollte, die ich liebte, so war das der einzige Weg. »Für Katya«, fragte ich leise, »ging also das Leben mehr oder weniger ebenso weiter, wie es vor der schrecklichen Nacht im Garten gewesen war?«

Sie zuckte die Achseln und sprach über die Schulter. »Ziemlich genauso. Die Jahre vergingen, und sie erblühte zu einer hübschen jungen Frau. Aufgrund ihres Standes und des Ranges ihrer Familie im *gratin* der Pariser Gesellschaft wurde sie natürlich zum Mittelpunkt der Aufmerksamkeit, als sie debütierte.« Sie schüttelte den Kopf und lächelte bitter. »Es ist komisch, aber sogar ihre Angewohnheit, stets nur Weiß zu tragen, wurde als eine Art . . . man könnte sagen: kokettes Gütezeichen akzeptiert.«

»Und Ihr Vater hat nie erfahren, was ihr im Garten zugestoßen ist?«

»Damals nicht. Erst später wurde es unvermeidlich, daß ich es ihm erzählte.«

»Ach? Was geschah denn, daß es unvermeidlich wurde?«

Sie gab keine Antwort. Wir hatten das Gartenhaus erreicht, und sie stieg die Stufen hinauf und setzte sich aus alter Gewohnheit in den abgewetzten Korbsessel, warf jedoch ein Bein über die Armlehne und beugte sich vor, wie sie es Paul abgeguckt hatte.

Ich nahm meine gewohnte Position am Eingang ein und lehnte mich, einen Fuß auf den Stufen, an den Torbogen.

»Sie sagten, daß dieses Etwas, das Katya so tief in sich begraben hatte, schließlich doch wieder zutage trat. Erzählen Sie mir davon, Paul.«

»Nein. Das will ich nicht.«

»Im Grunde genommen wollen Sie es.«

»Nein!«

Ich richtete mich nach den Methoden, die ich in Passy gelernt hatte, verharrte mehrere Minuten lang schweigend und wartete ab, bis sie das Stichwort aufgriff. Die einzigen Laute in dem verblühenden, hochsommerlichen Garten waren das Summen der Insekten und das Trillern eines Vogels hoch oben in einem Baum. Schließlich hub sie mit tonloser Stimme zu sprechen an, als geschähe es ohne eigenes Zutun. »Sie war immer von jungen Männern umgeben. Schließlich war sie jung . . . klug . . . und nicht gerade häßlich. Da sie die übliche Methode ihrer Gesellschaftsklasse, eine ›gute Partie‹ nicht abzuschrecken, indem man sich als Frau albern, dumm und leicht zu beeindrucken stellt, verachtete, schlug sie die aufgeblasensten Gockel mit ihrer Intelligenz und ihrem ausgeprägten Sinn fürs Lächerliche in die Flucht. Die Bewerber kamen und gingen; dann schien sich einer aus der Masse herauszuheben – ein recht angenehmer Mensch, gutaussehend, freundlich, romantisch veranlagt, mit passablem Vermögen und ebensolchen Verbindungen. Ich fand ihn erträglich, wenn auch ermüdend idealistisch und empfindsam.« Sie sah mich an, die Augenbrauen vielsagend hochgezogen wie Paul. »Sie sehen, ihr Geschmack hat sich kaum verändert.«

Ich lächelte und nickte.

»Mit der Zeit nahm der Knabe die Gewohnheit an, beinahe jeden Abend vor unserer Tür aufzutauchen –«

»Das war Marcel?«

»Marcel, ja. Er und Katya schwatzten dann im Salon, hauptsächlich über Poesie und Liebe und derlei Unfug, oder sie unternahmen lange Spaziergänge durch den Garten. Dann ... eines Nachts ...« Sie ließ ihr Bein von der Sessellehne gleiten und setzte sich kerzengerade auf. »... eines Nachts ...« Plötzlich schwieg sie und starrte vor sich hin.

»Dann, eines Nachts?«

»Was?« fragte sie vage.

»Dann, eines Nachts ...?«

»Ich saß in meinem Zimmer und schrieb Briefe. Aus dem Garten hörte ich einen Schuß. Ich eilte hinunter und traf sie, als sie gerade durch die Gartentür ins Haus trat. Sie ging an mir vorbei, ohne mich zu sehen, starrte geradeaus und summte immer wieder ein und denselben Ton. ›Mein Gott, Katya!‹ schrie ich sie an. ›Was ist passiert?‹ Doch sie ging einfach weiter, die Treppe hinauf und zu ihrem Zimmer. Auf der Terrasse fand ich meine Sportpistole. Und im Garten ... fand ich den jungen Mann. Er war ... er war ...« Sie brachte kein Wort mehr heraus und starrte wie gebannt vor sich hin.

»Er war tot?«

Langsam nickte sie und nickte immer weiter wie eine Aufziehpuppe, bis ich fragte: »Aber was war geschehen? Warum hatte sie ihn erschossen?«

Eine Zeitlang gab sie keine Antwort; dann sah sie mich mit einem Ausdruck listiger Koketterie an. »Ich könnte es nicht mit Sicherheit sagen. Ich war nicht dabei. Nur Katya kann wissen, was geschehen ist.«

»Nun gut ... ja ... das ist mir klar. Aber erzählen Sie mir, was Sie *glauben*, Paul.«

»Ich kann lediglich vermuten. Vielleicht wurde der junge Mann leidenschaftlich. Vielleicht veranlaßte ihn seine Liebe, sie zu küssen und lange und fest an sich zu drücken. Vielleicht begannen sich in ihrem tiefsten Inneren die Wonnen der Liebe zu rühren. Häßliche, schändliche, abscheuliche Wonnen! Vielleicht riß sie sich los und rannte in den Salon. Vielleicht fand sie dort die Waffe. Vielleicht erwog sie, sich selbst zu töten ... sich zu bestrafen, weil sie diese schmutzigen, unanständigen Wonnen verspürt hatte. Doch dann ... erkannte sie ... vielleicht ... mit plötzlicher Klarheit, daß es nicht *sie* war, die gesündigt hatte, daß es nicht *sie* war, die Strafe verdiente. Strafe verdiente der junge Mann im Garten – der junge Mann, der sie vergewaltigt hatte! Der sie in den Magen geboxt hatte, immer und immer wieder! Der ihren Augen Schmerz zugefügt hatte! Der qualvolle, entsetzliche Dinge getan hatte ...!« Ihr Blick war wild und ihr Körper schauderte in der Heftigkeit ihrer Passion. Sie erstarrte, biß die Zähne zusammen und brachte mit großer Anstrengung ihren Atem wieder unter Kontrolle. Dann sah sie mich an, die Augen in infantiler Verschlagenheit zusammengekniffen. »Ich weiß das alles natürlich nicht. Ich kann nur vermuten.«

»Ja, das verstehe ich. Ich verstehe. Sehen Sie ... Paul ... Gab es, bevor dies geschah, keinerlei Anzeichen dafür, daß Katya kurz vor einem Zusammenbruch stand?«

Sie schüttelte den Kopf. »Nein, keine. Nun ja ... keine, die ich als Anzeichen erkannt hätte. Ich hatte geglaubt, das alles sei verschwunden, begraben unter mehreren Schichten von emotionellem Narbengeflecht – wenn Sie erlauben, daß ich mich einer Metapher aus Ihrem Fach bediene. Es stimmt, daß sie, ziemlich unbekümmert übrigens, ein Gespenst im Garten erwähnte ... ein junges Mädchen, ganz in Weiß. Aber ich dachte mir nichts dabei. Sie war schon immer ein phantasievolles Kind, neigte dazu, aus reinem Spaß Geschichten zu erfinden ... bloß, um die Leute an der Nase herumzuführen.«

»Und deshalb reagierten Sie so seltsam an jenem Abend, als ich ihr Gespenst im Garten erwähnte?«

»Genau. Erst in diesem Moment erkannte ich das Gespenst als Symptom für einen bevorstehenden Zusammenbruch. Schließlich bedarf es mindestens zweier ähnlicher Ereignisse, Doktor, bevor ein Schema entsteht. Doch im selben Moment wußte ich, daß wir diesen Ort verlassen ... Sie verlassen mußten ... sobald wie möglich.« Sie sah mich unsicher an. »Wahrscheinlich habe ich Ihnen gesagt, Sie seien persönlich in Gefahr. So etwas sähe mir ähnlich.«

»Ja, das taten Sie. Ich glaubte jedoch, die Gefahr drohe von *Ihrer* Seite. Ich nahm an ... aber das spielt jetzt keine Rolle. Ich vermute, Katya hatte keinerlei Erinnerung mehr daran, daß sie den jungen Mann erschoß?«

»Keine Spur. Als ich in jener Nacht zu ihr hinaufging, lag sie im Bett und las. Sie plauderte munter drauflos, ja, sie brachte sogar eins ihrer gräßlichen Wortspiele an.« Sie sah mich von der Seite an. »So gern Sie sie mochten, so müssen doch selbst Sie zugeben, daß ihre Wortspiele qualvoll sein konnten.«

Ich lächelte. »Im Gegenteil. Ich finde sie bezaubernd.«

Sie schob die Unterlippe vor und zuckte mit der Schulter.

Sie hatte von Katya in der Vergangenheit gesprochen und ich hatte, nicht gewillt hinzunehmen, daß ihre Verwandlung in Paul bereits vollzogen und unwiderruflich sei, in der Gegenwart geantwortet. »Paul? Wenn sie sich nicht daran erinnerte, wie konnten Sie dann die Verantwortung für den Tod des jungen Mannes übernehmen?«

»Das tat Vater, nicht ich. Nachdem ich den toten jungen Mann im Garten entdeckt hatte, mußte ich ihm alles erzählen, alles, bis hin zu der Vergewaltigung, die ihre Unausgeglichenheit verursacht hatte. Er war natürlich bestürzt. Niedergeschmettert. Aber er raffte sich dazu auf, die Tochter, die er so sehr liebte, die so sehr seiner verlorenen Frau glich, in Schutz zu nehmen. Er war immer ein kluger und hervorragender Kopf, wissen Sie. Er dachte sich den Plan aus, ihr zu erzählen, daß *er* einen Zusammenbruch gehabt und in einem Anfall von Wahnsinn den Mord begangen habe. Mit dieser List brachten wir sie dazu, mitzuhelfen, die tatsächlichen Geschehnisse vor der Welt zu verbergen. Damals entstand das komplizierte Lügengewebe, das so verzwickt und fragil wurde. Katya glaubte, Vater hätte den Mord begangen, jedoch keine Erinnerung daran. In der Nacht schlich sie die Treppe hinunter vor die Tür des Arbeitszimmers und belauschte unser Gespräch, hörte mich zu Vater sagen, daß *sie* den Jungen getötet hatte. Verwirrt und entsetzt ging sie wieder in ihr Zimmer, wo sie die ganze Nacht lang wach lag und versuchte dahinterzukommen, warum ich eine solch schreckliche Lüge erzählt hatte. Ihnen mit Ihrer morbiden Begeisterung für das Gefasel dieses Dr. Freud brauche ich kaum zu erzählen, daß die menschliche

Psyche enorme Fähigkeiten besitzt, unannehmbare Wahrheiten zu angenehmen Märchen umzudichten. Es gelang ihr, sich einzureden, daß ich Vater angelogen hatte, indem sie einfach die Ernsthaftigkeit meines Tonfalls als Beweis dafür annahm, daß ich nicht die Wahrheit gesagt hatte. Sie bastelte sich eine Logik zusammen, nach der ich Vater nur erzählt hatte, sie hätte den jungen Mann getötet, um ihn mit dieser List zum Eingeständnis eines unglückseligen Unfalls zu bringen, während in Wirklichkeit er in einem Anfall geistiger Umnachtung gemordet hatte. Verstehen Sie, was ich mit ›verzwickt‹ meine? Als sie mir am nächsten Morgen sagte, sie verstünde alles ganz genau, ergriff ich diese Gelegenheit, sie vor der Wahrheit abzuschirmen, beim Schopf und gestand, daß ihre Vermutungen richtig seien.«

Katya betrachtete mich mit einer erhobenen Augenbraue und Pauls freudlosem Lächeln in den Augen. »Ist das alles verwickelt und verworren genug für Ihren Geschmack, Montjean? Ich glaube, ihr Basken habt eine besondere Vorliebe für Hintersinniges und Ausgefallenes.«

»Offensichtlich hat sie die Wahrheit schließlich aber doch erfahren. Wie ist das gekommen?«

Sie runzelte die Stirn und schien sich angestrengt zu bemühen, diesen gefährlichen Widerspruch zu begreifen. Dann wurde ihr Gesicht ernst und ausdruckslos und sie fragte in dem verzerrt krächzenden Tonfall Pauls: »Was verführt Sie zu der Annahme, Katya hätte *überhaupt jemals* die ganze Wahrheit entdeckt?«

Wie konnte ich ihr erklären, daß ich es wußte, weil *sie selbst* mir das alles erzählt hatte? Ich spürte, daß es gefährlich war, diesen Weg weiter zu verfolgen, daher zog ich mich zurück und suchte einen anderen, der sie zu einem befreienden Verstehen für alles Geschehene führen sollte. »Ihr Vater gestand also, den jungen

Mann durch einen unglücklichen Zufall getötet zu haben, um Katya vor der Entdeckung zu bewahren, daß sie es getan hatte. Was geschah dann?«

»Was geschah? Mit Vater, meinen Sie?«

»Nun gut, was geschah mit Ihrem Vater?«

»Seine Sorge um Katya und das gefährliche Verhör über den Tod des Jungen erschöpften seine Lebensgeister. Ich wußte, daß er einen zweiten derartigen Vorfall niemals überstehen würde. Deshalb brachte ich sie hierher, in Sicherheit. Und als alles noch einmal von vorne anfing, mit Ihnen – Warum, in Gottes Namen, haben Sie so hartnäckig auf Ihren Aufmerksamkeiten für Katya bestanden?! Ich habe Sie doch gewarnt, immer und immer wieder! Verflucht seien Sie, Montjean! Verflucht Sie und Ihre ... Einmischung!«

Sie benutzte einen Ausdruck, den selbst Paul niemals in der Öffentlichkeit geäußert hätte. Ich senkte den Blick und sagte nichts. Und schaudernd fiel mir ein, wie Mademoiselle M. in der Anstalt zu Passy gelegentlich in schmutzige Flüche ausgebrochen war, die in schockierendem Mißklang zu ihrer Persönlichkeit und Erziehung standen.

Als sie wieder sprach, klang ihre Stimme ruhig, ja hohl. »Dann hörte Vater gestern nacht den Schuß und rannte hinaus, wo er Sie am Boden fand und Sie sich an seinen Stiefel klammerten und ihn um Hilfe anflehten. Er stand wie erstarrt. Es war wieder passiert! Seine Tochter ... seine Hortense, die seiner geliebten Frau so ähnlich sah ... war vollkommen und unheilbar wahnsinnig. Wie Sie da lagen und ihn anflehten, der greifbare Beweis für Katyas kranken Geist, schreckte er vor Ihnen zurück. Er drehte sich um und ging wie in Trance wieder in sein Studierzimmer. Er setzte sich an seinen Schreibtisch; sorgfältig formulierte er eine Fußnote um, an der er zuvor gerade gearbeitet hatte; in der Randbemerkung zitierte er einen erhärtenden Querverweis; dann schloß er sein Notizbuch und . . . und erschoß sich. Erschoß sich. Einfach . . . Einfach . . .« Ihre Stimme erstarb.

»Woher wissen Sie, was im Garten passiert ist? Waren Sie dort, Paul?«

Stirnrunzelnd sah sie mich an, als sei sie leicht verärgert über die Belanglosigkeit meiner Frage. »Was? Was meinen Sie?«

Ich hatte einen kleinen Riß in der Verschmelzung von Katyas mit Pauls Persönlichkeit entdeckt, und ich hoffte, es könnte gelingen, sie sanft zu trennen, ohne dabei die Fiktion zu zerstören, die sie aufrechterhielt. »Wieso können Sie beschreiben, was Ihr Vater im Garten tat, Paul? Waren Sie dabei?«

Sie schüttelte den Kopf. »Nein, ich . . . Ich war in meinem Zimmer . . . und schlief.«

»Ich verstehe. Woher wissen Sie dann, was passiert ist?«

»Nun ja . . . Nun, Katya dort im Schatten. Sie hatte sich nicht von der Stelle gerührt, seit sie mit der Sportpistole auf Sie gezielt und abgedrückt hatte.« Ihre Stirn furchte sich vor Anstrengung, das Ganze zu verstehen. Dann sah sie mich trotzig an, mit gequältem Blick, und sagte rasch: »Katya muß es mir erzählt haben.«

»Wirklich?«

»Ja. Ja. Sie muß es einfach. Wie sonst – was spielt es schon für eine Rolle, wie – Ach ja, ich erinnere mich. Katya weckte mich, um mir zu sagen, daß Sie verwundet im Garten lägen. Und dabei hat sie mir erklärt, was passiert war. Ich zog mich hastig an und eilte hinunter.«

»Ihr Vater lebte noch zu diesem Zeitpunkt?«

»Ja. Er war noch in seinem Studierzimmer und schrieb. Paul fand ihn erst, als er zurückkam. Getötet von eigener Hand. Und er –«

»Was? *Paul* kam zurück und fand ihn?«

Ihre Augen flackerten. Sie sog rasch den Atem ein, fuhr jedoch hochmütig fort: »Ja, ich fand ihn, als ich zurückkam, nachdem ich Sie in die Klinik nach Salies gebracht hatte. Ich trug ihn in sein Schlafzimmer hinauf, damit Katya nicht unversehens hereinplatzte und entdeckte, wie er aussah ... die eine Hälfte seines Gesichts ganz ... Danach suchte ich überall nach Katya und fand sie schließlich in ihrem Korbsessel im Gartenhaus sitzend – genauso wie ich jetzt –, und ich wußte auf den ersten Blick, daß in ihrer Seele etwas aufgebrochen war, als sie auf Sie schoß, und die ganze schreckliche, unerträgliche Wahrheit zutage gefördert hatte. Alles fiel ihr wieder ein. Hortenses Vergewaltigung. Der Mord an dem armen Marcel. Und sie erzählte mir alles, gelassen, lakonisch ... fast wie einen klinischen Fall.«

»Aber, Paul, hören Sie. Versuchen Sie zu verstehen. Wenn sie sich an alles erinnern kann, dann hat sie die Chance, gesund zu werden! Verstehen Sie das nicht? Wenn man ihr Zeit und professionelle Hilfe gibt, könnte sie immer noch ein schönes, erfülltes Leben führen mit einem Menschen, den sie liebt!«

Aber sie schloß die Augen und schüttelte den Kopf. »Nein. Die Schleusen vor all dem Leid und Entsetzen öffneten sich nur für einen Moment ... für einen verwirrenden, grauenvollen Moment ... aber noch während sie mir die Ereignisse berichtete, wurden die Einzelheiten undeutlich ... verschwommen. Der Schock, Sie am Boden gesehen zu haben, der Gedanke, Sie müßten sterben, ließen die alten Wunden einen Moment lang aufbrechen, aber der sengende Sturm qualvoller Erinnerungen brannte sie wieder aus, brachte die Flut zum Versiegen, schloß die Wunden ... aber heilte sie nicht.« Sie sah mich an, mit sanften, traurigen Augen und fuhr dann mit ihrer eigenen Stimme fort: »Sie hat Sie mit solcher Verzweiflung vor einer Gefahr bewahren wollen, die sie spürte, aber nicht verstand. Sie sagte Ihnen sogar, sie liebe Sie nicht – in der Hoffnung, Sie damit abzuschrecken, Sie in Sicherheit zu wissen. Können Sie sich vorstellen, wie schmerzhaft es für sie gewesen sein muß, Ihnen in die Augen zu sehen ... in diese schwarzen baskischen Augen ... um Ihnen zu sagen, daß sie Sie nicht liebe?« Unsere Blicke trafen sich, eine lange, zärtliche Sekunde lang, und in ihren Augenwinkeln lag die Andeutung eines Lächelns – eines Lächelns in Moll. Dann verhärtete sich ihr Ausdruck, und als sie wieder zu reden begann, sprach sie mit Pauls harter Stimme: »Und dann plötzlich, als sie mir gerade klarzumachen versuchte, warum sie sich gezwungen gesehen hatte, auf Sie zu schießen – ein vages, unzusammenhängendes Gefasel über schlechte, schändliche Gefühle, die Sie in ihr erweckt hätten ... und irgend etwas über die Vergewaltigung ... zusammenhangloses Zeug über Augen, die aus ihren Höhlen spritzen wie Fruchtfleisch aus einer Weintraube – ja, da ging sie dann plötzlich auf mich los, kreischte und hämmerte mit den Fäusten gegen meine Brust. Sie warf mir vor, ich hätte ihr ihren Platz auf dieser Welt gestohlen. Und daß ich als Mann – der nicht vergewaltigt werden kann – auf die Welt gekommen sei, während doch eigentlich *sie* als Mann hätte geboren werden sollen! Schließlich sei sie die Ältere! Sie schrie vor Wut über diese Ungerechtigkeit, und sie benutzte dabei Ausdrücke, von denen ich nicht wußte, daß sie sie je gehört hatte – Ausdrücke, die einen Hafenarbeiter hätten erröten lassen! Sie wehrte sich heftig gegen meine Bemühungen, sie in meinen Armen zu halten, und sie versuchte, mir mit den Fäusten ins Gesicht zu schlagen – und schluchzte dabei ununterbrochen: ›Ich hätte der Bruder sein sollen, ich hätte der Junge sein sollen!‹ Dann sackte sie, völlig ausgepumpt und befreit von ihrem Haß, in meinen Armen zusammen. Und als sie ihren Kopf hob und ich ihr fleckiges Gesicht und den wild flackernden, gehetzten Blick ihrer Augen sah, da wußte ich ... da *wußte* ich, daß die Flut der Erinnerungen vorüber war, ein für allemal in die Dunkelheit entschwunden. Katya war nicht mehr, so wie vor ihr Hortense verschwunden war. Sie entwand sich meinem Griff und lief zum Haus hinauf. Katya war fort, Montjean ... fort.« Katyas Augen füllten sich mit Tränen und ihre Lippen zitterten. Sie weinte lautlos um die verlorene Hortense; und Paul weinte um die verlorene Katya.

Ich verhielt mich ruhig, bis ihre Tränenflut versiegte und sie still dasaß und unter noch feuchten Wimpern, gleichgültig gegenüber den Tränenspuren auf ihren glatten Wangen, in den wildwuchernden Garten hinausstarrte.

»Sie sind ihr ins Haus gefolgt, Paul?«

Mit einer Mischung aus Verwirrung und Ärger sah sie mich an, als sei sie erstaunt, mich hier zu sehen. »Was?«

»Sie sind Katya ins Haus gefolgt?«

Sie nickte. »Ja ... ja ...« Sie tat einen langen, müden Seufzer.

»Und ...?«

»Blitzartig kam mir der Gedanke, sie könnte Vaters Leiche finden, deren Gesicht ganz ... fehlte, Sie wissen schon. Der Schock darüber könnte ... O Himmel! Ich rannte ihr nach ins Haus, rief ihren Namen. Als ich in die Halle stürmte, sah ich sie. Sie stand auf dem Treppenabsatz, in der Hand die Pistole, die ich mit in Vaters Zimmer genommen hatte, als ich ihn auf sein Bett legte. Sie sah auf mich herab ... ihr Blick kalt und doch verzweifelt. Und, Montjean – Jean-Marc –, sie hat etwas getan, etwas überaus Seltsames, überaus Erschreckendes ...« Abrupt hörte sie auf zu sprechen und saß starr und bewegungslos da.

Die Sonne war tiefer gesunken und sprenkelte ihr Gesicht mit einem Muster aus Blättern, bedeckte ein

Auge mit einem dunklen Schattenfleck, während das andere stumpf vor sich hinsah. Der Anblick jagte mir kalte Schauer der Furcht den Rücken hinunter.

»Was war es, Paul? Was hatte sie so Erschreckendes getan?«

Sie runzelte die Stirn und schüttelte den Kopf, ihr Blick war umwölkt und verwirrt. »Ich verstehe es nicht. Ich sah auf sie herab und erkannte, daß ... daß sie irgendwie ...«

»*Sie* sahen auf sie *herab*? Aber sie stand doch auf dem Treppenabsatz, nicht wahr, und Sie waren unten in der Halle?«

»Nein. Nein. Verstehen Sie, das war doch das Gräßliche, was sie getan hatte! Sie hatte irgendwie ...«

Sie sah suchend vor sich hin, als bemühe sie sich, alles noch einmal zu sehen, alles zu verstehen.

»Sie ... sie stürmte in die Halle und rief dabei ihren eigenen Namen. Dann sah sie mich auf dem Treppenabsatz stehen und blickte voller Furcht zu mir auf, als wolle ich ihr etwas antun! Und, Montjean ... sie trug *meine Kleider.* Sie gab vor, *ich* zu sein! Ja, sie hatte sogar – Herrgott, es war gespenstisch! – sie hatte sogar ihre Haare abgeschnitten! Gerade hatte ich Vater auf seinem Bett entdeckt ... grauenvoll ... abscheulich. Ich hatte die Pistole in der Hand, und sie starrte darauf, als ob ich die Absicht hätte, auf *sie* zu schießen. Dann wurde mir plötzlich klar, was sie zu tun versuchte. Armer Liebling! Die arme verlorene Katya suchte ein Versteck, einen Zufluchtsort. Vor Jahren hatte sie den Trick gelernt, zu überleben, indem sie starb. Sie war zu Katya geworden und hatte der besudelten, ruinierten Hortense erlaubt zu sterben. Doch jetzt konnte sie nicht mehr Katya bleiben. Sie wußte jetzt, daß Katya verrückt war, daß Katya den jungen Mann in Paris erschossen hatte, daß Katya Sie im Garten niedergeschossen hatte, weil sie bei Ihnen eine ekelhafte, schändliche Wonne gefühlt hatte! Und als wir noch Kinder waren, pflegten wir den Gästen Streiche zu spielen, indem wir so taten, als seien wir beide ein und dieselbe Person, an zwei Orten gleichzeitig. Die arme Katya versuchte verzweifelt zu überleben! Sie versuchte, ich zu werden! Sie hatte keinen anderen Zufluchtsort!

Aber was sollte aus *mir* werden, Montjean? Wenn Katya ich wurde, wohin dann mit mir? Herrgott! Es war doch nicht *meine* Schuld, daß ich als Junge geboren wurde!

Ich stand auf dem Treppenabsatz und sah auf sie herunter, entsetzt darüber, daß sie meine Kleider angezogen und ihre Haare abgeschnitten hatte. Dann kam mir ein furchtbarer Gedanke. Angstvoll und doch schon wissend, was ich entdecken würde, sah ich an mir herab. Ich trug *ihr weißes Kleid!* Wie hatte sie mir das angetan, Montjean? Wie ist das möglich? Dann griff ich mir an den Kopf und berührte mein Haar. Es war *ihr* Haar, Montjean! Ihr Haar! Sie hatte meine Haare lang gemacht und zu einem Knoten hochgesteckt, damit jedermann denken mußte, *ich* sei die Frau! Ich wollte keine Frau sein! Ich wollte nicht vergewaltigt werden! In meinen Augen hämmerte es, als ob jemand seine Finger hineinpreßte! Nein! Nein! Dann wurde uns beiden im selben Moment eines vollkommen klar: Die Welt bot keinen Platz für uns beide. Nur einer von uns konnte überleben. Wir liebten uns. Wir waren Bruder und Schwester. Doch nur einer von uns konnte überleben. Langsam hob sie die Waffe und richtete sie auf Katya. Ich sah unverwandt zu ihr auf. Ich verstand, daß es sein mußte. Ich lächelte und nickte. Dann drückte sie ... dann drückte ich ab und ... sie erschoß sich.«

Katya preßte die Fingerspitzen fest gegen ihre Stirn, bis ihre Hände vor Anstrengung zitterten und weiße

Male über ihren Brauen sichtbar wurden; dann fuhr sie sich mit den Fingern durch ihr kurzes, wirres Haar.

»O Gott, Montjean! Ich hielt ihren Kopf in meinem Schoß. Mit ihrem kurzgeschorenen Haar sah sie so fremd und mitleiderregend aus. Ihre Lider flatterten, und sie lächelte schwach zu mir auf. Dann kam ein schreckliches Gurgeln tief aus ihrer Kehle! Ich drückte ihr Gesicht fest an meine Brust und flehte sie an, nicht zu sterben! Ich küßte sie! Dann erstarrte sie ... Schaum stand auf ihren Lippen! Und sie ...« Katyas Blick suchte meinen, verzweifelt um Verständnis bemüht. »Die arme Hortense war endlich tot, Montjean. Aber ... aber ... Ich konnte sie dort natürlich nicht liegenlassen. Leute würden kommen. Sie würden sehen, wie lächerlich und verrückt die arme Katya in meinen Kleidern und mit dieser Männerfrisur aussah. Sie würden häßliche Dinge über sie sagen. Ich mußte sie in ihr Zimmer hinauftragen. Es war so schlimm! Sie war so schwer! Irgendwie schlaff und knochenlos. Es gelang mir, sie auf ihr Bett zu legen, und ich machte sie wieder nett zurecht. Sie war eine hübsche Frau, wissen Sie. Vielleicht nicht gerade schön, aber hübsch. Ich breitete eines ihrer Kleider über sie, daß sie wieder nett aussah. Erst als ich an ihrem Spiegel vorbeikam, wurde mir mit einem gräßlichen Schock wieder klar, was sie mir angetan hatte. Das Kleid, in das sie mich gesteckt hatte, war von oben bis unten durchtränkt mit ihrem Blut. Und meine Haare ...! Ich zog mir meine eigenen Kleider an und schnitt mir die Haare – ich glaube nicht, daß ich es sonderlich gut gemacht habe. Schließlich bin ich kein Barbier, alter Freund. Dann trat ich wieder hinaus auf den Flur und ... da waren Sie. Sie waren am Leben! Oh, Jean-Marc, ich bin so glücklich, daß Sie noch am Leben sind! Ich bin so glücklich, daß sie Sie nicht umgebracht hat!«

Die Tränen strömten über ihre Wangen. Ich nahm

sie in die Arme und drückte sie an mich, die Augen fest geschlossen, meine Wange an ihrer, während qualvolles Schluchzen ihren Körper schüttelte.

Sie hatte in ihrem letzten Ringen um die Erinnerungen Katyas und das Verständnis Pauls einen unirdischen Dialog gesprochen, wobei ihre Stimme immer wieder in das häßliche, gutturale Krächzen Pauls verfiel. Die Anstrengung hatte ihre Kräfte geschwächt, und nun, da ihr Schluchzen nachließ und ihre nervöse Atmung allmählich ruhiger und gleichmäßiger wurde, lehnte sie sich schwer gegen mich. Ich hielt sie fest und wiegte sie sanft in meinen Armen. Eine ihrer Tränen fand den Weg zu meinem Mundwinkel. Ich schmecke die salzige Wärme heute noch.

Dann wurde sie steif in meinen Armen und machte sich los, und als ich in ihre amüsierten, metallisch glitzernden Augen sah, wußte ich, daß sie Paul war – jetzt und für alle Zeiten.

Sie wandte sich von mir ab und glättete ihr Haar mit der Handfläche. Mit raschen, ungeduldigen Bewegungen wischte sie sich die Tränen aus dem Gesicht; dann lachte sie freudlos auf, drehte sich um und fixierte mich mit kaltem, hochmütigem Blick.

»Alles in allem hatten wir hier ein paar hübsch aufregende Stunden, alter Freund. Schade, daß Sie das alles verpaßt haben.«

Die heisere Stimme, der süßliche Tonfall, das seichte, sardonische Lächeln in ihren Augen – ja, Katya war fort, ganz und gar verschwunden.

Ich holte tief Luft und sagte mit tränenerstickter Stimme: »Was ... was werden Sie jetzt tun, Paul?«

»Ach, kommen Sie, alter Freund – welche Möglichkeiten bleiben mir schon? Es ist klar, daß man Katyas Selbstmord mir anlasten wird. Schließlich, seien wir ehrlich, ist meine Geschichte nicht eben die glaubwürdigste der Welt. Und es würde nicht die Guillotine für mich bedeuten. Nichts so Sauberes.« Sie lachte leise. »Wenn Katya hier wäre, würde sie einem Wortspiel über jemanden, ›der den Kopf verliert‹, sicher nicht widerstehen können. Nein, die Guillotine droht mir nicht. Und die Aussicht, im Schmutz einer Heilanstalt zu verkommen, ziehe ich gar nicht erst in Erwägung. Stellen Sie sich nur das Niveau der Gespräche dort vor – ganz zu schweigen von der Verpflegung!« Wieder kicherte sie. »Nein, nein, das kommt nicht in Frage.« Sie ging die beiden Stufen, die zum Gartenhaus führten, empor, nahm die Pistole auf, die im Korbsessel lag, und ließ sich dann nieder, ganz in der platzgreifenden, nachlässigen Art Pauls. »Glücklicherweise haben *gentilhommes* meiner Klasse auf peinliche Situationen dieser Art vorgeschriebene Antworten. Katya hatte schon recht, was die Vorteile betrifft, die man als Mann in dieser Gesellschaft genießt. Ich glaube wirklich, Doktor, daß Sie sich jetzt auf den Weg machen sollten. Sie sehen ein wenig blaß aus. Selbst bei notorisch vollblütigen Leuten wie bei euch Basken hat Blutverlust solche Konsequenzen.«

Ich wußte, daß sie – daß er recht hatte. Es gab keinen anderen Ausweg. Katya als lebenslanges Schaustück in einer Heilanstalt? Wie Mademoiselle M.? Nein. Oh, nein. Und tatsächlich lag Katya ja bereits tot auf ihrem Bett im ersten Stock.

Ich wandte mich zum Gehen, leer und matt, vor Hoffnungslosigkeit benommen, schwindelig.

Doch Pauls schleppender Tonfall hielt mich zurück. »Ach, übrigens, hier ist noch eine Kleinigkeit, die ich Ihnen geben sollte.« Er zog einen kleinen, seidenen Beutel aus der Manteltasche. »Sie gehören Ihnen, glaube ich.«

»Nein, es handelte sich um Geschenke für Katya.«

»Ach ja?« Leicht angewidert betrachtete er einen der Kiesel genauer. »Eins wird man Ihnen jedenfalls nie vorwerfen können – Verschwendungssucht bei der Wahl Ihrer Geschenke.«

»Da mögen Sie recht haben. Sagen Sie, Paul, würden Sie mir einen Gefallen tun?«

»Solange es sich in Grenzen hält, alter Freund, ja.«

»Würden Sie diese Kiesel für mich aufbewahren? Ich meine, einfach in der Hand halten ... zur Erinnerung?«

Nur für einen Sekundenbruchteil verlor sein Blick etwas von seiner metallischen Härte. Dann grinste er: »Wenn es Ihnen Spaß macht ... Warum nicht?«

»Danke.« Ich wandte mich um und ging den überwachsenen Pfad hinauf.

Die sinkende Sonne tauchte den Horizont in ein glühendes Rostrot, als ich den Einspänner an der verfallenen Gartenmauer vorüberlenkte. Die Pappeln, die den Weg säumten, waren von einem bernsteinfarbenen Licht übergossen, das aus der Erde zu steigen schien. Die Ohren der Stute zuckten, als der Schuß fiel.

Envoi

Ich entsinne mich, Katya die Basken einmal als Menschen beschrieben zu haben, die nie verzeihen. Nie.

Das Schicksal wollte es, daß mir einmal im Rahmen meiner ärztlichen Tätigkeit ein leicht verletzter Vergewaltiger in die Hände fiel.

Er überlebte die Behandlung nicht.

Salies-les-Bains
August 1938

GOLDMANN VERLAG

Internationale Bestseller

6680/

6524

6701

6606

6733

6407

6660

6696

6444